Rio sangue

Ronaldo Correia de Brito

Rio sangue

Copyright © 2024 by Ronaldo Correia de Brito

Grafia atualizada segundo o Acordo Ortográfico da Língua Portuguesa de 1990, que entrou em vigor no Brasil em 2009.

Capa
Daniel Trench

Imagem de capa
Sistema nervoso do corpo humano, de 1556, atribuído a Gaspar Becerra (c. 1520-70). Royal Academy of Arts, Londres

Preparação
Vadão Tagliavini

Revisão
Jane Pessoa
Ana Alvares

Os personagens e as situações desta obra são reais apenas no universo da ficção; não se referem a pessoas e fatos concretos, e não emitem opinião sobre eles.

Dados Internacionais de Catalogação na Publicação (CIP)
(Câmara Brasileira do Livro, SP, Brasil)

Brito, Ronaldo Correia de
  Rio sangue / Ronaldo Correia de Brito. — 1ª ed. — Rio de Janeiro : Alfaguara, 2024.

  ISBN 978-85-5652-221-4

  1. Romance brasileiro I. Título.

24-199272 CDD-B869.3

Índice para catálogo sistemático:
1. Romance : Literatura brasileira   B869.3
Cibele Maria Dias – Bibliotecária – CRB-8/9427

Todos os direitos desta edição reservados à
EDITORA SCHWARCZ S.A.
Praça Floriano, 19, sala 3001 — Cinelândia
20031-050 — Rio de Janeiro — RJ
Telefone: (21) 3993-7510
www.companhiadasletras.com.br
www.blogdacompanhia.com.br
facebook.com/editora.alfaguara
instagram.com/editora_alfaguara
twitter.com/alfaguara_br

nos quarenta anos da peça *Baile do Menino Deus*
nos vinte anos do livro de contos *Faca*
nos quinze anos do romance *Galileia*

Conte-me uma história.

José

Às vezes, de algum riacho obscuro surge o sangue de um crime. Veias, coração, artérias e capilares pulsam, bombeiam o encarnado para dentro do rio grande, tingem de horror e culpa os que nem praticaram a falta. E o curso d'água segue manchando afluentes e ribeiras, até alcançar o oceano, que se avermelha igual a um hematoma.

Assim aconteceu nesta história, uma de tantas que parecem não ter fim.

Os olhos se fecham e abrem na claridade do sol e, a cada apagar e acender, lembranças adormecidas despertam e se confundem. José conhecia a luz enevoada do lugar onde primeiro vagiu, deixado para trás mal completou os nove anos. Norte de Portugal, terras poucas, lucros quase nenhuns. A casa do avô esfumaçada pela lenha verde no fogão, galinhas e porcos misturados às crianças, o chão de pedra, as paredes de pedra, os cercados de pedra, telhado baixo para conter o frio, janelas mais parecidas com ameias, escuridão, o dia e a noite confundidos não fosse a candeia acesa da tardinha ao cantar do galo. Roupas puídas, pés em botas furadas, vinhedos e olivais suprindo o gasto de um ano.

O frio entra nos ossos, alcança a medula e escorre pelo nariz em resfriados longos como a geada devastando os plantios e tornando mais difícil viver. Dias curtos, escassos para as queixas da avó contra o marido, o genro, os netos que arengam e não ajudam a aquecer as ninhadas de pintos junto ao forno, os bichinhos tremem as pernas, giram tontos e caem para os lados, a avó põe debaixo de um caixote e percute a madeira com as mãos como se fosse o adufe nas festas de São Gonçalo do Amarante. Tenta reanimá-los, alguns acordam da letargia, deambulam inseguros pela sala esburacada, por fim caem e morrem.

O irmão menor prefere apanhar as avezinhas pelos pés e bater as cabeças numa pedra, aliviando-as de viverem, indiferente aos gritos da avó que deitou os ovos debaixo das galinhas chocas pensando em futuras canjas fumegantes nos dias em que o gelo ameaça congelar o sangue nas veias. José chora, briga com o pequeno assassino de aves, desde cedo se manifestam as desavenças entre os dois irmãos.

No convés do navio em que viaja, para onde todos correram ansiosos pela atracagem, cada viajante reage de maneira diferente ao brilho forte do sol, à luz revelada num crescendo durante a longa travessia.

— Melhor largar tudo, aferrar-se ao mundo novo cheio de promessas.

O pai falou sério e duro, há tempo se correspondia com os primos de além-mar, a esposa moveu a cabeça dizendo sim, caso não acatasse o querer do homem ficava para trás com os filhos e os velhos enfraquecidos, a chorar e a rezar.

O oceano carrega os homens para longe, em busca de aventura e riqueza.

"[...]
Venda o que possa virar dinheiro, escreveram os parentes de Pernambuco. Qual o futuro daí? Uma nesga de terra estreita onde o boi come e caga no quintal do vizinho. Cá sobra terra sem dono, os nativos são preguiçosos, caçam, pescam e folgam, pouco cultivam. Compre roupas e calçados para a família, tudo aqui é muito caro, pela hora da morte. Traga o dinheiro restante. É preciso adquirir negros, sem eles o engenho não mói. Não esqueça a carta de concessão, bem guardada e protegida. O resto é por conta de Deus e da gente. A lei somos nós quem criamos. O patrício Duarte Coelho deu o exemplo logo que chegou por aqui. Faz quase duzentos anos, mas ninguém esquece a façanha contra os índios caetés, num lugar chamado Igarassu. Encostou os navios num braço de mar e fez mira na aldeia dos selvagens, os canhões cheios de pedras e pregos. Dizem que morreram dois mil, mas acho que é exagero para assustar a indiada. Se escapou alguém, fugiu para os sertões. No terreno, lá no alto, mandaram edificar uma igreja, em louvor à graça alcançada. A esposa do donatário assistia

ao bombardeio do convés, ao lado de um irmão, que povoou essa terra com bastardos mestiços de negros e índios. Os padres e frades piedosos batizavam os infiéis de longe, para não findarem no limbo. [...]"

O pai leu e releu a carta até gastar o papel nas dobras, levou-a no meio dos documentos. Pouca coisa possuía além dos remendos nas calças, mas vendeu o pouco e apurou muito. Excedia apenas na determinação e na brutalidade. Sabia o que fosse amor? Difícil avaliar. Sentia saudade? Com certeza nenhuma. Olhava para a frente, pois quem não olha para a frente atrás se fica, costumava repetir aos filhos.

As águas infinitas do Atlântico se revelaram em novas cores e brilhos. O menino José não se deparou com nenhum monstro das histórias da avó, contadas para assombrá-lo e fazê-lo desistir da viagem.

— Não vá, fique com a gente.
— Queria, mas não posso. Tem o pai, a mãe, o mano João e a irmãzinha Ana. Quem vai brincar com eles, senão eu?
— E quem vai enterrar eu e o vô?
— Os vizinhos.
— Não tem pena de deixar a gente sozinhos.
— Tenho, mas o pai não tem.
— Amaldiçoado seja, uma cobra o engula.
— Vó!
— Me arrependo da hora em que dei minha filha ao traste.

Fim da longa travessia. Em pé no convés salgado do navio, onde o pai, a mãe e os parentes lhe garantem segurança, a luz de punhais do Recife fere os olhos azuis e o corpo branco de José. Luz cheia de promessas.

Dizem que o Novo Mundo é rebento do continente europeu, esquecendo os que ali vivem há milênios. Crescerá, e a árvore produzida será mais poderosa do que o ramo de onde nasceu. Repetem a conversa até que se acredite nela. Também afirmam que a razão para a maturidade desse mundo, a rapidez ou a lentidão do crescimento, dependerá dos cuidados ou da negligência dos que chegam.

Mas a vida não consiste numa única história.

Transcorridos anos, agora, o sertão.

José roda o corpo na montaria, desfaz a rígida escultura de um centauro e conclui assombrado que as terras sertanejas são diferentes de tudo o que viu antes e a marca de cada lugar é a sua claridade.

A luz do sertão não se filtra em nuvens, direta e crua se imprime na pele.

Atravessou meses cavalgando lento, no passo curto dos rebanhos. Assumiu-se vaqueiro sem experiência, fora instruído a ser padre e conduzir almas a caminho da vida eterna.

Ano de inverno regular, sem miséria nem fome nas casas plantadas longe umas das outras, quase sempre choupanas cobertas de palha, salpicadas em planuras como estrelas no céu, próximas aos rios secos, chamados assim porque correm apenas na estação das chuvas.

Olha para trás, estão ali a irmã Ana Maria, o cunhado Bernardo, o irmão sonhador e inconsequente João, as vacas e os bois que se tornarão muitos, as cabras e ovelhas, os negros para suprir a mão de obra, desde que a lei não facilita escravizar os nativos.

Acomoda a vista, tenta ver-se na paisagem nova, de todo desacostumado. A sesmaria é um reino de lonjuras e pedras silenciosas, que educam a não falar. Silêncio natural, pastos, florestas, caça abundante, água correndo nos invernos e formando ipueiras, tudo doado a ele como se antes não existisse dono, propriedade registrada em papel por concessão do governador da capitania.

Os membros do clã abandonaram o engenho paterno, trocando o massapê da cana pelas pastagens de gado. São mensageiros de uma ordem, que acreditam superior. Em pouco tempo, aprenderão com os outros sesmeiros a ignorar a lei que nem chega àquelas paragens, a matar, saquear e escravizar. Representam o cristianismo e a civilização.

José olha mais uma vez as matas e os cursos d'água, consagrados como o pão e o vinho no ofertório da missa.

— O pão vai converter-se no corpo de Jesus e o vinho será o sangue que derramou na cruz, cantarola absorvido por inquietações.

Um apóstolo de Cristo sente tamanha sofreguidão pelos bens materiais?, se pergunta.

Mas todos os que chegam ao sertão como eles chegam agora, ungidos pela palavra do Cristo romano, não se reconhecem no que seja a verdade.
O remorso maltrata o corpo pequeno, magro e de pele branca, que se estraga ao sol e cobre-se de manchas. Os olhos azuis piscam e lacrimejam na claridade lavada. Balbucia no latim de padre a esfarrapada desculpa *memento mori*, promessa queixa de que será a última vez a pensar com tanto orgulho e poder, como se a morte também não pairasse sobre ele.

Será mesmo a última vez?

À retaguarda, montados em cavalos exaustos, nenhum parente se transformou em estátua de sal como a esposa de Ló, por falta de perseverança ou desobediência a Deus. Ninguém olhou para trás, ou confessou a urgência de voltar, mesmo que desejasse. Todos mantiveram a aparência humana, acesa pela cobiça.
Dos escravizados descalços e a pé não consideram a vontade. Deles não se ouve queixas nem gemidos, mesmo que se queixem e gemam. Nada ganham com os deslocamentos e talvez sonhem em regressar.

Para onde?

Quando a noite baixa, José olha mais uma vez em torno e vê as fogueiras acesas, os homens e as mulheres adormecidos, malas, sacos, cangalhas, bagagens espalhadas e isso lhe parece estranho ao murmúrio da água e ao rumor do vento nas folhas das árvores.

E os nativos jucás?

Confessa indiferença ao povo cujos hábitos desconhece. A certeza disso o abate. Mas a soberba de senhor e deus de si mesmo o estimula a prosseguir, sem descanso nem mesmo no Sétimo Dia.

Kayin

Banzo.
Palavra pequena para o desespero.
Semente amarga envolta em fibras de tempo. Não se mastiga, apenas se remói até alcançar a casca intransponível.
Ao fim, sobra esperança apenas na morte.

Os olhos mal conseguem se acostumar à claridade. Kayin veio trazido com alguns meninos para estirar as pernas no convés. Desde o embarque forçado na Costa da Mina, não via a luz do sol. Parece-lhe tão igual à de sua terra, desperta nele os sentidos doentes pela escuridão.

O peito supura e dói.

À medida que Kayin e os outros eram comprados e conduzidos ao navio, marcavam seus corpos com o ferro em brasa dos proprietários. Os ferradores obedeciam ao senhorio, que recebera ordens de ferrar a carga, independente de sexo e idade.
O número fecha em trezentas e oitenta e seis peças, as mulheres separadas dos homens, todos mantidos nus.
O mar cheira forte, mas nada se compara à fedentina do porão. Lá embaixo, chafurdam em fezes, urina e vômito.
Presos a correntes, os adultos comprimem-se em espaços mínimos, precisam ficar de pé a maior parte da viagem. Para conter revoltas, os traficantes submetem homens e mulheres a maus-tratos, humilhações e açoites.
Kayin completou nove anos, não entende o que falam os vinte homens brancos da tripulação. Sua irmã Amma, quatro anos mais

velha do que ele, não resistiu às doenças de bordo e morreu. Lançaram o corpo ao mar, a marca no braço direito. A queimadura lembrava uma lua crescente, mas na verdade era um C, letra inicial de seu dono.

Trouxeram cinco homens lá de baixo e mandaram que dançassem no convés. A tripulação gosta de se divertir com o remelexo dos rapazes e de estuprar mulheres escolhidas a dedo.

Travessia longa, pode durar até cinquenta dias, depende se a carga segue para Pernambuco, Bahia ou Rio de Janeiro. Nesse tempo, os confinados amargam a separação do seu povo, de mães, pais, irmãos, amigos e parentes. Muitos enlouquecem, ficam cegos ou morrem.

Sozinho, sem ninguém que o ampare, Kayin sente vontade de jogar-se nas águas e nadar de volta para casa. Mas não tem casa, os invasores da aldeia queimaram tudo. Alguns meninos de sua idade já fizeram isso e morreram. Por que não repetir o movimento e deixar de sofrer?

Chega ao Recife emagrecido pela ração de xerém de milho e pouca água. Seu dono o espera para levá-lo a um engenho de cana-de-açúcar. Outras peças são aguardadas pelos proprietários, comerciantes que investem na compra e revenda de africanos. Antes de seguirem à rua dos Judeus, onde serão expostos e negociados, os donos mandam limpá-los para alcançar melhor preço. Igual fazem os ciganos no comércio de suas bestas de montaria e carga.

Kayin segue o comboio do padre José, formado por gente e rebanhos. Nas fazendas do caminho residem parentes dos sesmeiros, e ao cortejo dos novos proprietários de terras acrescentam-se indígenas e africanos escravizados, homens brancos e mestiços. Os viajantes sentem-se exauridos, partiram da Mata Norte de Pernambuco, percorreram terras e depois seguiram o leito do rio Jaguaribe, no sertão adentro do Ceará, um percurso menos perigoso para quem se defende de emboscadas.

A Coroa proíbe escravizar os indígenas, mas sempre há um jeito de contornar a lei. Roubam-nos de nações inimigas, que os aprisionaram em guerras, ou dos aldeamentos aliados. Compram-se os nativos por um valor abaixo do que se paga por um africano ou descendente.

O sol, as planuras e as caças lembram a Kayin o lugar de onde veio. Veste calça de algodão e apenas isso. Quando foi escolhido para a viagem, olhou o engenho de açúcar e não sentiu saudade. Na matula, traz alguns trapos e uma rabeca. Aprendeu a tocar e a cantar nos poucos descansos e divertimentos. Ler e escrever, nunca aprendeu. Mesmo assim, cria versos e faz improvisos.

Três cães seguem os pés descalços de Kayin. À frente do grupo, o guia pernambucano queixa-se de cansaço e deseja regressar. Temem que fuja e o vigiam. João o ameaça de morte, exibe a pistola e a faca na cintura.

Quando adentram o sertão mais profundo, um indígena conhecedor dos caminhos assume o posto de segundo guia. É ele quem primeiro alerta para os rastros de um jaguar, a onça-pintada sertaneja, inimiga natural do homem. Devasta rebanhos, faz estrago entre as ovelhas, foge e nunca vem ao mesmo lugar duas vezes.

Kayin sai no encalço da fera. Leva cães, espingarda, um carrego de chumbo, facão preso à cintura. Descobre a furna e os cães atacam a onça. Um deles sofre morte instantânea, o outro escapa ferido. Dispara a arma quando a onça acuada abandona o covil. Percebendo o animal ferido, ataca com o facão e termina de matá-lo. Na peleja, fica dilacerado pelas garras afiadas do jaguar.

Enquanto procura estancar o sangue, descobre que cumpriu a lei de seu povo, matou uma fera sozinho.

Bem tarde, ingressa na vida adulta.

Oxóssi — Odé

As feridas que o jaguar cavou no corpo de Kayin são profundas e sangram. Ele talvez morra. O segundo cão não resistiu e morreu. Os negros e indígenas encontraram o caçador ao lado de sua caça e dos cães mortos. Os indígenas se ocupam das feridas de Kayin, os africanos tiram o couro da onça com facas amoladas, espicham-no em varas e botam para secar. É um troféu valioso nas terras sertanejas.

Um dos homens retorna aos viajantes e descreve o acontecido. João sugere ao padre que deixem Kayin abandonado, ou disparem um tiro em sua cabeça. Muda de ideia e propõe que não desperdicem munição e o enforquem. José não aceita a proposta, Ana Maria e Bernardo também não permitem o sacrifício. Os irmãos se enfrentam debaixo do sol quente. João teima em garrotear Kayin, José é o mais velho, está no comando da expedição, grita forte, a tonsura da cabeça se enche de pingos de suor, não aceita matar o escravizado.

O caminho é cheio de palhoças abandonadas, onde os viajantes pousam. Trazem Kayin numa padiola e o acomodam à sombra. Ele tenta caminhar, mas sangra e tomba com vertigem.

Ogum sentia um afeto especial por seu irmão mais novo, Odé. Num dia em que voltava de batalha, Ogum encontrou o irmão cercado de inimigos. Eles tinham destruído a aldeia e levavam o povo aprisionado para vender. Restava apenas a família dos dois irmãos, acuada.

José manda acomodarem Kayin na palhoça. A ferida supura e exala cheiro ruim. Decide prosseguir viagem e deixa um dos homens jucás para cuidar do ferido. João vocifera, quase se atraca com o irmão. Reclama que agora perdem dois homens, embora o indígena não valha nada para ele. José dá ordens de partida, se Kayin sobreviver aos ferimentos os dois devem seguir no encalço da caravana.

Ogum vinha cansado de outra guerra, mas ficou irado com o ataque dos inimigos e resolveu se vingar. Procurou forças dentro de si e as achou. Com a sua espada de ferro, pelejou até o dia amanhecer. Depois de derrotar os invasores, aproximou-se de Odé e o tranquilizou. É bom ter um irmão mais velho que nos proteja, falou. Sempre que houver necessidade, eu venho aqui te defender. Agora, vou te ensinar a caçar, a abrir os caminhos pelas matas cerradas e florestas.

Kayin vaga pelo mundo nebuloso do delírio, confunde passado e presente, embora sua vida em liberdade tenha sido de apenas nove anos. A febre não baixa, as feridas drenam pus. O homem jucá foi pajé, conhece o segredo das plantas, sabe afugentar para longe os espíritos da doença. Se embrenha na mata, procura as ervas que curam, toca o maracá, canta, fuma cachimbo e fumaça o doente.

O babalaô deu Orixalá a Kayin para guardar sua cabeça. Também lhe deu um segundo orixá, Odé, e por isso Kayin é bom caçador. Num dia em que ia a uma longa caçada, Odé consultou o babalaô e ele mandou oferecer um ebó a Exu, recomendou nunca beber bebida alcoólica e ter cautela com as pessoas próximas. O caçador tinha pressa, partiu e não deu atenção a nada disso.
Odé encontrou três cervas na mata. Na hora que ia disparar suas flechas, elas se transformaram em belas mulheres, segurando nas mãos as peles de cervas que usavam.

Kayin pede o couro da onça-pintada, precisa abraçá-lo, talvez assim cure suas feridas. O espírito do jaguar resolveu vingar-se e matá-lo com a febre. É necessário lutar novamente com o jaguar, corpo a corpo, sem arma de fogo ou facão.

Odé observou as mulheres, viu quando elas escondiam as peles sob um Iroco e depois seguiram ao mercado. Ele apanhou as três peles e fugiu para casa, guardando-as num lugar seguro. Foi até o mercado e olhou as

mulheres, que se assustaram e fugiram de volta ao Iroco. Não encontraram as peles, e sem elas não podiam voltar à forma de cervas. Desesperadas, viram Odé aparecer e saudá-las.
— *Eu devolvo as peles se casarem comigo, falou.*
Sem ter outra saída, as mulheres aceitaram, cada uma delas impondo condições.
— *Não conte nada a ninguém sobre nossa origem animal. E respeite o tabu de cada uma de nós. Não posso comer nem ver ninguém preparando quiabo.*
— *Eu não posso ver água derramada no chão.*
— *E eu não suporto que joguem lenha aos meus pés. São as nossas quizilas e trate de obedecer, ou voltamos ao que éramos.*

Obediente ao enfermo delirante, o pajé traz a pele do jaguar e Kayin se abraça com ela. Luta dias e noites, sem comer ou beber. Pelas leis de seu povo, Kayin não podia usar arma de fogo em sua primeira caçada, se o fizesse o espírito da fera viria adoecê-lo e atormentá-lo.

No dia em que se levanta convalescente e apaziguado, fala ao pajé que podem seguir viagem.

José e Kayin

Os sertanistas desmontam e os cativos correm para atendê-los. Cavalos e éguas são despojados de selas, arreios e fardos. Retiram as cangas dos bois, o carro de mobílias e apetrechos é colocado debaixo de uma árvore. O sol quase se pondo pinta de dourado o relevo, o rosto das pessoas e a mata. Tudo se transforma em ouro.

Hora de ceia e pernoite.

Movimentam-se, protegem os rebanhos de onças e guarás, catam lenha, acendem uma fogueira para cada pessoa, preparam a comida, improvisam leitos. É assim todas as noites, dormem cedo, acordam de madrugada, se revezam em turnos de vigilância. Durante o dia, descansam nas horas de maior soleira, procuram o abrigo das árvores, a sombra quente das pedras. Os cavalos pastam, estão exaustos da montaria e das cargas, perderam peso, alimentam-se mal. Alguns foram substituídos nas fazendas encontradas pelo caminho.

O padre José prega o que lhe ensinaram no seminário da Bahia. Repete o catecismo doutrinário antes de cada refeição, um tormento para os que sentem fome e só pensam em saciar-se.

— Irmãos e irmãs, também me dirijo a vocês que tiveram a graça de receber o batismo. Trazemos para essa terra, onde a palavra de Deus nunca foi escutada, o cristianismo salvador e a civilização. Temos o espinhoso encargo de pôr fim ao paganismo e à selvageria em que vive essa gente, ignorante de Nosso Senhor Jesus Cristo e de sua promessa de salvação. Cada um de nós deve se transformar num missionário e comportar-se como os primeiros pregadores, aqueles que sacrificaram a vida pelo apostolado do Senhor. Nunca devemos esquecer o exemplo de Paulo, Mateus, Pedro…

— Este pão e esta união...
— Abençoai, Senhor!
— Abençoai, Senhor, esta mesa e altar...
— E na mesa do Céu guardai-nos um lugar!
— Abençoai, Senhor, a nós e a esta comida...
— E fazei-nos servir-Vos fielmente, toda a vida. Amém.

As vozes destoam dos sons delicados em meio à noite começando. Baixa a frieza, igualzinho acontece no deserto, depois sopra o vento Aracati, vindo de lonjuras marinhas. Aconchegados em mantas, as cabeças nas selas cheirando a suor, antes de adormecerem os viajantes contemplam o céu de infinitas estrelas. Soam cantos de bacuraus, peiticas, corujas e mães-da-lua. Longe, vez em quando, um uivo ou miado assusta os animais da tropa. Sem conhecer o desassossego que as presenças estrangeiras trazem consigo, o sertão é ainda território dos jucás, gente da grande nação cariri. Por quanto tempo mais? Os colonizadores brancos, sorrateiros e crescentes, esmagam com suas botinas e falas estranhas o curso de narrativas milenares.

Tomado da tristeza que nunca o deixa em paz, Kayin reconhece no céu sertanejo o mesmo que viu na infância, em noites iguais a essa. Sonha em alforriar-se. Talvez a rabeca lhe traga sustento. Como? Não sabe ainda, mas com certeza irá aprender.

Depois de sofrer anos nos eitos de cana do engenho, o trouxeram para a criação de gado. Esperam dele que seja vaqueiro, que aboie e ajude nos trabalhos de manter a casa: derrubar pau, preparar a lenha, matar rês, tirar o couro, salgar as carnes e pastorá-las ao sol, até que sequem. Parecido com o que fazia seu povo de caçadores e criadores de rebanhos.

Atiça a memória, o que se aprende nunca se esquece.

A dor aperta.

Não, nada de adoecer, nem ficar indiferente à vida. Quer viver e ganhar o bastante para tornar-se livre como nasceu. Ao nascer, não precisou comprar esse direito. Agora precisa.

Sente desejo de tocar a rabeca, mas teme incomodar os senhores e ser castigado. Arruma um leito de folhas, deita-se nele e olha o céu. Antes que o cansaço o domine e se entregue ao sono pesado, experimenta o aconchego de pernas, braços, tronco e cabeça se enrodilhando como se estivesse dentro de um ninho aquecido pela mãe. Abre os olhos e não reconhece a paisagem que o cerca, a luz da fogueira é outra, são outras as pessoas que cantam, riem, dançam, se aquietam e silenciam para ouvir as histórias do griô. Rememora pedaços de narrativas, elas se confundem no sono, igual a quando era criança e não conseguia se manter acordado, deitava-se no chão, a cabeça apoiada no colo da mãe, os olhos nas estrelas altas, os ouvidos escutando a voz cheia de modulações do homem guardião da memória. Os cantos dos pássaros noturnos também se modulam numa narrativa, ele tenta compreender a linguagem, a consciência oscila no esforço, se apaga e reacende, até restarem apenas as sílabas pronunciadas pelo homem que também faz do corpo voz.

Havia uma grande seca e a fome matava o povo. Vendo tamanho sofrimento, Orixalá enviou Oxóssi para que ele caçasse e provesse o sustento das pessoas famintas. Oxóssi caçou dia e noite e de tanto matar animais e aves já não conseguia parar, destruía tudo o que encontrava à sua frente. Orixalá ordenou que ele parasse e não fizesse mais uso do arco e da flecha devastadores. Mas Oxóssi fez de conta que não ouviu e continuou caçando. Um dia, avistou um pombo branco e, sem considerar que os animais e as aves dessa cor pertencem a Orixalá, o matou. Orixalá sentiu-se ofendido e novamente pediu que não caçasse mais, porém Oxóssi não considerou o rogo pois já perdera o controle sobre o impulso de caçador. Outro dia, Oxóssi encontrou um veado e atirou todas as suas flechas nele, sem causar-lhe nenhum dano. Irado, aproximou-se e flechou a cabeça do animal. Uma luz intensa iluminou o veado e só nessa hora o caçador voraz percebeu que se tratava de Orixalá disfarçado. Oxóssi sofreu um castigo pelo descontrole, nunca mais conseguiu caçar e foi profundo o seu desgosto.

Antonio e Fernando

Do convés, Antonio reconhece os familiares em terra. Antes de cumprimentá-los, espera despacharem as bagagens e apanhá-las. Trouxe pouca coisa, embora chegue com a intenção de ficar.

Ao irmão Fernando pareceu que a costa pernambucana era baixa, não podendo ser vista de longe, somente quando o viajante dela se aproxima. Olhando à direita encantou-se com os sobrados e igrejas no alto de uma colina, perguntou ao marujo que vila era aquela e se tratava de Olinda, a Nova Lusitânia de Duarte Coelho. À esquerda, bem longe, o Cabo de Santo Agostinho, primeira terra brasileira avistada pelos navegadores ibéricos. Para desgosto dos portugueses, a façanha coube ao espanhol Vicente Yáñez Pinzón, que três meses antes de Pedro Álvares Cabral pôs os olhos na paragem. Fossem espanhóis ou portugueses os invasores, nenhum deles significaria ganho aos povos do território desconhecido, apenas desgraça e extermínio.

Os irmãos Antonio e Fernando Alves Carvalho receberam concessão de terras em Tracunhaém, na Mata Norte de Pernambuco. Engenhos de cana-de-açúcar começavam a moer na região, sem alcançar a riqueza de engenhos maiores nas proximidades do Recife ou da Mata Sul. No porto, parentes e futuros vizinhos se achegam com alvoroço, cochicham entre abraços, Deus te abençoe, a Virgem te cubra de graça, apertos de mão, tapas nas costas, pedidos de notícias dos que ficaram, lamentos, choros e Maria nos acuda ao ouvirem os relatos de desgraças.

O jovem Fernando, acostumado em lavouras pequenas, teme assumir a responsabilidade de um engenho, administrar terras e trabalhadores escravizados. Ao seu lado, a esposa d. Josefa Mendes, mulher de fé católica inflexível, vigia os dois filhos gêmeos na aparência iguais, uma filha por nome Inês e o caçula doentio, mofino e afeminado, que a mãe teimou em batizar com o nome Dimas, que significa pôr do sol. O garoto sofreu convulsões febris recém-nascido, que evoluíram para um distúrbio mais severo, a epilepsia ou mal sagrado.

Hospedam-se em casa de familiares para algumas semanas de descanso e conhecimento da vila, antes de tomarem posse da sesmaria coberta de vegetação selvagem e por desbravar, o que aumenta o desalento e o medo de não alcançarem a proeza. Antonio, o mais velho, sofreu enjoos na travessia, perguntava se o Atlântico era contrário à sua vinda e da família. Olhou a esposa Anacleta, os filhos José e João, a menina Ana Maria, temendo não sobreviverem. Assombrou-se com o mar agitado, as ondas a empurrarem o navio para trás, chegou a imaginar os monstros de que falavam velhos navegantes, duvidando se alcançariam o Recife.

Em terra, ao lembrar enjoo e vômitos, o estômago ameaçava sair pela boca. Decide nunca mais arriscar-se em navegações, fincar-se para sempre na terra firme, até ser enterrado nela.

A Fernando causou espanto os arrecifes de rochas e corais ao longo da costa de Pernambuco, em alguns pontos se aproximando das margens, quando se tornam escarpados como o próprio Recife, noutros lugares distanciados da terra firme e submersos. Felizmente para os navegantes a fortaleza natural apresenta brechas, por onde é possível estabelecer comunicação com o mar.

A cidade surge sobre um banco de areia baixo, aparentando elevar-se do oceano. O corpulento Fernando admira a nova estampa para os olhos, até onde a vista alcança navios, dependendo dos seus tamanhos ancorados no porto do mar ou nos cais dos rios Capibaribe e Beberibe. Casas pintadas com a cal branca irradiam o sol, dão um aspecto faiscante aos edifícios estreitos, que de noite se escurecem entre becos arriscados e misteriosos.

As manobras para o desembarque são acompanhadas por gritos de comandantes e grumetes, que se misturam aos de homens ocupados nas tarefas de mais esforço físico e perigo. Fernando sente algo novo e pulsante dentro dele, em contraste com a vida na aldeia onde nascera e pressagiava acabar os dias. Avista vendedores e comerciantes, se alegra, deseja rasgar o título de doação, instalar-se num armazém do cais e aventurar-se no comércio, ofício que nunca foi costume na família, mas não é tarde para experiências.

A nudez dos africanos e de seus descendentes, maioria dos que circulam na vila, chama a atenção de d. Josefa Mendes, desacostumada ao tráfico humano praticado pelos portugueses nas colônias. Não há mulheres brancas ou mestiças andando pelas ruas, apenas as pretas que vendem frutas de sítios e quintais, doces e quitutes de fabricação caseira, resultando em bom lucro para as suas donas. O costume mouro de fechar as mulheres em casa, assimilado por portugueses e espanhóis, foi adotado nas terras novas com igual rigor.

Anacleta Vieira ordena que batizem os africanos escravizados, não se trata propriamente de batismo, um padre sacode água benta com o hissope e chama o novo cristão pelo nome escolhido por seus donos.

— Kayin, agora respondes por Fabiano. Esqueça o nome que lhe deram em sua terra, Kayin, que lembra um criminoso amaldiçoado por Deus, Caim, o infeliz assassino do próprio irmão. Pelo batismo ganhas um novo nome, te livras de ser um errante fugitivo sobre a terra e de carregares um sinal para não seres morto pelo primeiro a te encontrar.

O menino não compreende as falas do sacerdote branco, mas percebe que lhe negam o nome soprado ao seu ouvido quando ainda era pequeno, nome revelado ao pai durante um sonho ou quando o pai andava sozinho e em silêncio, à espera de um lampejo.

Os homens que escravizaram Kayin buscam desfazer os seus vínculos com a terra de onde veio, a identidade da memória, o eu soprado de cima para se desenvolver ao longo da vida. O menino estremece, sente o maior de todos os medos desde que o arrancaram da África, o de tornar-se ninguém.

Os mais velhos falavam durante a viagem que os brancos consideravam os negros corpos sem vontade própria, depois de escravizados se convertiam em propriedade de quem os comprou, iguais a outros corpos expostos em leilão nos mercados.

Kayin chora e recebe os primeiros açoites, a crisma do batismo.

* * *

Os nomes escolhidos por d. Anacleta Vieira são buscados na *Legenda áurea*, livro sobre vidas de santos escrito por um dominicano mendicante. Anacleta trouxe na bagagem um exemplar da súmula portuguesa, mal traduzida e mal editada, que costuma ler para o esposo e os filhos. São tantos mártires crucificados, degolados, afogados, queimados em fogueiras, assados em chapas quentes em nome da fé em Jesus Cristo que as crianças sofrem pesadelos quando dormem.

O padre estranha que a mulher apreciadora de livros, coisa rara naquele mundo, tenha se encantado com a vida de são Fabiano, cidadão romano comum, sem maiores feitos. Anônimo, Fabiano estava em meio à multidão que se reunira para eleger o novo papa quando uma pomba branca pousou em sua cabeça. Todos viram nisso um sinal de Deus e o escolheram.

O papa viveu pouco tempo. Treze anos depois de eleito, foi decapitado e obteve a coroa do martírio.

Kayin guarda o nome de origem como semente dentro de uma casca. Quando o emboscaram, não tinha recebido no corpo as marcas tribais. O nome tornou-se o sinal de sua origem, além da cor da pele. A escravidão e o ferro do proprietário foram impostos à força, da mesma maneira que no Caim hebreu o sinal na testa representava a maldição de um deus que não aceitou suas primícias e não o elegeu como filho.

Kayin.
Caim.
Fabiano.

À medida que ganha corpo e força, torna-se Fabião.

Micaela

Trouxeram a indiazinha na Páscoa. Não passava de uma menina assustada e suja, sem roupa cobrindo a nudez. Os cabelos um emaranhado de gravetos, folhas secas e terra. Talvez dormisse no chão nos dias em que viveu escondida na mata, ou subisse nas árvores por receio de animais selvagens. Não sabia a idade e atribuíram-lhe sete anos. Era Domingo da Ressurreição. A data tornou-se a de seu nascimento, no batismo celebrado na Casa do Umbuzeiro, morada do padre José Alves Carvalho. Quando lhe perguntavam o nome, respondia Micaela. Algum jesuíta do aldeamento de onde fugiu achou que a menina era com Deus igual ao arcanjo Miguel. Depois de ungida com óleo, água e sal, tornou-se Páscoa, em homenagem ao dia em que foi achada.

Os homens a amarraram na sela de um cavalo para impedi-la de fugir. Tinham assistido ao massacre dos jucás, praticado pelas famílias Ferreira Ferro e Rodriguez, que dominavam as ribeiras do Jaguaribe. Ávidas por mais terras e rebanhos, se matavam há anos no sertão. Os dois lados juntavam forças com os indígenas rivais a troco de miçangas, espelhos, aguardente e promessas de extermínio dos seus inimigos.

As sesmarias doadas aos três irmãos Alves Carvalho — José, João e Ana Maria — ocupavam território jucá, nome que significa morte. Também o de uma árvore conhecida como pau-ferro. Os indígenas faziam tacapes da madeira, o jucá ou pau de matar.

Os jucás eram fortes, as terras ocupadas por eles tinham vegetação variada, árvores frutíferas e caça abundante. Mesmo nas longas estiagens não costumavam migrar ao litoral, sempre havia carne, peixe e fruteiras como o umbuzeiro, que resistia às secas.

Preocupados em ganhar almas para Deus, os jesuítas aldeavam as nações sob guarda e proteção da Ordem. Os Ferreira Ferro e os Rodriguez não respeitavam as reduções. Os jucás viam-se confinados a pequenos territórios, não conseguiam sobreviver neles, passavam fome, bebiam aguardente e roubavam os rebanhos dos novos senhores.

Expandidos com respaldo na corte, os conquistadores decidiram exterminar todos os indígenas homens, de qualquer idade. As mulheres seriam aproveitadas em casamentos, já que as brancas do Reino não aceitavam se aventurar nas terras novas e a Igreja condenava a união com as pretas.

E mataram dias a fio, num grande derramamento de sangue. Acostumados a ver os indígenas como animais, treinados a tratá-los como animais, os Ferreira Ferro e os Rodriguez tornavam-se eles mesmos animais.

Vestida com trapos, Páscoa foi entregue aos cuidados das mulheres da cozinha, gente de seu povo. Um rio corria ao lado, havia umbuzeiros e pássaros em bandos. Ela tinha de aprender nova fala e acostumar-se à casa escura, com portas e trancas.

Narravam que um grupo jucá perseguido e massacrado refugiou-se na serra. Os brancos, comandados por um capitão-mor, invadiram o refúgio, mataram e escravizaram os indígenas. Entre os prisioneiros estava a filha do cacique Caturité. O guerreiro não quis continuar fugindo com os sobreviventes de seu povo. Decidiu resgatar a jovem. Embrenhado na floresta, tratou os ferimentos da luta e vigiou os inimigos. Cicatrizadas as feridas, foi atrás de reaver a filha. Seguiu pelas margens do rio Jaguaribe até encontrar o arraial dos portugueses. A moça estava amarrada com fibras, ao lado de outros prisioneiros. Numa madrugada, o pai subiu na árvore craibeira e de lá começou a imitar o canto do pássaro oitibó, indicando sua presença. Depois entrou escondido no rancho dos brancos e libertou a filha. Fugiram para o alto da serra de rochedos escarpados, seguidos por atiradores e cachorros. Quando o dia clareou, os dois ainda resistiam encostados ao pé de um frondoso jucá, até ela ser atingida por uma descarga inimiga. Caturité pôs a filha nos ombros e saltou no despenhadeiro profundo.

Páscoa

As mulheres da casa não deixam que a indiazinha vá escutar a conversa dos tropeiros, arranchados sob árvores para o descanso da noite. As montarias se fartam nas pastagens, sem o peso dos surrões de couro abarrotados de carne jabá. Nos portos de Recife e Aracati, comerciantes esperam as mercadorias para embarque e comércio local.

Todos temem pela menina criada livre, sem cabresto. Conhecem de sobra os homens tangerinos, nenhum deles vê mal algum em mexer com uma indígena, de qualquer idade. Fabião enxerga em Páscoa sua irmã Amma, atirada aos peixes do oceano. Sempre que volta do campo traz flores, favos de mel e castanhas para ela. Às vezes são bezerros e borregos rejeitados pelas mães, precisam que as mulheres lhes ofereçam leite, como se fossem bebês.

— Toma, é teu, pra tu formar um rebanho grande, vender, ficar rica e comprar minha alforria.

Páscoa não entende, recebe a cabritinha sem mãe igual a ela e sorri.
O padre não tira os olhos de sua filha por adoção. A menina foge, embrenha-se nos matos e volta com frutos, ervas, amêndoas, cocos, o que aprendeu a colher na companhia da mãe e das mulheres de sua gente.

Os tropeiros dão as notícias do mundo. E levam os relatos dos lugares por onde se arrancham. O fogo aceso, a comida ligeira, carne assada na brasa, farinha, queijo, rapadura e conversas. Os cativos se achegam para ouvir. Os homens livres peruam. De vez em quando uma discussão quase briga. As espingardas, chicotes e relhos ao lado das selas. Na cintura, as facas embainhadas, prontas para uso.

Sem cansaço nenhum depois de um dia vagando em pés de umbu e riachos, pastorando ovelhas e cabras, Páscoa tem os ouvidos aguçados. Cresce a olhos vistos, ganha corpo e se torna mais destemida. O padre não esconde o sofrimento com a transformação. Ordena que fique quieta, sente-se junto às mulheres da cozinha, não vá para junto dos homens.

Na aldeia onde ela nasceu, de noite todos se reuniam para cantar, ouvir relatos de caçadas, brincar, dançar. A memória desse tempo aos poucos se apaga na convivência com os padres e as pessoas brancas. De nada mais valem os conhecimentos de seu povo sobre a terra e o mundo. Só tem valor o que é ensinado pelos novos povoadores do sertão.

Os tropeiros emendam uma história na outra. Os da calçada se esforçam para ouvir o que narram. Logo cedo eles irão embora, mas talvez algum dia retornem. Quando chegam, se anunciam de longe por gritos, estalos de chicotes, cantigas e pelo tropel dos animais.

— Na oiticica junto ao riacho Velho?
— Sim, lá mesmo, foi onde ela apareceu.
— Homem, vê se eu acredito.
— Não foi só a gente que viu. Muitos viram. Chico Mamede ficou surdo com o grito.
— Conversa. Ficou surdo porque não limpa a cera dos ouvidos.

Riem e servem-se de aguardente. As carnes esfriaram e foram deixadas de lado. Alguém aviva o fogo para a conversa não se apagar.

— Então não conto. Pra servir de mentiroso!
— Vai, homem!
— Estou com sono, temos muita estrada amanhã.
— Conta e vamos dormir.
— Quem sabe ela aparece aqui, agorinha.
— Não brinca com coisa do outro mundo. A mulher fez por merecer.
— Era a própria Dondon Ferreira?
— Ela mesma.

Se benze.

— O negro jurava que não olhou as meninas. Entrou no quarto pra pegar os penicos usados no correr da noite, porque a patroa mandou. Quando percebeu as duas sem as roupas, saiu depressa, com a vista baixa. Elas nem ligaram. Mulher branca não se importa de ficar nua na presença de homem preto. Acha que não se trata de gente, é igual a cachorro ou gato, não tem alma. Foi a criada de quarto quem delatou. A Dondon queria gastar a raiva do marido, que traçava as pretinhas de casa. Mandou que amarrassem o rapaz e o trouxessem à sua presença, no terreiro. Com as unhas afiadas, arrancou ela mesma os dois olhos do infeliz. Depois de semanas, não quis mais alimentar um cego sem uso. Deu ordem pra que o enforcassem e olhou o corpo se debater na agonia da morte, o fôlego indo embora.

O vento Aracati, pontual à boca da noite, acentua o frio. O padre José se levanta, pede licença e fala que chegou a hora de rezar e dormir. Pede a Páscoa que não fique mais tempo, aquilo não é conversa para criança. Inseguro se deve ser mais firme, retira-se para o quarto. Os homens fazem movimentos de acabar a conversa, mas uma das mulheres da calçada pede ao narrador que termine a história.

— Pouco tempo depois, sem motivo aparente, a Dondon adoeceu. O marido estava longe, viajando ao Reino. Foi intimado a comparecer por conta das matanças na gente dos Rodriguez. As duas filhas também ausentes, em estudos na Bahia. Em casa, só a mulher perversa. Contam que a morte dela foi horrível, apareceu tudo o que é coisa feia, de bode preto a morcego e urubu, houve até quem sentisse cheiro de enxofre. Mal ela deu o último suspiro, jogaram a defunta numa rede e partiram para o Cococi, onde os parentes tinham cemitério. O trajeto era longo, por volta da meia-noite apareceram dois homens pretos em cavalos brancos e perguntaram aos carregadores se precisavam de ajuda. Foi o mesmo que perguntar se defunto quer vela. Assim que suspenderam o pau atravessando a rede e o acomodaram nos ombros, os dois cavaleiros desapareceram. As pessoas tiveram medo de que a família mandasse castigar. Arranjaram outra rede e colocaram um tronco de mulungu dentro dela. Quase ninguém sabe, mas o tronco é que foi enterrado.

Os cães ladram como se estivessem acuados por uma assombração.

— O que foi?
— Alguma coruja ou coelho-do-mato.
— Será só isso mesmo?
— Não se assustem, ela só aparece debaixo de oiticica, a árvore onde enforcaram o rapaz. Por isso a gente prefere dormir ao relento a pernoitar debaixo de um pau amaldiçoado desses. Dizem que a assombração vaga pelo mundo, sem pouso, até o fim dos tempos. Não adiantou enterrar o tronco de mulungu na intenção dela, a alma não ganhou paradeiro na sepultura e continua vagando.
— E você já viu ela?
— Ver visível, nunca vi não. Mas dizer que existe, existe, porque senão as pessoas não contavam.
— Já escutei essa conversa umas cem vezes. Você sempre repete. Não tem vergonha?
— E vou contar o quê, meu camarada? Se não quer ouvir, se retire pra longe. No mundo só existem sete histórias. Em qualquer lugar, as pessoas não fazem mais do que repetir as mesmas vaguezas.

De dentro da casa, o padre ordena ao seu povo que entre. Cadeiras são arrastadas, boas-noites proferidos e muitos pedidos de bênçãos e Deus te abençoe. Os tropeiros se arrumam, as vozes sussurram, e antes da noite velha estão todos dormindo.
Uma rasga-mortalha rasga forte. Talvez agoure a Dondon.

José

Caíram aguaceiros pesados no final de dezembro, prenunciando inverno. A casa baixa e escura se tornou mais sombria, as paredes largavam a cal e as telhas gotejavam. Sempre molhados, os tijolos do piso amoleciam com a umidade. Quem tinha por hábito pedir chuva implorava por dias de sol. O pedreiro que ergueu a casa de taipa registrou o ano da construção em uma das telhas. As vigas de baraúna e angico eram trançadas numa espécie de gradeamento com paus, varas e caules, depois preenchido com barro e pedra. Resistiria aos séculos como a casa do avô? O padre José se perguntava, mas só o tempo responderia que sim.

Escolheram cedro para o madeiramento da cobertura, árvore sertaneja nobre e abundante como o angico, a baraúna e o pau-d'arco. A morada seguia o modelo português das aldeias, janelas estreitas, portas-janelas, cômodos apertados, cozinha com fogão central, nenhum banheiro. A mesma arquitetura da casa paterna no engenho pernambucano, que reproduzia a do avô materno.

No sertão de lonjuras, os homens não pensam na casa para permanecer dentro dela. Vivem no campo em meio aos rebanhos, abrigam-se do sol e da chuva em palhoças. A casa, para eles, é quase apenas lugar de dormir. Se as mulheres não se ocupam dos mesmos trabalhos nos roçados, escondem-se dentro de casa. Criam os filhos, cozinham, fabricam queijos, tecem redes, costuram e bordam. O dia torna-se mais comprido e custoso do que o dia dos homens, pois elas não descansam, emendam uma tarefa na outra.

Nas palhoças, os homens consertam as roupas e os arreios de couro, comem, fumam e conversam, costume semelhante ao dos baitos indígenas. Quando cai um temporal, esperam pacientes que a chuva acabe. Nenhum vaqueiro é mais diligente do que Fabião. Canta e toca a rabeca em festas de casamento, nos dias de folga. Junta o dinheiro ganho. Seu único luxo é uma roupa nova e bonita, não gosta de apresentar-se vestido em molambos. Se pudesse usaria botinas ou sapatos, mas os códigos não permitem aos negros escravizados calçarem os pés. As pessoas se perguntam o que ele fará com o dinheiro ganho. Só Fabião sabe.

O padre José não saiu ao pastoreio como em todos os dias. Sofre uma inquietação que lhe tira o sono e o descanso. Lê o breviário, ajoelha de frente para o altar improvisado e reza. No começo da noite costuma dizer missa aos seus trabalhadores antes que eles armem as redes na sala comprida, semelhante a uma oca. Não conseguiu cumprir o dever religioso.

A agonia do padre tem nome, Páscoa. Ela cresceu, ganhou corpo, os peitos e os quadris se avolumaram, mais uns dias e as mulheres jucás a trancarão num quarto escuro, quando escorrer por suas pernas o sangue da menarca. No ritual de iniciação de seu povo, ela ficaria com os olhos vendados para aguçar a audição e o tato. E seria pintada e adornada para se proteger de seres estranhos à natureza, atraídos pelo cheiro da menstruação, tornar-se imune aos encantados e ancestrais mortos. Quando deixasse o isolamento e comemorasse a passagem de menina para mulher, os pais receberiam presentes e propostas de casamento. E a entregariam a algum jovem do grupo, um rapaz novo igual a ela, apto a caçar, pescar, erguer a morada, embrenhar-se no mato sem medo e fazer guerra aos inimigos. Ou a um homem mais velho, com poder entre o seu povo.

José teme que algo aconteça à menina. Que fuja de casa, se embrenhe nas matas e encontre indígenas rebeldes, resistindo escondidos, fazendo escaramuças aos brancos e roubando seu gado. Muitos atacam as fazendas quando os homens estão ausentes, sequestram as mulheres que um dia foram roubadas deles.

O padre vigia Páscoa de longe, assume disfarces na espreita.

Mas as criadas da cozinha não conseguem impedi-la de banhar-se no rio. Quando ele assiste aos banhos, não dorme. Arde em febre, tem calafrios de malária, o corpo miúdo se enche de desejo. De noite, insone, tenta reconhecer em meio às respirações da casa a que pertence a Páscoa. Enlouquece. Abandona a rede, se embrenha na mata sem vestir couros, os espinhos rasgam sua pele. Com o corpo sangrando, procura o rio e se atira na água gelada.

— Não, não, Páscoa! Deixe que Fabião me ajuda com as perneiras. É serviço pesado pra você.

Desde que foi trazida criança, Páscoa monta nas pernas do padre vaqueiro e arranca as perneiras suadas e grudadas no corpo dele. Quando cresceu e ganhou postura de moça, José proibiu a brincadeira, se excita com o roçar de coxas e quadris, se envergonha de tornar visível o que se avoluma na virilha.

Reza e faz penitências, revolta-se com os votos concedidos a Deus. Tudo pulsa num ciclo natural de prazer e reprodução. Os cavalos cobrem as éguas, os bois as vacas, os carneiros as ovelhas, ao ar livre, sem vergonha ou culpa, guiados pelo cio. Flores se polinizam, pássaros se acasalam, obedientes à ordem da multiplicação e crescimento. Finge não perceber essa volúpia, tortura-se com orações e exemplos dos anacoretas. Masturba-se quando a casa silencia à noite, e o sexo suja os lençóis que o cobrem. Homens como o irmão João se saciam sem remorso. Rapazes se aliviam entre eles mesmos, ou com as cabras e as éguas. Sente repulsa pelas confissões ouvidas no confessionário e nos autos de fé em que atua como membro provisório da Inquisição.

Banha-se sem a inocência de Suzana, reconhece ser igual aos dois juízes condenados por Daniel, sensual e moralista. Espreita o banho de uma fêmea cevada por ele, desde criança, da maneira que cevam os cordeiros e os vitelos para as refeições.

Mergulha no rio até quase se afogar, mas retorna à vida, ao ar puro que enche os pulmões. Não quer morrer, deseja outra coisa que lhe foi proibida por juramento. Passa a mão na cabeça, a calvície se confunde com a tonsura, herdou o corpo pequeno e os cabelos ralos do avô materno. Sente o diabo em suas entranhas mas não sabe de quem o herdou. Talvez a Igreja católica tenha inoculado o demônio dentro dele durante a cerimônia em que se deitou três vezes no chão, como se caísse por desmaio. Junto com o demônio da religião, vieram a hipocrisia, o pecado e a culpa.

— Queres unir-te cada vez mais ao Cristo, Sumo Sacerdote que se entregou ao Pai por nós, e ser com Ele consagrado a Deus para a salvação da humanidade?

Durante a ordenação, o bispo fez a mesma pergunta três vezes. A todas ele respondeu *sim*.

Agora, uma vontade nascida do sítio mais baixo de seu corpo grita *não*.

Mergulha três vezes na água gelada e, quando retorna das profundezas, o sol brilha anunciando o dia.

Fernando

Histórias passavam de boca em boca, de engenho a engenho, entre senhores e escravos. Muitas narravam rebeliões e fugas para quilombos, sobretudo os da Mata Sul, em Palmares. Alguns negros se orgulhavam de certo mestiço escravizado que se evadira da propriedade de seu amo e com o passar dos anos ficara rico, dono de terras e gado. A história foi escrita em livro por um homem branco, tornando-se patrimônio dos brancos.

Isidoro era o nome dele.

Num dia em que reunira no curral numerosa boiada e dava ordens aos vaqueiros para levá-la aos locais de venda, viu um homem se aproximar, maltrapilho e de aparência envelhecida.
O estranho vinha de muito longe.
Pediu conversa em particular e, quando se afastaram, Isidoro agradeceu-lhe por não ter abordado na presença dos vaqueiros o assunto que o trouxera ali. Reconhecera o antigo amo, reduzido à miséria. Viera pedir ajuda, na esperança de que não voltaria para casa de mãos abanando. Jurou ficar reconhecido por qualquer auxílio. Não podia mais reaver seu escravo, agora um rico poderoso, que se quisesse mandaria assassiná-lo. Ao contrário disso, Isidoro deu-lhe centenas de bois e vacas, pediu aos vaqueiros que o acompanhassem até o mercado mais próximo, onde poderia negociá-los. Falou que estava pagando uma dívida, já esquecida.
Ao ouvirem o relato impregnado de moral cristã, com juízo favorável aos brancos uma vez que o escravizador era compensado ao final, os senhores de engenho comentavam que um negro ou mestiço capaz de agir assim merecia a liberdade conquistada.

* * *

E dessa maneira a história oficial era tecida.

Mas nada semelhante aconteceu a Fernando Alves Carvalho em seu engenho de Tracunhaém, à beira da falência por falta de vocação açucareira do proprietário, gajo arrancado das oliveiras e vinhas para a cana-de-açúcar. O massapê tropical com excesso de água é bem diferente dos terrenos menos úmidos e férteis onde crescem as azeitonas. Fernando revelou-se sem vocação para o manejo da cana e no trato com os africanos e indígenas. Assistiu a seus escravos se rebelarem e matarem o feitor. Temeroso, abandonou a casa-grande na companhia da esposa e dos filhos e pediu refúgio ao irmão Antonio. A convivência entre as duas famílias não era das melhores, mesmo assim tiveram de bater à porta dos parentes vizinhos de terras, prósperos e orgulhosos, enquanto resolviam a sublevação.

Circulou o boato do levante pelas redondezas. Um português ofereceu-se para ocupar o cargo de administrador do engenho desde que fosse gratificado com um salário alto e assinassem um contrato desobrigando-o de pagar o valor dos escravizados que precisasse matar até voltarem à obediência.

Anacleta, a esposa de Antonio, falou que Josefa se recusara a dar nomes cristãos aos seus negros e por isso o demônio subia à cabeça deles e os tornava rebeldes. Josefa era piedosa, horrorizava-se com o tratamento dado aos escravos. As narrativas que ouvira no Reino, sobre a conduta dos portugueses nas colônias, eram doces se comparadas aos maus-tratos e humilhações que presenciava todos os dias.

A cada açoitamento de um escravo, a mulher sofria dores de cabeça e desmaios. Convencido da sensibilidade da esposa, Fernando evitava que ela tomasse conhecimento de outras coerções e violências, nunca mencionando

o anavalhamento dos corpos seguido do uso de salmoura,

as mutilações,

os estupros e amputações de seios das mulheres,

a extração de genitais e castração dos homens por faca quente,

as fraturas de dentes e ossos a marteladas,

as máscaras de flandres,

a perseguição por cães e os garrotes.

Práticas rotineiras, sem qualquer restrição da Igreja ou do Reino.

Josefa lamentava viverem longe das celebrações litúrgicas e dos professores, com quem os filhos poderiam desenvolver a leitura e a escrita. Crescidos naqueles ermos, entre pessoas incultas e sem educação, dificilmente arranjariam um bom casamento.

Inês, a filha na idade de casar-se, era vulnerável às afoitezas do primo João, rapaz arrogante e violento, que não respeitava os próprios pais. Josefa percebia o desprezo dos parentes mais assenhorados pelo filho Dimas, portador de doença de criança, de quem todos abusavam.

Dependiam do trabalho dos escravos para prosperarem, o que significava entregá-los à violência dos feitores. Empobreciam cada dia mais. As mobílias capengavam, as louças se reduziam a cacos, mal produziam para o sustento. Muitos donos de engenhos estavam falidos, as terras hipotecadas aos comerciantes do Recife, aos mascates, como os chamavam com desprezo.

Assinada a proposta, o português se dispôs a pacificar os indígenas e negros e partiu acompanhado de três mercenários de sua confiança.

João apresentou-se ao grupo, com arma de fogo e munição, determinado a acompanhá-lo no enfrentamento.

— Quero aprender como se domina essa gente.
— Com coragem, malícia e nenhuma piedade.
— E suborno e traição.

Chegaram à casa-grande do engenho de Fernando e Josefa, encontraram a porta aberta, mas tudo continuava como os proprietários tinham deixado. Alojaram-se na sala e passaram a noite por lá. De manhã, os escravizados se juntaram no terreiro, olharam temerosos os estranhos, mantendo distância da casa. O português saiu sozinho e desarmado até o alpendre. Orientou João e seus homens a ficarem atentos.

— Quem é o líder de vocês?

Um homem alto, magro, com marcas tribais no rosto, deu um passo à frente. Indefeso, não porta uma pedra na mão.

— Sou eu.
— E que lei autoriza escravo a matar feitor?

O homem descalço, vestindo calção sujo, pensou antes de falar.

— A mesma que autoriza um feitor a estuprar nossas mulheres e mandar castrar um de nós, como se a gente fosse porco.

O português olhou com desprezo os quase trinta homens e mulheres sem compreender por que não avançavam sobre eles, que eram apenas quatro.

— Espere aí que já te respondo.

Entrou na casa e apanhou um rifle escondido atrás da porta. O preto que parecia ser o líder continuava no mesmo lugar. O português derrubou-o com um tiro.

Três dias depois os proprietários voltaram ao engenho.

Inês, João e José

— Onde estás me levando, meu irmão?
— Ao paraíso, José, não reclame. Tu acreditas em Adão e Eva.
— E tu, não crês?
— Gosto de comer a fruta de Eva.

Um bando de aves se assusta, faz barulho e voa.
Os dois irmãos deixaram o canavial e se embrenharam na mata fechada e escura. João avança à frente, com um facão afasta os galhos do caminho. Difere bastante de José, um ano mais velho do que ele. É alto, tem o corpo musculoso e os cabelos louros abundantes. Apenas na cor da pele se assemelham, ambos são brancos rosados, com sensibilidade ao sol e às picadas dos insetos.

— Fica longe?
— Calma, não vai se arrepender de ter vindo.
— Ouvi barulho de água.
— Estamos chegando.
— E a surpresa?
— Que moço impaciente!
— Diga logo ou eu volto.
— Está bem, vou dizer.

Param quando avistam um córrego formado por uma nascente. A partir desse ponto, o caminho se trança de avencas e bambus. Os pássaros cantam com mais intensidade.

— Isso aqui lembra mesmo o paraíso, João comenta.
— Só não tem macieira.

— Mas tem Eva, a nossa prima Inês. Ela espera você.
— Que história é essa com a prima? Vou contar ao pai.
— Pode contar. E eu conto seu namorico com o primo Dimas, aquela mulherzinha doente. Só não me diga que é ele quem enfia no seu rabo. Se for, mato os dois.
— Cale a boca, João.
— Chore, pode chorar, você é mulherzinha igual a Dimas. A prima Inês vai tirar sua donzelice agora. Está com medo de quê, seu frouxo? Fuja e eu quebro seus dentes com um murro!

Os pássaros cantam alto, os dois irmãos mal se escutam, precisam gritar para se ouvirem. José olha um jenipapeiro, sente o cheiro forte e nauseante dos frutos caídos no chão. Apanha um jenipapo, imagina que seja a maçã da terra para onde veio com a família. Procura distrair o irmão, receia não passar na prova.

— E se ela engravida, João?
— Aborta com as ervas dos índios. Ou bato na barriga dela com um pau até matar a cria.

Se José fugir, o irmão irá alcançá-lo e trazê-lo de volta arrastado. João não aceita recusa às aventuras que trama.

— Inês acha que vou me casar com ela. Enquanto eu gostar do fruto, como. Depois, largo o caroço.

Uma abelha ferroa José no pescoço, ele grita com dor. João se aproxima e extrai o ferrão com as unhas sujas.

— Você está assombrado, irmãozinho, nem parece que é filho de nosso pai. Ainda não se acostumou aos modos da terra. São os mesmos costumes de Portugal, nós os trouxemos para cá.

Comporta-se como se fosse o mais velho, o palmo de altura acima do irmão lhe dá esse direito.

— Não aceito que me contrariem.

Aproxima-se de José, fala junto ao ouvido dele.

— Se Inês não der a você, mato ela. Digo que foi um negro que matou, Fabião, o que dirige nossa charrete. Não gosto do safado.

Por que será que não gosta? Ninguém sabe, não importa.

— Quem põe em dúvida a palavra de um branco contra a gagueira de um escravo?

Mata e acabou, fica por isso mesmo. Outros continuarão matando igual a ele, na impunidade.
Escutam choro. Na pouca luz da mata, Inês aparece. Os sapatos e o vestido se molharam na água lodosa, os cabelos longos lembram um ninho de folhas e embiras, a mala que carrega sujou-se de lama.

— João, por que demorou tanto? Fiquei com receio de coisa ruim.

Corre para abraçá-lo, mas ele a empurra.

— Já falei que não tolero esses arroubos.

Ela avança novamente e ele recua.

— João, está me rejeitando? Você mandou que eu viesse e eu vim. Quase não acerto o caminho. Se vamos fugir, por que esse lugar?
— Não vou fugir, Inês, pare de imaginar histórias. Não tenho motivo para deixar a casa de meus pais.
— João, assim me enlouquece!
— Inês!
— Fale.
— Está vendo meu irmão José?

A moça encara o primo como se o visse pela primeira vez. Envergonha-se e baixa os olhos, humilhada.

— Inês, escute.

A moça não se move.

— Viemos aqui por um motivo. Não se faça de surda. Está me ouvindo? Dê ao meu irmão o mesmo que me dá.

D. Casimiro de Medeiros

O Palácio Episcopal de Olinda, sobrado erguido numa colina com vista para o mar e a cidade do Recife, se arrogava importância na coberta dos três pavimentos com eira, beira e tribeira. Bem próxima à residência dos bispos, a igreja da Sé, pesada e sem enfeites, conhecera o fogo e a ira dos flamengos calvinistas, sobrando as paredes de pé.

Numa carta, os irmãos Alves Carvalho solicitaram audiência ao ilustre d. Casimiro. Presentes foram enviados com bastante antecedência. O carro puxado por bois arrastou-se dos massapês da Mata Norte de Pernambuco até a orgulhosa cidade onde as famílias ricas e poderosas possuíam casas.

A diocese agendou a entrevista, e Antonio Alves Carvalho, Anacleta Vieira, Fernando Alves Carvalho e Josefa Mendes compareceram ao encontro pontualmente, precisando chegar em Olinda um dia antes e dormir na casa dos parentes.

Na antessala do senhor bispo, sentaram-se em marquesas de jacarandá e palhinha, nervosos com a gravidade do assunto que traziam. José e João, vestidos em suas melhores roupas, preferiam ficar de pé e olhar a rua através das janelas. Inês permaneceu no engenho sob a guarda dos irmãos, trancada à chave. Ninguém cogitou trazê-la como depoente, embora fosse a mais interessada em defender-se. Aos pais, tios, primos e ao bispo foi concedido o direito de julgá-la.

Quando a secretária balançou a sineta indicando que podiam entrar, os seis portugueses do Norte fizeram o sinal da cruz e se dirigiram temerosos ao luxuoso gabinete.

— A paz em Nosso Senhor Jesus Cristo, repetia d. Casimiro na forma de cumprimento e estendia a mão com o anel episcopal, onde afirmavam existir uma pequena felpa da cruz de Cristo. Todos beijavam a joia preciosa e dobravam o corpo até quase tocar o chão.

Os mais velhos ficaram próximos à autoridade eclesiástica e os dois rapazes, um pouco atrás, guardavam distância respeitosa.

— Sejam bem-vindos, meus filhos.
— Obrigado, eminência.

Falaram, ignorando que o tratamento eminência era exclusivo para os cardeais e que aos bispos se tratava por excelência. D. Casimiro não corrigiu o erro, talvez porque do alto de sua vaidade e poderio se considerasse um cardeal.

— Entre os demandantes não há também uma moça?, perguntou.
— Sim, eminência, mas decidimos não trazer. O mau comportamento dela nos envergonhou muito. O que for decidido por nós, ela será obrigada a cumprir.

Josefa Mendes, a mãe de Inês, tinha redigido a petição ao bispo e falou primeiro. Sem levantar a cabeça, arrumava com as duas mãos as rendas do vestido.

— E quem são esses moços tão bonitos?

À pergunta, José baixou os olhos e permaneceu sentado. João levantou-se da cadeira, fez uma vênia elegante e sorriu ao bispo, que mirou um ponto entre as coxas do rapaz, onde sobressaía na calça apertada o seu dote. Antes de retornar com os olhos ao mesmo lugar que o cativara, e que João insolente expunha, arqueando as pernas, d. Casimiro dirigiu-se aos pais aflitos.

— Meus filhos amados, primeiro deixem que eu agradeça as doações que fizeram à nossa diocese e que serão todas destinadas aos mais pobres e carentes.

Enquanto falava, todo ele imponência e ostentação, tinha o costume de girar o anel no dedo e erguer com a concha da mão uma pesada cruz em ouro e diamantes, pendente do pescoço por uma corrente de ouro, como se a joia representasse um cetro.

— Mesmo que tenham relatado suas queixas na carta tão bem redigida...
— Obrigada, santidade, d. Josefa Mendes apressou-se em agradecer chorosa, atrapalhando-se mais uma vez no tratamento, que d. Casimiro não corrigiu.
— Acho importante que relatem o ocorrido com mais pormenores para chegarmos a um julgamento ponderado e a uma sentença justa. Como os dois rapazes são parte interessada nesse processo, peço que se retirem um momento para a sala ao lado e, no final, serão chamados.

Houve uma troca de olhares entre o bispo e João, que ninguém percebeu em meio a tantos alvoroços e pesares.

Marília Reis

Mal os rapazes deixaram o gabinete de d. Casimiro começaram os choros e lamentos, Antonio e Cleta se queixando que os filhos foram seduzidos, Fernando e Josefa acusando os sobrinhos de imorais, violentos e abusadores. A narrativa não ganhava uma ordem compreensível e o bispo, pressentindo que ficaria um dia inteiro ouvindo queixas e acusações, decidiu tomar a palavra.

— Meus filhos, avalio o sofrimento de ambas as partes e o desejo de manter a honra de seus filhos e da família. Costumo dizer em minhas prédicas: a família acima de todos, Deus acima de tudo.

D. Josefa chora inconsolável, defende a filha Inês, acusa João de ser um devasso e repetir a mesma conduta com as moças pobres e nativas dos engenhos.

O bispo escuta, sorri e retoma a fala.

— Os costumes da terra são imorais, as mulheres se entregam aos homens sem qualquer pudor, desde as índias que andam nuas às negras que não têm vergonha de se oferecer. As moças brancas de famílias católicas crescem vendo esses maus exemplos e resolvem segui-los. Inês merece ser castigada por indecência e mau comportamento. É próprio da mulher o recato, dela se espera baixar os olhos na presença dos homens, ou nem mesmo se mostrar a eles. O que fazia a menina no meio do mato, à espera do amante? Os rapazes têm culpa? O natural ao homem é deixar-se seduzir, satisfazer seus instintos. As mulheres educadas nos rituais da Igreja católica, no amor a Deus e na obediência aos pais só devem pensar em ter filhos, criá-los com desvelo, administrar a casa e servir aos seus maridos.

Fernando e Josefa sentem-se humilhados ao ouvir as palavras de d. Casimiro, olham Antonio e Cleta com rancor, imaginam uma desforra, qualquer que seja o veredito eclesiástico. Temiam que o julgamento da Igreja fosse contra a filha, mas alimentavam a esperança de que o bispo aconselhasse o casamento entre os primos, ou até exigisse que fosse realizado como reparação aos danos sofridos pela moça.

— Todos os dias julgamos casos iguais a este que vocês me trazem. O mais recente, e narro porque não se trata de segredo de confessionário, é o de uma fidalga que terminou cruzando os muros de um nobre recolhimento em Olinda, revoltada como se fosse conduzida a uma prisão. Mas não se tratava disso, vocês vão me ouvir e concordar comigo. A moça se chama Marília Reis e desejou casar-se com Manoel José Vianna, um homem inferior a ela em qualidades. Se dizendo enamorados, os dois resolveram enfrentar a negativa da família de Marília, chefiada pela viúva d. Ana Ferreira Maciel. A mãe tornou público que Manoel José só queria tirar vantagem econômica dos seus bens e da filha, todos em inventário. O moço foi considerado indigno, pela origem de seu sangue, de entrar para o seio dos Ferreira Maciel. A matriarca escreveu um documento em que revela os motivos de sua abominação ao casamento, afirmando que Manoel José não podia imiscuir-se numa família de reconhecida nobreza e retidão. Que era filho de um moço de servir, depois caixeiro e lojista de retalhos, que tinha sido casado com uma adúltera de fama reconhecida.

— Desculpe, eminência, mas este não é o caso. São dois primos, do mesmo sangue e com bens iguais.

— Sei, d. Josefa, apenas quero referir como os costumes se corromperam. Posso continuar?

Ofendida, a mãe concorda balançando a cabeça.

— A condição subalterna de Manoel José, vindo de um povinho ocupado com trabalhos manuais, mestiço e impuro de sangue, punha o casamento fora de cogitação no seio de uma família que se considerava nobre e limpa. Marília não tinha completado vinte e cinco anos, era considerada menor, não podia tomar a decisão de se casar porque ainda estava sob tutela. Manoel procurou apoio do juiz de órfãos que cuidava do inventário de Marília. Compadecido, o juiz tentou amedrontar a mãe da moça, retendo o andamento do inventário. Recebeu uma negativa, ofendeu-se com seu pouco prestígio e dispôs-se a realizar o casamento com o apoio do ouvidor-geral, corregedor da comarca e governador da capitania. Não mediu esforços na sua luta, nem mesmo econômicos. Marília refugiou-se na casa do juiz, que esperava conseguir a emancipação da moça e a antecipação dos seus vinte e cinco anos para poder casar-se livremente com Manoel José. Na casa do juiz Domingos Afonso, Marília podia sair à janela, ir à missa sozinha e frequentar alguns divertimentos com o amado, acompanhada do casal que a hospedava.

— É difícil nossa situação de mulheres, queixou-se Josefa, nem amar podemos. Muitas vezes amamos o homem errado, como minha pobre filha.

— Mais recato, senhora, limite-se a ouvir. A história será um exemplo para o que vamos julgar.

Contrariada, d. Josefa calou-se.

— Como não conseguiram autorização para realizar o casamento, o juiz e Manoel José forjaram um despacho, imitando a letra do vigário-geral, concedendo a licença. Com o auxílio de um padre, os enamorados se casaram. Inconformada com a desobediência da filha, Ana Ferreira Maciel impetrou uma devassa para apurar a autenticidade do despacho, conseguiu trinta testemunhas favoráveis à anulação, que foram ouvidas na casa do vigário-geral e do juiz eclesiástico. Nesse tempo, Marília e Manoel viviam numa casa alugada. Contam que eram felizes. O povo achou o caso escandaloso e a família Maciel procurava o autor da falsificação. Depois de tudo examinado e ouvidas as testemunhas, julgaram o casamento inválido e Marília e Manoel José solteiros, livres e desimpedidos. Por fim, o tribunal decidiu que, mesmo solteiros, por conta da sentença ficavam inabilitados para realizar novo casamento entre eles, pelo crime e pela malícia. Decidiu ainda que todos os envolvidos eram culpados, e que Marília e Manoel José deveriam ser separados, excomungados e presos.

Ao escutar o desenlace da história, d. Josefa não se contém e chora alto, abraçada ao marido.

— Acalme-se para ouvir o restante. O desfecho interessa a vocês, intervém d. Casimiro.

Toca a sineta, um escravo entra, ele pede água para todos e retoma a narrativa.

— Concluído tudo, Ana Maciel, a mãe de Marília, usa a autoridade de matriarca e pede ao rei que sua filha seja logo e para sempre ingressa e selada no Recolhimento de Nossa Senhora da Conceição da cidade de Olinda, donde jamais poderá sair e ser retirada.

Depois de um grito, d. Josefa desmaia e tomba da cadeira.

João

No tempo em que acontecia a conversa a portas fechadas, os dois irmãos subiram a uma das torres do palácio e ficaram contemplando o mar e a cidade do Recife, o porto repleto de navios de muitos lugares do mundo, vários tumbeiros das costas africanas. Extasiados com a beleza, nem pensam em se doer com o sofrimento de homens, mulheres e crianças arrancados de seu chão na África, transportados e vendidos como mercadoria.

Os rapazes escutaram boatos sobre a queda nos preços do açúcar, a crise açucareira em Pernambuco, a falência dos senhores de engenho que constroem sobrados em Olinda, se endividam pedindo dinheiro emprestado aos mascates do Recife, portugueses sem ranços de nobreza que preferem se entregar ao comércio e à usura, cobrando juros altíssimos aos seus devedores.

Mas Olinda é para os olhos, ao alcance da vista estão os casarões, jardins e quintais, as muitas igrejas onde se gastam quilos de ouro em douramentos de altares, extraídos do fundo das minas com o sacrifício de vidas que não resistem mais de cinco anos aos trabalhos forçados.

Quanto luxo para os olhos dos irmãos esquecidos da disputa que os trouxe ali, conflito semelhante ao das cidades rivais. Distraem-se vendo o Beberibe e o Capibaribe juntando as águas barrentas e doces, entrando pelo mar salgado e recebendo em fluxo contrário as embarcações a vela chegadas de fora, de muito longe, ganhando os vários cais do Recife.

Temerosos de não ouvirem o chamado à audiência, se despedem da paisagem cheia de alegria e êxtase, aonde não chegam gemidos, queixas nem sofrimentos. Descem as escadas no instante em que a sineta do bispo volta a tocar, entram na sala onde d. Josefa ainda chora e soluça e os dois casais evitam trocar olhares. José permanece maravilhado com o que viu. João, enquanto olhava lá fora, urdia um plano para sair-se bem no julgamento eclesiástico.

— D. Casimiro, peço a vossa excelência que me ouça em confissão antes de passarmos às sentenças desse processo informal.

O bispo sorri por motivos que ninguém suspeita, levanta-se com esforço da cadeira de espaldar alto com entalhes de cenas piedosas, convida João a ocuparem um confessionário numa capela ao lado e se retiram.

Na ausência deles, José é ignorado pelos casais que confabulam em voz baixa e se hostilizam com gestos disfarçados. Depois de algum tempo, o bispo retorna com ar beatífico e ocupa seu trono. João entra na sala logo em seguida, sorridente e de cabeça erguida.

Os que permaneceram no gabinete olham angustiados para d. Casimiro de Medeiros, à espera.

— Meus filhos, insisto em dizer-lhes que nesta casa orientamos o rebanho da Igreja e recomendamos condutas. Sou um bispo pastor de almas, não ocupo o lugar de juiz eclesiástico. Posso aconselhá-los quanto ao futuro dos seus filhos, mas a decisão de seguir ou não cabe aos senhores.

Respira fundo, bebe goles de água, revira os olhos para cima como se buscasse inspiração.

— O combate às necessidades do próprio corpo é talvez o mais doloroso desafio a um verdadeiro cristão. Em nome do controle sobre a fome, os santos submetiam-se a frequentes e prolongados jejuns. Na luta para conter o desejo sexual são Bento jogou-se nu sobre moitas de espinhos e são Francisco despiu-se e cobriu-se de neve.

Volta o olhar piedoso ao alto, gira o anel no dedo e suspende a cruz de ouro e diamantes na palma da mão. De pé, risonho e insolente, João parece seguro da sentença final.

— Pensei muito na dor de vocês pais e mães e aconselho que José seja encaminhado à formação de padre na Bahia. Percebo vocação e beatitude nesse rapaz, sugiro que se devote à causa de Deus, doutrinando as gentes selvagens dessa terra. Precisamos muito de novos evangelizadores. E é sempre bom, nesse tempo difícil que atravessamos, ter alguém do clero no seio da família.

Depois de uma rápida troca de olhar com João, d. Casimiro retoma o aconselhamento.

— João, a quem confessei e absolvi os pecados veniais, é um bom menino, deve continuar na companhia dos pais, ajudando na labuta do engenho, administrando os escravos cada dia mais revoltosos e fujões.

Fernando e Josefa estremecem com a benevolência do bispo e se perguntam o que ele reservou para a filha.

— Quanto à moça Inês, é necessário que ela estabeleça um contrato aos pés da Virgem Maria, honrando-a com grande devoção. Não creio que ela alcance isso sozinha, num ambiente inculto de engenho, convivendo com escravos negros e indígenas, mestiços e gente sem moral. Aconselho que vocês a deixem no Recolhimento de Nossa Senhora da Conceição, aqui em Olinda, onde as famílias nobres da terra internam as filhas de mau comportamento, para castigá-las e corrigi-las. Já falei sobre essa casa ao relatar a história da infeliz Marília Reis.

O bispo parece exausto pelo esforço de ouvir e orientar. Levanta-se e todos o acompanham. Ergue a mão direita para o alto e desenha a cruz de uma bênção.

— *Vade in pace, dominus tecum.*

Apanha um livro sobre a mesa e o entrega a Anacleta quando se despede à porta.

— Filha, soube que costuma ler a *Legendae sanctorum*, manuscrito repleto de bons exemplos. Peço que leia as desgraças dessa infeliz filha da terra, um relato de como não se deve ceder às tentações do corpo e da soberba.

Quando José regressou de sua formação eclesiástica na Bahia, a crise açucareira se transformara num levante. De um lado, mascates do Recife lutando pela emancipação da vila, que prosperava, ascendendo a capital da província. Do outro, nobres falidos e endividados, os senhores de engenho moradores de Olinda.

No caminho de volta a casa, Fernando e Josefa remoíam o que calaram na presença do bispo, temerosos de serem levados a um tribunal eclesiástico e severamente punidos. Josefa lamentava não ter citado o livro do Gênesis, onde se trata da preferência de Deus por Abel, da rejeição às oferendas de Caim. Por que d. Casimiro de Medeiros fora tão injusto com Inês e complacente com João? A escolha parcial motivou-os a encaminhar a filha ao Recife, onde ficou morando em casa de parentes. Desgostosos com o irmão e a cunhada, arruinados pelos prejuízos do açúcar, decidiram vender o engenho e se tornaram comerciantes como muitos outros portugueses chegados no mesmo navio e que agora gozavam de ótima situação financeira. Em pouco tempo residiam no Recife, acomodados à nova sobrevivência. Inês foi pedida em casamento por um rapaz mestiço, moço próspero e de valor, filho de português com uma mulher natural da terra.

Em seguida ao encontro, d. Casimiro de Medeiros hospedou-se por quinze dias num engenho em Vicência. Na viagem de ida, passou em Tracunhaém e levou João em sua companhia, na condição de ajudante de quarto, o que lhe dava o direito de dormir no mesmo aposento do bispo. Anacleta se orgulhava da desenvoltura do filho mais novo, por quem nutria indisfarçável preferência.

Durante a Guerra dos Mascates, tornaram-se mais evidentes as dificuldades dos engenhos pernambucanos. Antonio Alves Carvalho e Anacleta Vieira buscavam nova sobrevivência para os filhos. A criação de rebanhos bovinos, caprinos e ovinos nas terras sertanejas parecia o mais novo filão colonial. Antes que José voltasse do exílio na Bahia, Antonio tinha conseguido títulos de terra, sesmarias extensas no sertão do Ceará, à época província de Pernambuco. No retorno do primogênito, Ana Maria casou-se com Bernardo Corrêa Nunes, uma aliança que não era prestigiada pela Igreja católica porque se tratava de um rapaz descendente de judeus batizados em pé. O jovem Bernardo tinha uma fortuna considerável. No contrato de casamento pouco se levaram em conta os sentimentos de Ana Maria pelo futuro esposo, preferiu-se presumir que era um bom negócio para as duas famílias.

José

As chuvas de dezembro foram promessas frustradas de inverno. Janeiro entrou seco e quente, em fevereiro havia escassez de pasto e pouca água nas barragens. Borboletas enchiam os ares de encanto e leveza, mas eram prenúncio de lagartas devoradoras. Semelhante à praga bíblica dos gafanhotos, elas devastavam tudo, sobrando apenas talos secos de capim, que o gado se recusava a comer. O milho e o feijão plantados mais cedo não vingaram e, se voltasse a chover, seria necessário um novo plantio.

José se inquietava ao ver o gado emagrecendo, as carnes diminuíam o peso no abate, perdiam a qualidade que os exportadores do Recife e Aracati exigiam. Sem a capa de gordura do jabá, os fregueses refugavam. Antes que bois e vacas começassem a morrer de fome e sede, os irmãos decidiram acelerar a matança para minorar o prejuízo.

Nomeado sargento-mor, João chegou às ribeiras do Jaguaribe para tomar posse de suas terras e estabelecer residência. Mesmo casado com Catarina Ferreira Ferro, herdeira do patriarca Francisco, vivia como se fosse um homem solteiro.

No sertão, fixou morada na fazenda Bebedouro, próximo à parentela. Encarregou-se de transportar ao Recife o algodão, as carnes, o couro, tudo o que era negociável nas propriedades da família. Demorava em retornar das viagens, preocupando a esposa e gerando desconfiança nas pessoas da família. Alegava que tinha ido visitar os pais, velhos e sozinhos no engenho de Tracunhaém. Voltava carregado de encomendas, tecidos, perfumes, calçados, chapéus finos, até brincos e anéis, tudo o que pudesse gerar lucro.

Ausente de casa, ocupado no manejo dos rebanhos para lugares de melhor pastagem e com mais água, José sente-se aliviado no desejo que o atormenta. Fica semanas inteiras alojado em palhoças, olha o céu à procura dos sinais de chuva, longe dos santos no altar e da obrigação de rezar missas. Experimenta a mesma exaltação dos outros vaqueiros, descobre que o ofício requer prática, conhecimento e habilidade, como narram as histórias vividas por homens e animais na caatinga.

Mas a falta de um corpo feminino não dá sossego, o prazer alcançado sozinho não o satisfaz.

Quando em março voltou a chover forte, José achegou-se a casa, olhou Páscoa e percebeu que era outra pessoa. O mesmo milagre da chuva, transformando a terra seca em fértil, acontecera com ela. As mulheres segredam que Páscoa se tornou moça, se estivesse com o povo jucá, poderia casar-se e parir filhos.

O padre cogita enviá-la à casa de João, mas não confia que ele a respeite. O cunhado Bernardo e a irmã Ana Maria residem na ribeira do Machado, se a mandar para tão longe dificilmente tornará a vê-la. Resolve deixá-la ali mesmo, onde foi acolhida e é estimada por todos. Fabião costuma carregá-la na garupa do cavalo para conhecer os grotões de serra e a floresta encorpada em que ele se esconde, toca a rabeca e recorda o lugar de onde o arrancaram pequeno.

Numa noite em que se arrancharam comboieiros vindos do Cariri, José se sentou no alpendre, ouvindo a conversa dos viajantes. As malas de rapadura e cachaça foram armazenadas por temor da chuva, que dava sinal. Um homem principiou a contar histórias, os da calçada pediram que falasse mais alto, pois também desejavam ouvir.

— E aconteceu de verdade?
— E o que é a verdade para se afirmar que é?
— Então conte assim mesmo.
— Era a Maria, aquela que morava numa casa pequena, de único vão, junto à parede do açude, em Arneiroz.
— Não sei quem era.
— A vida inteira pensou em casar, mas nunca teve a sorte de arranjar quem quisesse ela. Bonita, envelheceu se enfeitando, na esperança de um homem. Nem sei como aguentava o cio.
— E mulher tem cio?
— Os animais fêmeos têm, por que a mulher não?

— Conte.
— Ela criava uma cachorra, um animalzinho rabugento e sem futuro. Era a única companhia. Uma noite, depois de se trancar em casa, apagar a lamparina e se deitar na rede, ouviu baterem na porta, de leve, quase nada. Largou o rosário e apurou o ouvido. Escutou a mesma batida pela segunda vez e o coração disparou. O desejo de uma vida nova finalmente ia ser satisfeito. Arrumou a camisola, passou os dedos no cabelo como se fossem pente, molhou os lábios com a língua. Na terceira vez que bateram, a cachorra, que parecia adormecida embaixo da rede, respondeu: Maria lavou pé, lavou mão, já foi se deitar.

Os risos ecoam na noite de arredores silenciosos, parecem a distensão do medo. Ninguém confessa acreditar naquilo.

— Maria esperou e nada. Nem sinal. Enfurecida, estrangulou a cachorrinha com as próprias mãos e enterrou-a num buraco atrás de casa. O sol amanheceu, o dia arrastou-se devagar, parecia sem fim. Antes que a noite chegasse, Maria tomou banho, pintou-se com ruge e batom, olhou no espelho o pescoço cheio de rugas e os peitos murchos, sentiu-se um vidro de perfume guardado há anos, do qual o cheiro tinha ido embora. Encostou a porta de entrada sem passar a tranca, sentou-se na rede e não apagou o candeeiro. Na mesma hora do dia anterior, como se estivesse marcado num relógio, bateram na porta. E detrás da casa, uma voz longe e abafada falou: Maria lavou pé, lavou mão, já foi se deitar. Do jeito que apareceu, a coisa estranha desapareceu, sem deixar sinal ou rastro. Mais enfurecida do que antes, Maria desenterrou o corpo apodrecido da cachorra e jogou-o longe, tão longe que ninguém podia imaginar. De noite, repetiu-se a assombração. Dessa vez, a voz que respondeu ao apelo era baixa, quase não dava para se ouvir: Maria lavou pé, lavou mão, já foi se deitar. Enlouquecida, a mulher procurou o corpo coberto de tapurus, queimou-o até que só restassem cinzas, juntou-as e levou para mais longe ainda, precisou subir e descer uma serra, e fazer o mesmo percurso cansativo de volta. No pouco tempo que restava antes da noite chegar, ela vestiu o melhor vestido, arrumou-se e esperou o visitante. Na hora de sempre bateram à porta. Bateram a segunda e a terceira vez e nada de resposta, apenas o silêncio, o barulho do vento e o canto de alguma coruja. Os tremores da mulher balançavam a rede. A porta rangeu, escutou-se um trovão, depois um relâmpago clareou o visitante. Era a Morte e levou Maria.

De repente, o céu se carregou de nuvens, trovões estrondaram e relâmpagos clarearam o mundo. Nos primeiros pingos de chuva, todos correram para se abrigar. Os tropeiros acostumados a dormir debaixo das árvores se recolheram ao armazém, onde guardavam as cargas. O inverno chegara de volta.

O padre José se deitou, sabendo que não iria dormir. Não rezou, não leu o breviário, não desenhou o sinal da cruz na testa, na boca e no peito. Sentia-se desguarnecido. O que esperava? Que batessem à porta e entrassem para levá-lo?

Despiu-se por completo, nem uma ponta de lençol cobria sua nudez branca, iluminada pela luz dos relâmpagos atravessando as frestas das janelas e do telhado. A chuva não parava de cair, o rio Umbuzeiro corria barulhento perto da casa, arrastava balseiros, árvores tombadas, bichos mortos por afogamento.

Levantou-se e palpou o corpo. O membro pequeno, duro, subia até a barriga e dava sopapos. Com a ponta do dedo tocou a glande e a baba viscosa que a recobria. Abriu a porta do quarto, avançou no escuro clareado pelos relâmpagos. Páscoa dormia num cubículo minúsculo anexo à despensa, numa rede tecida por ela mesma. E se gritasse? Iria recusá-lo? Acertou o caminho sem tropeçar em nada, o estrépito da chuva e da enchente a resguardar os ruídos menores. Pôs a mão no punho da rede. E se não fosse a indiazinha quem dormia ali? Conhecia o lugar, reparava nele desde que Páscoa era criança, só que nunca teve coragem de se aproximar dela. Agora podia, Páscoa tornara-se moça. E se engravidasse? Lembrou de Inês e de João, da pergunta se nunca provaria o fruto do paraíso. Desajeitado e trêmulo, afagou um dos pés da menina e desceu a mão até as pernas e as coxas. A indiazinha deitava-se nua como as mulheres de seu povo. Chegou ao sítio entre as coxas, tocou-o. Páscoa se remexeu, temendo que ela gritasse, antes que isso pudesse acontecer falou sou eu, José. A menina aquietou-se, ele sentiu a vagina preenchendo a mão. Um jato forte pulou de seu membro duro, depois outros, em sucessivas convulsões. Onã desperdiçava o esperma na terra, nos tijolos úmidos da casa, o Gênesis se repetia no sertão, o homem é sempre o mesmo e não faz mais do que reproduzir velhas histórias.

Amedrontado, recolhe a mão pousada na vagina, recua o corpo, pronuncia vezes a fio *memento mori, memento mori, memento mori*. Volta ao quarto, tropeça nos objetos do caminho, tranca a porta à chave, cobre-se com o lençol, treme possuído pela terçã do medo. Chora abafado pelos trovões fortes, geme e estrebucha, mas nada contém a agonia do desejo, nem o priapismo que não cede.

José e Páscoa

Antes que a casa despertasse o padre seguiu ao lugar onde dormiam os escravizados, chamou Fabião e deu ordens para correr os olhos na boiada. Teria morrido algum bicho afogado na enchente do Umbuzeiro? Fabião balança a cabeça em sinal de obediência, irá avaliar os estragos da chuva. É um bom vaqueiro, ninguém o vence nas pegas de bois, nem nos duelos com os versos e a rabeca. As pessoas dizem que ele junta o dinheiro ganho nas cantorias, festas de casamento e apartação. Depois de se embriagarem, os senhores ricos tornam-se esbanjadores, sacam moedas dos bolsos e mandam Fabião cantar. Pródigos em inventar motes, eles querem improvisos indelicados com os fazendeiros rivais. Mas Fabião é experiente em cantorias, sabe como improvisar e nunca arranja briga para si nem para os apreciadores de sua poesia.

Lá pelo segundo cantar do galo, na noite em que José não pregou os olhos, não rezou o pai-nosso nem a ave-maria, antes que começasse o alvoroço na cozinha os comboieiros partiram debaixo de chuva. Da cama onde estirava o corpo, o padre ouviu os estalos dos relhos e as ordens gritadas à tropa de animais. Entre os ruídos e as muitas vozes destacou-se um romance antigo, cantado pelo tropeiro menestrel, igual aos versos que a avó costumava cantar para o menino José: Dizei-me vós, cavaleiro dessa tão formosa armada, se vistes o meu marido na terra em que Deus pisava.

No comum das vezes, ao ouvir as cantigas sentia amargura e vontade de também partir mundo afora com os tangerinos, mesmo ignorando para onde seguiam. Habituara-se a que outros fizessem as escolhas por ele. Primeiro, quando deixara o mundo velho para trás, em troca do mundo novo. Depois, quando o empurraram à Bahia, onde se ordenou padre, sem lhe perguntarem se tinha vocação religiosa. E quando voltou à casa paterna e o seu futuro havia sido traçado pelo pai.

O sertão.

Mas o que é mesmo esse lugar?
Uma paragem referida como as terras de trás, bem depois de depois, onde o Cão perdeu as botas. No litoral, bastava olhar o oceano para refazer os vínculos com Portugal, seguir numa travessia longa e perigosa, mas ao fim... nem sabe se os avós continuam vivos, se a avó ainda canta romances. Certamente não.
Deseja o começo de outra vida, um esboço de sertanejo já se desenha nele, diferente do que era na infância portuguesa, na Mata de Pernambuco ou na Bahia litorânea. Gosta de ser homem encourado, mais do que padre com gestos aprendidos em anos de doutrinação. No seminário, o corpo deformou-se em maneiras de sacerdote e a memória repetiu credos sem juízo nem certeza.

— Creio em Deus Pai Todo-Poderoso, criador do céu e da terra.

Crê mesmo, com fé e convicção? Daria a vida por Jesus, como os mártires da *Legenda áurea*, que a mãe lê todos os dias?

— Creio no Espírito Santo, na Santa Igreja Católica.

Crê mesmo?

— Creio na ressurreição da carne.

Sim, desde que ela ressuscite para o gozo.

O romance que ouviu cantarem, depois de passar a noite cheio de desejos, falava de um cavaleiro desgarrado nas pastagens do destino.
— O sertão é a terra onde Deus nunca pisou. Nele, os jucás comiam os frutos maduros sem culpa, livres da tirania do pecado.

Batem à porta, perguntam se vai comer alguma coisa, responde sim, podem servi-lo na mesa da cozinha. Lava-se com a água deixada numa bacia de barro, não rezou as orações da manhã, se arruma, veste-se igual ao comum dos homens. O hábito que aprecia vestir se compõe de perneiras, peitoral, gibão e chapéu de couro.

Demora a abrir a porta.

É um homem solteiro, um padre com mulheres em casa. Nenhuma delas foi tomada por esposa ou amante. Se morasse numa vilazinha, teria igreja e casa paroquial servidas por sacristão, as refeições preparadas por uma velha beata, que também cuidaria de suas roupas e da limpeza dos aposentos.

O sertão se inventa a cada hora, em dias longos e arrastados, com o mundo a se criar do nada.

Senta-se para o desjejum. Tereza serve coalhada, cuscuz, bolo, queijo e leite numa mesa comprida, sem toalha. Antes de acomodar-se à cadeira com forro de couro cru, José tira água de um pote e bebe. Chove e as mulheres arrastaram o pilão até a cozinha, preparam a paçoca do almoço. Duas delas socam e amassam farinha de mandioca, manteiga e carne-seca assada. Alternam-se nos movimentos de subir e descer os corpos com as mãos do pilão. Prenderam as saias entre as coxas, suam, e o suor escorre para dentro da mistura. Quando os braços se elevam, as axilas ficam à mostra, os peitos e as bundas balançam, revelam as formas através do tecido suado.

A transpiração cheira forte, mais do que a carne de boi assada e esmagada dentro do tronco de angico escavado, queimado até se transformar num instrumento de maceração. O bodum se assemelha ao odor que exalam as éguas e as cabras para atrair os machos durante o cio.

Quando morava na Bahia, numa subida ao Pelourinho com alguns colegas, José viu uma mulher vendendo bolos de mandioca, assados na folha de bananeira. Enquanto vendia os manuês para a sua dona, a preta amamentava o filho. Tinha arriado a blusa e expunha os seios, num gesto maternal sem pudor. Ao ver os peitos, o futuro padre teve uma ejaculação. Aproximou-se e falou para a mulher se cobrir quando amamentasse. Com medo do pelouro ali próximo, ela juntou suas coisas, prendeu a criança ao corpo com um pano e fugiu assustada. À noite sonhou com os dois peitos. A preta e o menino não apareciam nas imagens, apenas as mamas volumosas, que ele beijava com sofreguidão.

Levanta-se e repara na despensa, onde Páscoa estende a rede para dormir à noite. No quartinho improvisado montaram um tear, e a menina se ocupa fabricando um pano. Os movimentos da tecelã, ao contrário das mulheres pisando a paçoca, são suaves e firmes, quase não produzem barulho. Os cabelos grandes e pretos escorrem para a frente quando ela dobra o corpo. O padre se aproxima, deseja bom dia, Páscoa responde bom dia, não levanta a cabeça nem se distrai do trabalho que exige concentração. Ele sente desejo de abraçá-la na frente de todas as outras mulheres, mas se contém e volta ao quarto de dormir. Deita-se e ouve o que as mulheres falam, aspira o ar com intensidade, sente o cheiro dos temperos nas panelas e dos sovacos das mulheres pilando.

Adormece.
Acorda.
Volta a adormecer.
Acorda.

Parou a chuva.
Não sabe por quanto tempo entregou-se ao torpor do sono, à espera de que a noite chegue e alguma coisa aconteça. Pensa novamente no pai, na mãe, no futuro que escolheram para ele por sugestão de um bispo, que não lhe perguntou se desejava servir a Deus, nem se acreditava em Deus.

Desperto, presta atenção nas conversas.

A pessoa que mais gostaria de ouvir não fala, ocupa-se apenas em tecer fios.

— É igual a Satanás.
— Também...

— Quem nasce com a natureza ruim não muda.

— Que falta faz um boi para quem possui tantos?

— Soube da história assim: encarregaram o Cosme de pastorar o gado. Querendo ver melhor a pastagem, ele subiu numa árvore e lá em cima adormeceu nos galhos. A onça chegou de mansinho e nhoc comeu um bezerro. O sargento João soube e deu ordem: amarrassem o Cosme no tronco da árvore a noite inteira, deixassem a onça comer ele. Felizmente, a bicha se fartara com o bezerro e largou o coitado em paz. Cosme passou a noite latindo, imitando cachorro. Quando desamarraram ele, nem falava mais de tão rouco. Levaram ao tronco da fazenda e deram cem chibatadas.

— Tudo isso?

— Pior fez com o negro que tocava os comboios na companhia dele. Dizem que vinha pensando num amor lá do Recife.

— Qual? São tantos. Só não tem amor pela esposa.

— Fala baixo!

— Vinha na montaria, ao passo lento, e adormeceu.

— Quem?

— A peste, o Coisa-Ruim. Abriu os olhos do sono e viu Sebastião no cavalo, correndo atrás do burro com as mercadorias de valor. Nem perguntou o que se passava, pegou o rifle, atirou e Sebastião já caiu morto. Depois explicaram que o burro tinha se assustado com alguma coisa e Sebastião tentava pegar ele. O sargento João pensou que fugia e, sem perguntar nada, já foi matando. Para onde um escravo foge no sertão? Me diga se souber.

O padre entra na cozinha, dirige-se à cantareira de troncos de baraúna, com quatro jarras grandes bem assentadas sobre ela, todas cheias de água fria e limpa.

— O almoço ficou pronto.

— Não estou apressando vocês, vim apenas beber água.

— Nunca vi o senhor com tanta sede.

— Acho que foi o queijo salgado.

As mulheres trocam olhares cúmplices, espiam o homem inquieto, reparam na menina tecendo o madapolão. Segredam que água não mata a sede do padre, nem se fosse a de um açude inteiro.

José apanha um caneco de aro longo, enche um copo, contempla Páscoa, mas ela não tira os olhos do trabalho.

A chuva volta a cair forte.

Deitado na cama, José pensa nos pais, sabe que nunca mais irá encontrá-los. Guarda mágoa do que lhe fizeram, não precisavam castigá-lo tanto. Retorna à cozinha, pede que sirvam o almoço, come pouco, de cabeça baixa, pensativo e tristonho. Olhando-o assim, despido dos couros de vaqueiro, apeado do cavalo, parece um menino a quem rasparam a cabeça. As mulheres perguntam se vai rezar missa, é o dia de um santo de devoção. Ele fala que não, está indisposto, nem precisam improvisar o altarzinho na sala. Pergunta por Fabião, não voltou ainda, levou matula, talvez nem chegue para dormir. O padre manda que almocem, já é tarde. E essa menina, não para de tecer? Ela hoje amanheceu que só mexe com as mãos, a língua fechou-se na boca, não solta uma palavra, as mulheres respondem e de novo se olham.

José volta ao quarto, apanha um livro de orações mas não lê nem descansa. A mãe ocupava o tempo com a vida dos santos. Como passa a mulher que o pai arrastou na aventura dele, ao mundo excessivo de verde e sol, ao engenho arruinado? Melhor não pensar nessas coisas. Aguarda a noite, que parece não chegar nunca.

Agita-se, esmurra a mesa com o punho. Ganha os matos sem proteção contra a chuva, se enreda, se enlameia, banha-se na água barrenta do Umbuzeiro. A água fria acalma a agitação do corpo. Trata-se de uma serenidade provisória, logo a febre volta e a mente se desassossega de novo. E se estiver enlouquecendo? Era comum perderem o juízo no seminário, por conta dos jejuns e da abstinência. Alguns até se matavam.

Volta a casa, ao quarto, se despe, acha-se tão insignificante nu, quase nada de homem, apenas ossos e pele branca.

Veste roupa seca, uma calça, uma camisa.

O tempo não tem a pressa da chuva escorrendo nas goteiras, é lento, tensiona os cordões dos nervos.

Passa o descambar do sol, a viração da tarde, a tarde cedo e a tardinha. Deitado como se estivesse enfermo, ele conta os caibros, as ripas e as telhas. No sol se pôr continua prostrado, sem coragem de se resolver. Em nenhum instante sua consciência é atravessada por uma pergunta: O que Páscoa pensa e deseja?

Conta apenas a vontade dele?

Apenas a vontade dele conta.

Aguarda a noitinha, quando todos se recolhem, dormem e a casa silencia.

Responde não aos oferecimentos de janta e ceia, às perguntas se está doente, se deseja chás medicinais.

— Não, não, um não tão forte e seguro que desconhece a própria voz.

Noite velha, todos dormem.

Na hora da visagem o silêncio assusta.

Nu, descalço, a vela branca do corpo iluminando as sombras, José segue ao lugarzinho onde Páscoa arma a rede e descansa. Penetra o corpo da índia jucá e foge ligeiro. Retorna ao quarto de padre. À luz de uma lamparina nota sangue vivo em suas partes de homem. Lava-se e enxuga-se. Perto da meia-noite e no segundo cantar do galo volta até Páscoa, fica mais tempo, beija a boca relutante, amolega os peitos, indiferente à dor e ao sangramento da menina.

José e Fabião

Pelo frio da madrugada José se aquieta e adormece. Sonha com a mãe parindo na casa escura e fria da avó. Uma parteira conduz o trabalho, dá ordens, reclama. Panelas cheias de água fervem no fogão. Os homens aguardam do lado de fora, bebem vinho e conversam, indiferentes ao que se passa no interior da casa.

Ouvem-se berros, a parteira toma o recém-nascido nos braços, envolve-o em panos. José sente que veio ao mundo naquele instante, que é desconfortável nascer. A parteira costuma adivinhar o futuro dos bebês, as pessoas não acreditam no que ela diz, mas quase nunca erra. Olha o menino rosado, aperta-o entre os braços e faz a profecia.

— Essa criança, um dia, será padre.

— Não, eu não quero, José grita e acorda.

Pula da cama, veste-se com pressa. Ele mesmo sela o cavalo, monta e foge.

Não protegeu o corpo com o gibão, nem pôs sobre a cabeça o pequeno chapéu de couro quipá. Deixa as rédeas do cavalo soltas, entrega-se à vontade do animal.

Sente-se um criminoso em fuga, agoniado por uma nova consciência do corpo e pela certeza de que não é apenas espírito. Lanhados pelos espinhos e arbustos, homem e cavalo chegam às pastagens abertas, à choupana onde Fabião vigia e descansa.

José fala para ninguém, delira:

— Aqui nesse mundo não existe Deus. Nenhuma rédea contém nossos instintos. Não há recompensa para o bom, nem castigo para o mau. O que me ensinaram não passava de mentira, não existe virtude, vergonha nem justiça. Somos lobos vorazes, não aguentei a abstinência do sexo, é um sacrifício duro demais para mim. Mesmo com esse pecado, gostaria de me salvar. Aponte-me outro caminho mais humano, meu Deus.

Fabião escuta em silêncio.
José precisa falar, mesmo que seja aos lajedos. Se conhecesse o latim a ponto de se expressar no idioma, confessaria sua dor ao escravo.

— Ele não compreenderia nada, mesmo assim seria um alívio para mim.

Porém o seu latim é cada dia mais trôpego, mal articula o vernáculo da missa, as palavras soam apócrifas, como imprecações a Deus.
Diria que sua dor é pura felicidade, nunca antes conheceu tamanha graça. Sente vontade de chorar e rir de alegria. Agiu com a inexperiência de um religioso que não oficia a missa, um frade imberbe de dezesseis anos. Mas pela primeira vez contemplou Deus de perto, em carne e sangue.
Não pensa em ir embora.
Ou irá fugir?
Um grito de amor talvez salve o corpo e o espírito envergonhados de se desnudarem.
Olha o homem à sua frente, um ser que também é uma partícula de Deus, possui alma igual a ele, embora tenham lhe ensinado o contrário. Páscoa também é uma parte de Deus.
O mundo dá voltas, mudam as perguntas, as angústias, os demônios. E se o Cristo tiver uma outra palavra a dizer sobre esses homens, mulheres e crianças escravizados? Não quer pensar nisso agora, suas perguntas são outras, dizem respeito às dúvidas sobre o que fez, talvez o Cristo deseje curar suas feridas, torná-lo mais corajoso e capaz de enfrentar o que supostamente é pecado.

— Fabião, você pode gozar a força de seu corpo e se mantém longe das mulheres. Não toca em nenhuma delas e não deixa nenhuma tocar em você. Por que isso?

Fabião baixa a cabeça envergonhado, nunca imaginou escutar aquilo do padre José, não sabe o que dizer, talvez seja melhor calar.

— Aqui, pastorando seus rebanhos, observei os passarinhos. É tempo deles se acasalarem. Quando o senhor reza a missa, manda que a gente olhe os lírios do campo e as aves do céu, todos livres.

Teme o que possa acontecer se disser o que pensa. Cala com firmeza. Os senhores são imprevisíveis, por quase nada mandam um escravo ao tronco. Ou o matam.

— Continue, Fabião.
— Dizer o que ao senhor que sabe tudo? Eu nem ler sei.
— Responda o que perguntei.
— Me desculpe se falar o que não devo. Falta uma coisa em mim, o senhor não repara porque não sente falta dela. O que posso oferecer a uma mulher, se não sou livre? No engenho, sentia vergonha dos escravizados que aceitavam a condição de animais reprodutores. Não quero uma mulher nem filhos que serão vendidos e carregados para longe assim que puderem trabalhar. Me torturem, arranquem meus dedos, um por um, mas não faço escravos para os senhores.

O que Fabião relata quase não acontece no sertão, mas é comum no litoral. O costume veio do Reino, começou com os escravos mouros. Dava lucro e era o que importava. No mundo novo, uma mulher preta vale por dois pretos se elas fazem no campo o mesmo serviço dos homens e suas barrigas dão cria a mais escravos, aumentando a riqueza dos donos. As senhoras de engenho obrigam as escravas a terem filhos, a se entregarem aos reprodutores. Se alguma pare de homem branco ou mestiço, a cria será escrava. Até freiras e padres entraram nesse comércio.

— O senhor marca seu gado com a marca de ferro da ribeira do Umbuzeiro. Está vendo aqui no meu braço? É a marca do senhor vosso pai, foi impressa quando eu ainda estava sendo embarcado no porto da Costa da Mina. Já cheguei nessa terra com um proprietário. O senhor também pode me ferrar, com o mesmo ferro de seu gado. Lá, no meu povo, mais um tempo e eu subia a serra com os guerreiros velhos, ia ser instruído na caça e na guerra, receber as marcas de minha gente.

José não ouve uma única palavra de Fabião. Distrai-se olhando o pasto, os bichos soltos na engorda, quase no ponto de abate. Imagina que o sertão é o seu lugar na terra.

— O senhor quer água? Tenho uma cabaça cheia. Tirei uns capuchos de abelha jandaíra. O mel está bem docinho.
— Quero provar.

Mastiga os capuchos macios, quase se embriaga. Bebe a água fria numa cuia pequena.

— E o lugar onde você se esconde, onde fica? Quero conhecer.
— Não vale a pena. Só tem pedra e pé de pau. E uma gruta onde os antigos daqui gravaram sinais. Me arrancho por lá, armo a rede que a Páscoa me deu. Invento umas cantorias de festa. Lugar selvagem, o senhor não vai gostar. Volte para casa. Devem estar esperando o senhor com o almoço pronto.

Fabião ajuda-o a montar, canta um aboio. O padre olha o rapaz habilidoso, se espanta com a beleza da voz, nunca tinha prestado atenção. Agora percebe tantas coisas antes invisíveis, pergunta-se o que está acontecendo. Deseja ver Páscoa à luz do sol, não a viu desde que a conheceu como mulher. Por que a parteira lhe desejou a sina ruim de padre?

Puxa a rédea do cavalo, ele gira e salta. De relance, José repara no homem atento aos movimentos do animal, cuidando para que o patrão não caia, não se machuque. Será que merece tanto zelo e atenção? Envergonha-se da resposta que brota nele e dispara a caminho de casa, cheio de outras perguntas.

As mulheres

Elas se levantam às três da madrugada, ao primeiro cantar do galo. Nunca dormem antes das oito da noite, pois há muito trabalho a fazer. Mal se acordam, lavam o rosto e as mãos, prendem os cabelos, vestem roupa limpa e começam a jornada sem descanso, pois há galinhas pondo ovos, vacas dando leite, algodão para fiar e tecer, panos estendidos nos varais precisando ser engomados.

São elas que emendam as histórias ouvidas nos terreiros, nos roçados e na cozinha e as transformam em outras narrativas para onde confluem saberes do mundo, terminam sempre com uma nota de indefinição, se prolongando até as fronteiras do mistério, infinitas e misturadas como os temperos nas panelas de carne e feijão, que cozinham e depuram ao calor do fogo. As narradoras escutam, guardam, ruminam e depois passam adiante. Preservam a essência dos enredos fugidios, instáveis, ambíguos ao ponto da incoerência, porém vivos e eternos.

A cozinha é a colmeia de onde os enxames voam para todos os lados, criando a vida social, organizando o trabalho, zelando pelo bem-estar da família.

— Luzia, conta a história do bacurau. Amanheci com o coração apertado, preciso dar uma boa risada.
— A de meu povo jucá?
— E podia ser de qual? Você tem outro povo, por acaso?
— Sei lá, Tereza, ouço tanta coisa que misturo. Já nem sei mais quem sou, nem de que povo vim.
— Isso ninguém esquece.
— Sabe ao menos que está mexendo canjica, mulher? Tua gente fazia isso, não fazia?

— Meu povo fazia mingau, Irene. Ralava o milho, cozinhava com água e ficava no ponto de se beber. Aqui eu peneiro o milho ralado, boto leite, açúcar, manteiga, sal e mexo no fogo até cansar.

— Pois enquanto mexe conte uma história, assim o tempo passa mais depressa.

— Que história, daninha?

— A do bacurau.

— Eu lembro de pouca coisa, os padres me obrigaram a esquecer tudo, até a língua que falava.

— Vai, mulher, para de se queixar e recorda a história, senão você morre contrariada.

— Um velho jucá viu o bacurau pulando de um lado a outro e começou a gritar: Tua boca é grande, tua boca é grande. Não, não é, o bacurau respondeu, mas ficou zangado e disse que ia levar o velho. Vou te carregar comigo, vou te carregar... Agarrou o velho e arrastou até o meio do campo, depois subiu com ele bem alto, subiu, subiu... Soltou o velho lá de cima e ele caiu de boca aberta. Aí o bacurau cagou na boca do velho. É por isso que toda boca de velho fede.

As mulheres riem, Irene grita para Luzia que a canjica está queimando, ela se distraiu contando a história e deixou que o angu grudasse no fundo da panela. Passam depressa a outra vasilha. Tereza corre ao terraço da cozinha, vai receber a puba que os homens trouxeram. É a mais velha das três mulheres da casa, a que administra e dá as ordens. Chegou menina crescida no porto do Recife, embarcada em Luanda, onde viu a família pela última vez. Comprada pelos pais de Bernardo, recebeu educação para a cozinha. Quando Bernardo se casou com a irmã do padre José, os pais dele doaram a escrava como partilha de herança. No sertão, antes dos irmãos Alves Carvalho se separarem cada qual para suas terras, Bernardo deu Tereza de presente ao cunhado, a pedido da esposa Ana Maria. O padre celibatário precisava de uma mulher para administrar a casa.

Três dias antes os homens tinham arrancado as mandiocas, lavado para tirar a areia e deixado de molho em grandes potes de barro. Depois que as manivas apodreceram, eles descascaram e trouxeram para as mulheres findarem o trabalho. Agora peneiram a massa em urupemas de palha, tecidas por elas mesmas com a folha da carnaúba, e então lavam em sacos de algodão, espremem e botam para escorrer dependurados. Quando a puba está bem pastosa, as mulheres preparam bolinhos achatados nas palmas das mãos e os deixam secar ao sol, em jiraus ou nos telhados baixos dos alpendres. Depois de secos eles se tornam as carimãs, usadas nos mingaus, papas e bolos. Duram muito tempo, se guardados em malas de couro, forradas com panos limpos, lavados e secados ao sol.

— Tereza, olhei você aprontando a puba e sabe o que veio na lembrança? A festa da mandioca.
— Pois me conte como era, seu Calixto. Meu povo veio de longe, lá não tinha esse costume. A gente fazia festa na colheita do inhame.
— Eu sei que a senhora é da África e foi trazida escrava.
— E o senhor era o dono da terra e virou escravo. Estamos os dois na mesma situação.

Riem da própria desgraça.

— Um dia, a mulher dum chefe jucá pediu ao marido que deixasse ela ir ver o jacaré. O chefe disse que não fosse, porque os tios dela moravam perto do rio e eram feiticeiros maus. A mulher teimou que queria ver o jacaré e foi. Quando chegou no rio foi logo dizendo: Vim dançar com vocês, meus tios. Pois dança, sobrinha, um deles falou. E quando ela dançava um dos tios flechou ela e enfeitiçou. Depois outro e mais outro, até que todos os tios enfeitiçaram a mulher. Ela caiu morta no chão, e do corpo dela os tios fizeram a mandioca.
— Que história mais sem pé nem cabeça, seu Calixto, acho que o senhor está caducando. A que ouvi no Pernambuco não era assim.
— Cada um explica as coisas do seu jeito.
— O senhor anda bebendo aguardente demais.
— Que é isso, d. Tereza, só se foi o cheiro da manipueira que me embriagou.
— Manipueira? Ah, ah, ah... Vou preparar o almoço dos homens e o senhor leva na roça. Não vá quebrar a panela e deixar o povo com fome.
— Estou com essa idade e nunca caí. Não vai ser hoje. Quando eu era gente, hoje eu não valho mais nada, conduzia as pajelanças, falava

com os espíritos, afastava os males pra longe. Veja no que me transformei. Um traste velho sem sabedoria e sem força. Só não tiraram minha vida. Tiraram, também. Isso aqui lá é vida?

A canjica ficou pronta e foi arrumada em travessas. Luzia agora dessora a coalhada para os queijos. Páscoa larga o tear onde tece madapolões e raspa a panela da canjica. Alguém fala: Quem come na panela, quando casa, chove. A menina garante que não vai se casar. Tereza e Irene arrumam num alguidar de barro o almoço dos homens: cuscuz de milho, feijão, toucinho e carne. Alguns pedaços de charque são espalhados dentro do farnel, para ver quem tem a sorte de achar.

Os trabalhadores se sentam em torno do alguidar e comem todos ao mesmo tempo, enfiam colheres de pau na vasilha ou servem-se com as próprias mãos. Às vezes ganham rapadura e queijo, um manjar do céu. Garantida é a água no gargalo da cabaça.

Fabião saiu armado de bodoque, à caça de aves, iguaria favorita do padre. Trouxe rolinhas, juritis e nhambus. É bom caçador e teve sorte. Luzia afasta as brasas no fogão e assa as rolinhas em espetos.

— Cuidado ou queima a rola do padre, grita Irene.
— Rola de padre queimada não presta. Não é verdade?

Agora é Tereza quem se prevalece da idade e hierarquia para provocar Páscoa. Ela sorri, se concentra nos fios da tecelagem e volta ao silêncio que o ofício exige.

Dizem que o vento tem boca e as paredes ouvidos. Os gemidos e balbucios noturnos no quartinho de meia-parede chegaram às madrinhas e guardiãs da menina. Desejam protegê-la de perigos, mas não podem interditá-la ao padre.

O sertão não obedece às leis do senhor crucificado no altarzinho onde José celebra missa quando se sente disposto a rezar. O sertão tem suas próprias leis. Nele, o tempo e a matéria trabalham a favor das misturas, do improvável, mesmo que no futuro essa miscigenação seja condenada pelos homens de ciência e poder como degradante e enfraquecedora da espécie humana.

Páscoa e José

De filha a amante.

Páscoa ainda não se acostumou ao novo lugar. A ordem de seu pequeno mundo foi abalada, igual a quando se escondeu na caatinga, fugindo ao massacre da aldeia.

Sem as referências de sua gente, se esforça para compreender os novos ensinamentos.

— Vamos, Páscoa, o Pai é Deus?

José insiste no catecismo.

— Sim, o Pai é Deus, ela confirma sem noção do que fala.
— E quem é Deus?
— Não sei.

No correr do dia, nas horas todas em que se cruzam na presença das pessoas, ele já não olha para ela como olhava antes, arreda caminho, baixa a cabeça, silencia a voz. Apenas de noite, no fundo da rede minúscula, sussurra palavras, faz juras, procura sua boca e sua língua, enfia-se no lugar que já aprendeu o caminho. Depois foge, se esconde, estranho e sofrido.

Páscoa conhece outros costumes de seu povo. As mulheres dormiam com os maridos na mesma rede, o fogo aceso para espantar o frio e os mosquitos. Separavam-se dos homens nos dias de sangramento e quando ficavam prenhes ou pariam. José sofre com a traição aos votos de celibato e castidade, quer permanecer sacerdote e fazendeiro, proprietário de sesmarias e ribeira, servindo aos poderes do rei e da Igreja. Quer negar o desejo que o atormenta e não consegue; reza, se penitencia, trabalha sem descanso, maltrata o corpo, mas ao chegar a noite está desperto, ansioso por aconchego.

O corpo de Páscoa se arredonda, qualquer dia a barriga irá crescer, ela tem certeza disso e sente raiva do abandono de José, se aquieta apenas tecendo os fios de algodão no tear manual. Fabrica panos e redes depois do algodão fiado, tingido e enrolado em novelos. Entrega-se ao mais arcaico ofício das mulheres, concentrada e paciente, sem reclamar do esforço físico. No tear rude, dois rolos de madeira se sustentam em duas hastes de pau, formam uma moldura em que a madeira de cima representa o céu e a de baixo a terra, segundo a tradição dos africanos. A tecelagem é uma criação e um parto, o tecido fica pronto e a tecelã corta os fios que o prendem ao tear, como as parteiras cortam as nervuras do cordão umbilical. Fiandeiras e tecelãs marcam a passagem do tempo, abaixam e levantam os fios da urdidura em movimentos harmoniosos com o ir e vir da trama e da própria vida.

Quando Páscoa sangra, as mulheres a carregam para dormir com elas. Páscoa gosta do cheiro de Luzia, lembra o cheiro da mãe. Sua gente foi deslocada para uma missão longe, perdeu a notícia dela. Com a chegada dos colonizadores, famílias e laços se desfizeram. José nunca caminhará à frente de sua mulher, protegendo-a como os valentes maridos jucás. Vai mantê-la escondida no quarto pequeno, visitá-la quando escurece e os pássaros noturnos cantam.

Páscoa ouviu a história da moça que se apaixonou por um papagaio. Toda noite ela o esperava num poço d'água, entre as pedras do rio. Quando a lua era cheia, a plumagem do pássaro brilhava no céu. A moça sentia o coração bater, se acalmando apenas quando ele descia na água, se banhava e sacudia as penas, assumindo a forma de um belo guerreiro. A noite era curta para tantos prazeres. Deitado de costas, o rapaz pedia à noiva que se sentasse entre as suas coxas, bubuiavam como se os lajedos fossem a correnteza de um rio. No outro dia ela bocejava sonolenta e só queria dormir. Num cesto, juntava as penas de rara beleza. Nenhum caçador tinha outras iguais. Desconfiadas, as mulheres resolveram segui-la na fuga noturna. Viram o papagaio se transformando no guerreiro e sentiram inveja do que faziam. Decidiram se vingar. Roubaram as flechas dos homens e enfiaram todas elas com as pontas para cima na areia do poço. De noite, quando o papagaio desceu sobre as águas, feriu-se e sangrou. Julgando que fora atraiçoado pela amada, queixou-se, chamou-a de ingrata e partiu.

Páscoa talvez faça o mesmo com José. Vai encher de flechas afiadas a rede em que ele descansa, deixar que sangre até morrer.

O sol tornou-se quente, brilha como a lâmina dos punhais.

Páscoa

Há tempo as mulheres não tiram os olhos da menina.
Assuntam, desconfiam temerosas.
Veio a lua certa e ela não sangrou. Sonolenta, sente enjoos, os peitos crescem. Tereza põe a mão na barriga e tem certeza, comove-se com alegria e pena da filhinha. Imagina um moleque correndo nos terreiros, livre como eram os cariris. Páscoa investe na mudez, fica silenciosa como o tear encostado a um canto. Luzia, a jucá, tem experiência com as ervas. Se quisesse preparava os chás. Em três dias não ficava nada, só a lembrança e o alívio. Páscoa não quis, deixasse estar o que já era. E foi passando o tempo até o dia em que o padre desconfiou e soube.
Acovardou-se.
Já não procura a menina de noite, treme com a sezão do remorso. Revela-se fraco a ponto de buscar um culpado que não ele, fala de suspeitas mentirosas para as mulheres, Páscoa ouve, a cabeça baixa, os olhos secos de lágrimas. Só raiva.

— Cria-se uma fêmea desse povo selvagem e vejam no que dá. Descubro o pai e caso os dois.

Irene deixa cair uma travessa de terracota, louça de valor, as mãos trêmulas de vergonha. Irene, Tereza e Luzia não perguntam nada ao padre. Têm fé no Tempo, naquele que imprime um ritmo acertado em cada coisa, no seu passo imutável, com cadência própria.

José corre os olhos nos homens todos, busca quem assuma a responsabilidade do que ele fez. Não acha voluntário. Nas entranhas, o ciúme de pensar em outro pai que não ele próprio o corrói mais forte do que a vergonha de se confessar pai.

— Confesso e está resolvido.

Não confessa.

Correm dias, a barriga da moça cresce, o rosto ganha manchas.
O padre precisa viajar à cidade de Icó, irá compor uma junta da Inquisição. Leva Páscoa com ele, deixa-a em casa de parentes para ter o borrego ou borrega por lá.
Às vezes, flagra-se olhando a barriga, os peitos que sua boca sugava, os cabelos pretos e lisos. Nessas horas, os olhos marejam, sente ternura e compaixão.
Quando a abandonou na fazenda dos parentes, entregue à sorte que também era dele, chorou e decidiu voltar.
Não voltou.
O corpo pequeno quase nada se transforma em outro nada, pele, ossos e nervos tensos como as cordas de uma rabeca.
Bem feito se morresse de sofrer.

— Bem feito, bem feito, bem feito, repetia obsessivo como o canto do passarinho vem-vem.

Seguiu até o Icó, onde em nome da moral cristã e da pureza da fé julgou os acusados de mancebia, de costumes judaicos e de possessão diabólica. Dois réus eram padres como ele, um denunciado por viver com mulher e outro pelo pecado de sodomia com um escravo.

Tempo alucinado.

Regressava ao Umbuzeiro, passando longe da fazenda de seus primos, onde a cria talvez já tivesse nascido.

— E Páscoa?, perguntaram os homens que o acompanhavam.
— Errou tem que pagar, respondeu sem erguer os olhos do chão.

As léguas que andaram para a frente andaram para trás, matando os cavalos na carreira, os homens contentes com a mudança de planos. Tinham amizade à indiazinha, pertenciam à mesma gente.

Na casa dos familiares, obrigaram Páscoa a seguir o resguardo pelo costume das mulheres brancas. Estivesse em sua aldeia e paria sozinha, cortava o cordão umbilical com os dentes, se banhava com a cria e depois voltava para os seus. O marido que descansasse numa rede, mofino como se tivesse parido.

José escolheu o nome Madalena e deu a menina aos primos sem filhos. Criassem. Nunca confessou o motivo, mas não aceitou ele mesmo batizá-la. Quando revelou a Páscoa que partiam sem levar a neném, ela enlouqueceu. Amarrada na sela de um cavalo, seguiu viagem aos gritos, do mesmo jeito que a levaram ao Umbuzeiro na primeira vez.

As noites se repetirão como as contas do rosário e os fios da tecelagem, até Páscoa ganhar nova barriga e ver um filho homem nascer na cama do padre, o leito comum aos dois. Nesse tempo conquistou o lugar de esposa, mesmo sem papel passado.

Mas a dor da primeira separação não se mitigava, nem depois do quarto filho.

Ela recorda a história do papagaio que visitava a moça e deixava as penas como lembrança da aparição noturna.

Já não restam cabelos na cabeça de José para caírem em visitas que não mais acontecem.

O que ainda vai durar no tempo que se anuncia?

A casa, os filhos, os trabalhos sem fim.

Irene

Fabião trouxe a cuia de umbus colhidos por ele nas galhas mais altas do umbuzeiro, frutos amarelos, não sobejados por abelhas ou pássaros, a calda doce estourando na boca ao primeiro contato dos dentes.

— Vai, Páscoa, tu gostas, é docinho.
— Quero não. Traga minha filha.
— Quem podia te dar roubou de você.
— Eu sei.

As mulheres enxameiam em torno da menina mal sarada do puerpério. Os peitos cheios de leite viram pedras vermelhas, a febre chega com os calafrios.

— Minha filha, vamos botar compressas quentes. Ensino você a espremer até sair a última gota. Se for preciso, eu mamo. Não faz vergonha a você nem a mim.

É Irene quem se oferece para ajudar. Os olhos são tristes, carregam muitas histórias dolorosas.

— Reage, menina, quer morrer? Não dê esse gosto ao padre.

Agora é Tereza quem fala, cheia de revolta. Luzia trouxe emplastro de ervas cozidas e sem pedir licença bota os peitos de Páscoa para fora da blusa e espalha a pasta verde sobre as mamas empedradas. Fabião baixa a cabeça e pede licença para sair.

— Saia não, por quê? Se ela estivesse com nosso povo, não usava essa roupa. Vergonha pouca é a de quem vestiu a gente de pano.

As mulheres riem.

— Vai buscar tua rabeca e toca. Talvez assim a menina se alegre.
— Ficou doida? Se me pegam na folia, vou para o tronco.
— É bom esquentar o lombo de vez em quando.

As mulheres voltam a rir. Tereza corre ao fogão, onde uma panela queima. Páscoa chora e Irene afaga sua cabeça.

— Chore, minha filha, chore, depois se acostuma a sofrer e não chora mais. Perdi minhas duas primeiras crias quando invadiram nossa aldeia e tocaram fogo em tudo. Foi na Costa da Mina, longe, nem sei o que restou daquilo. Meu marido pressentiu, nos escondemos detrás de um Iroco, tinha certeza de que lá não mexiam com a gente. Confiava no poder do Tempo, hoje eu não confio em nada. Os caçadores de negros armados com rifles e meu homem com uma lança de pau. Os cachorros acharam a gente fácil. Primeiro arrancaram os dois meninos, ainda hoje perco o sono ouvindo os gritos deles. Meu marido partiu em cima, os cachorros comendo suas carnes. Quando perceberam que ele não valia mais nada deram um tiro e acabaram de matar. Me levaram num barco ao tumbeiro. Na viagem eu era estuprada todo dia. Cheguei no porto do Recife buchuda. Precisavam ver a alegria de meus donos, compravam um e recebiam dois. Nasceu menino e arrancaram de mim assim que largou o peito. Fui transformada em matriz, me enchiam a barriga todo ano. Dava lucro aos patrões, valia mais do que um escravo macho. E assim foi, ano a ano, cria a cria, até que expulsei a mãe do corpo de tanto parir. Era uma coisa feia o útero do lado de fora, ferido, cheirando mal. Me desprezaram, já não servia para nada. Queriam me vender, mas quem dava dinheiro por mim? Falaram em me matar. Uma velha caeté me tratou com ervas e fumigação. Aos poucos, o troço foi encolhendo. Um dia a mulher empurrou a mãe do corpo de volta na barriga. Não imaginam o alívio.

Depressa me venderam, com a recomendação de que eu não podia mais cruzar. Fiquei velha, estou aqui, ainda sirvo bastante na cozinha.

Para de falar, afaga o rosto de Páscoa, pensa bastante e volta a queixar-se.

— Desdigo o que falei. Não chore, minha filha, não alivie sua dor, nem a raiva. Elas lhe pertencem, nunca vão deixar você em paz. Por que lembrei essa história infeliz? Você também está chorando, Fabião? Dizem que é feio homem chorar, ainda por cima um vaqueiro que derruba boi. Não se console nem abrande a revolta com o que fizeram à gente.

Uma rolinha avança casa adentro, se encandeia com a cal branca das paredes, sente-se perdida. Todos se alvoroçam, ajudam-na a encontrar o caminho de volta. Fabião nem se lembra que costuma caçar as pobrezinhas. Luzia traz uma panela de água quente, põe compressas nas mamas, por cima dos emplastros. Tereza vai à cozinha e traz pedaços de jerimum cozido numa travessa.

— Coma, minha filha. Vou esmagar e misturo com o leite.

Páscoa soluça e come. As mulheres se alegram.

— Irene, o que é Iroco?
— Iroco, minha menina, foi a primeira das árvores. Na mais velha de todas elas, morava o espírito do Tempo. Contam que numa aldeia as mulheres não engravidavam, envelheciam e nada de criança. Um dia, se juntaram e foram a Iroco pedir ajuda. Fizeram uma roda em volta do tronco, de costas, porque quem vê Iroco de frente enlouquece ou morre, e suplicaram por filhos. Todas prometeram presentes se engravidassem, milho, inhame, frutas, cabritos e carneiros. Cada mulher prometia o que o marido tinha para dar. No meio das suplicantes, havia uma chamada Olurombi, esposa de um entalhador. Como ela não tinha nada a oferecer, prometeu a Iroco o primeiro filho que tivesse. Nove meses se passaram e nas casas se

ouvia o choro de bebês. As mães felizes foram levar suas oferendas a Iroco. Olurombi contou ao marido a promessa que fizera e os dois decidiram não entregar o menino, pois estavam felizes demais com ele. No dia da oferenda, Olurombi ficou de longe, segurando o filhinho nos braços. E o tempo passou...

— Irene, Páscoa adormeceu. Vamos deitar ela.

Ajudadas por Fabião, carregam a mocinha e a acomodam na rede com extremo zelo. Luzia traz uma cadeira para junto, senta e troca as compressas. Fabião ganha os terreiros, Tereza retorna à cozinha e Irene não sabe o arremate que dê à sua história. Temendo que a enferma acorde, arranca da memória uma cantiga de seu povo e canta baixinho. O padre entra na casa e percebe os sussurros. Aproxima-se de onde Páscoa descansa e comove-se com a devoção das mulheres. Tenta ajudar, mas não deixam que atrapalhe a ordem feminina. Tereza serve o almoço e ele come de cabeça baixa. Deseja perguntar alguma coisa, mas não se atreve a falar. Sabe que passou por um julgamento rigoroso e que todos o condenaram. Bebe um copo d'água, vai à sala onde ergueu o altarzinho, se assusta com as imagens dos santos. Fecha-se no quarto, despe a roupa. Sente falta do corpo de Páscoa. Escuta o barulho dos armadores da rede e a voz de Irene cantarolando. Resolve levantar-se, pedir licença a Luzia e a Irene e assumir o lugar delas no cuidado de Páscoa. Mas não move um dedo do pé. Talvez de noite, quando os galos cantarem, tudo na casa ficar escuro, os bois e as vacas remoerem o pasto do dia, em meio à bosta e ao mijo do curral, talvez...

Adormece.
Sonha com a avó e o avô.
As imagens movem-se em torno dele, nítidas, acentuam a luz do quarto onde descansa. A avó veste o preto de sempre, nunca usou outra cor, como se carregasse um luto eterno. Os lábios dela se movem, mas José não compreende o que balbuciam. Será um conselho? Se esforça em compreender o que ela diz, angustia-se achando que a paz de seu coração jorra da boca desdentada da avó numa sentença. Pede ajuda ao avô. O velho sempre teve gestos severos, quase violen-

tos. Chega junto à cama, põe a mão pesada sobre o peito esquerdo do neto, comprime-o com força, quase raiva.

José grita.
Acorda.
Volta a adormecer e a sonhar.

José

Sonolento, depois de uma noite acordado ouvindo choro, gemidos e passos entre a cozinha e o jardim onde cultivam ervas medicinais, o padre se levanta, dirige-se ao quarto onde a menina tresvaria com febre, cumprimenta as mulheres, senta-se numa cadeira e contempla sua amante mal saída da infância. O rosto ainda não desinchou, os lábios racharam com a febre e a língua parece um lajedo seco. Envergonhado, José segura a mão direita de Páscoa entre suas mãos pequenas, brancas e calosas, habituadas a segurar as cordas que prendem touros e vacas aos mourões mais que a virar as páginas de um missal.

— Páscoa, fique boa, a casa é muito triste sem você correndo por ela.

Cala-se. O choro chega ao nó da garganta, ao pomo de adão que a mãe procurava no seu pescoço, querendo saber se o menino se tornara homem igual ao pai.
As mulheres silenciam.

— Páscoa, abra os olhos e olhe para mim. Vou ensinar você a ler. Quer? Dessa maneira você perde o ciúme de meus livros.

Na cozinha, as mulheres se assoam e têm os olhos vermelhos, sem que a lenha produza fumaça. Não perdem uma palavra do que o padre fala. Os vaqueiros trazem o leite para os queijos, elas sabem que o coalho deve ser posto enquanto o leite está quente do úbere das vacas pois rende mais coalhada e menos soro. Mesmo assim, pedem aos homens que esperem do lado de fora, não façam barulho e aguardem um instante para despejar nos tachos de coalhar.

— Páscoa, sabe aquela bezerra bem branquinha com uma estrela na testa? Vou dar a você. Escolha um nome para ela.

O sono de Páscoa começa a serenar. A febre e a suadeira cedem. A mão entre as mãos, antes agitada, se aquieta. O padre pensa em ir à sala buscar o livro de orações e rezar, mas não acredita que ajude. Crê na força do seu sentimento pela menina adoecida à sua frente, se ela morrer ele talvez também morra.

— Lembra do nome Micaela? Por que nunca me revelou o nome verdadeiro, o que o teu povo te deu? Agora vou te chamar de Micaela, talvez você responda ao meu apelo. Micaela, Micaela... Você pode ter outros filhos, veja o nosso gado como se reproduz ligeiro.

Sente vergonha da comparação e cala. As mulheres seguram coadores de pano e os homens despejam o leite nos tachos de cobre. Estômagos de bodes e cabras ficaram uma noite de molho no soro, que agora é misturado ao leite para coalhar e se fazerem os queijos. As mulheres se movimentam sonâmbulas, repetem as tarefas diárias, mas estão atentas apenas à conversa entre o homem-feito padre e a menina precocemente mãe.

— Antes de eu vir morar no sertão, um parente me escreveu uma carta dizendo que aqui tudo era criado solto e misturado, os bichos e as pessoas. Com o tempo, homens e mulheres acabavam se parecendo com os bichos. Se morria uma rês lamentavam mais do que se morresse um menino, porque depressa providenciavam outro.

Cria coragem e confessa:

— Nossa filha não morreu, sempre estará por perto, apenas não é mais sua. Eu dei para outra mãe criar ela.

Luzia pede licença e traz seu Calixto, antigo pajé. Ele se aproxima da rede, olha a mocinha, toca um maracá e canta. Com as ervas que queimam num fogareiro, fumiga a doente até o quartinho se encher de fumaça. O padre assiste à pajelança em silêncio, depois se retira e vai ao estábulo. Pede que selem seu cavalo, monta e galopa pelos campos.

À medida que os anos se passam, José sente mais forte e misterioso o fascínio pelo mundo sertanejo. Já não há chance de retornar a Pernambuco, nem para rever a mãe abandonada por seus filhos. Cleta se queixa de humilhações impostas pelo marido, que teve dois meninos com uma escrava do engenho e convivem com ela na mesma casa. João traz as notícias ruins do engenho falido. A cada viagem ao Recife, transportando fardos de couro, algodão e carne-seca, arranja tempo de chegar a Tracunhaém, onde demora bem pouco. Aguarda os pais morrerem para vender o espólio e embolsar o dinheiro sem prestar contas aos irmãos ausentes.

Acomodado aos novos arranjos domésticos, José não transparece as lutas entre os desejos de homem e os deveres da vida religiosa. Agora que todos conhecem o seu afeto por Páscoa, é necessário mover-se com cautela em meio ao clero ao qual pertence e vez por outra o convida a compor junta inquisitorial, a julgar transgressões iguais às que ele comete. Precisa dissimular, jurar falso em nome de Deus para não cair nas garras do Santo Ofício. Sendo membro da Igreja, defende-se mais facilmente das armadilhas e absolve os pecados semelhantes. Usa de ardis, finge condenar denunciados para em seguida perdoá-los.

As planuras sertanejas gritam dentro dele, imagina-se livre, capaz de dar a vida por essa liberdade. Mas a certeza é transitória, nunca se liberta do medo e da mentira em que o doutrinaram nem ajuda os outros a se libertarem. Sustenta-se por um fio no enredo de padre, acha-se parecido com personagens do teatro de marionetes, mentirosos, trapaceiros e falsos, sujeitos às pancadas dos titereiros. Por sorte, o sertão fica longe e isolado, quase inacessível ao restante do mundo. Mesmo assim, os olhos da Igreja e do rei se alargam até as terras sem endereço certo, onde Deus e o diabo correm soltos.

Treme aos pensamentos, esporeia o cavalo, galopa com ímpeto.
Avista um homem cavalgando longe.
Toca rebanhos.
É Fabião.
Melhor não conversar com ninguém.

Brites Manoela

Em uma noite de farra, amigos levaram João à casa mais frequentada do Recife. O sobrado luxuoso pertencia a uma jovem aristocrata por nome Brites Manoela, que recebia pessoas sem considerar suas qualidades ou condições sociais. A história dessa bela mulher era conhecida, tornando-se o assunto preferido dos que gostavam de difamar a vida alheia, quase sempre por inveja e despeito.

Por conta das viagens transportando a produção de fazendas ribeirinhas ao Jaguaribe, João aproximou-se de comerciantes e exportadores, gente que tinha dinheiro, influência política e acesso aos ambientes de prazer e diversão. Seus vínculos com a família enfraqueceram, já não se hospedava na casa dos parentes, que ignoravam a presença dele na vila.

Muito jovem Brites tinha conhecido Francisco do Rego Barros, homem poderoso na capitania. Com palavras doces, afagos e promessas, Francisco falou de amores a Brites, que se entregou apaixonada ao sedutor, imaginando que em breve celebrariam as bodas, pois não havia impedimentos sociais à união. Mas Francisco do Rego Barros, famoso pelas conquistas amorosas e apegos passageiros, logo se cansou de Brites e abandonou-a grávida de um filho seu.

A fidalga revoltou-se e não aceitou a afronta, nem o abandono. Corajosa como poucas mulheres da época, decidiu não se calar nem esconder a desonra, movendo um processo contra o amante por meio do Conselho Ultramarino, que emitiu juízo final pela reparação da honra de Brites com o casamento. Francisco uniu-se a ela como determinou a Justiça, mas o amor manifesto em mil juras se transformou em ressentimento e ódio. O casal nunca viveu junto, a jovem mulher foi confinada à casa dos pais, impedida de realizar um novo casamento e sem direito de sair à rua ou frequentar amigas.

Brites tornou-se amarga e sem alegria, era vigiada pelos parentes mais próximos, que perderam a confiança em suas condutas. As irmãs se casaram, constituíram família, enquanto Brites envelhecia em meio à solidão e Francisco voltava à rotina dissoluta de homem poderoso e rico, alheio ao sofrimento da esposa.

Quando tudo parecia se encaminhar para o mais infeliz dos desfechos, o marido e os pais de Brites morreram e ela resolveu dar um novo rumo à sua vida. Deixou a casa do irmão, onde morava desde que ficara órfã, e montou sua residência na vila do Recife. Levou alguns escravizados a que tinha direito por herança e passou a viver livremente, recebendo em noitadas festivas quem desejasse.

O comportamento da fidalga envergonhou seus familiares, tornou-se o assunto mais comentado na capitania. As irmãs sentiam-se desonradas, o irmão mais velho, além de indignar-se, se enfurecia pelo confisco dos escravizados que já considerava de sua propriedade. Na surdina, moveu processo contra Brites por meio do Conselho Ultramarino, acusando-a, entre outras coisas, de prostituição. Pediu ao rei que a rebelde fosse presa no Recolhimento de Nossa Senhora da Conceição, a casa utilizada pelas famílias açucareiras para castigar jovens recalcitrantes, que a impedissem de sair do recolhimento, a não ser com o consentimento dele, o que nunca seria permitido enquanto vivesse.

Na primeira noitada a que João Alves Carvalho compareceu no luxuoso sobrado de Brites Manoela, o processo ainda estava a meses do desfecho. Fazia duas semanas que João chegara de uma viagem tocando rebanhos da fazenda nos Inhamuns até o porto de Aracati. De lá, viera ao Recife numa embarcação. Nesse mesmo tempo, tropeiros partiram do sertão ao Recife, transportando fardos de carne e couros, além de montarias para o retorno do jovem senhor às suas terras. João se vestia com elegância, a pele queimada de sol realçava a beleza em que mais chamava atenção a cabeleira loura cacheada, onde os primeiros cabelos brancos apareciam. As atitudes selvagens que o tornaram conhecido se agravaram com a idade, mas João se esforçava para mantê-las sob controle.

Brites Manoela ocupava um sobrado de três andares e seus aposentos ficavam no terceiro andar. No primeiro, recebia os convivas, quase todos homens. As poucas mulheres que os acompanhavam não eram aceitas nos salões familiares nem nas irmandades religiosas. Por hábito, os convidados traziam vinhos caros, conservas importadas do Reino, tecidos adquiridos nos navios mercantes, joias e outros presentes. A ninguém era cobrado pagamento pela boa música, comida e bebida. Ao fim de uma noitada, uma pequena caixa indiana de madeira, entalhada com posições sexuais do Kama Sutra, ficava repleta de moedas de ouro e prata de várias nacionalidades. Fumando e conversando, os homens aguardavam ansiosos o momento em que Brites descia a escada, quando só então os músicos tocavam seus instrumentos e os escravizados serviam as bebidas.

Um convidado trazia outros e dessa maneira o salão ficava sempre cheio e renovado de rostos, figurinos e idiomas. Brites descia os primeiros degraus com o leque aberto e, quando o fechava, exibia um sorriso que transformava os homens em seus eternos apaixonados. Usando um vestido de seda azul, o corpete justo acentuando o volume dos peitos, ao pisar o quinto degrau da escada fechou o leque e passou os olhos pela sala bem mais cheia do que nas outras noites. Alguns navios tinham chegado ao porto carregados de ricas mercadorias e os comandantes correram para conhecer a famosa beldade.

Todos olhavam fascinados a mulher elegante, mas os olhos verdes de Brites só enxergaram João.

Bernardo

O canavial não se espraia na paisagem com a mesma disciplina das pedras. É irregular e monótono em sua geometria verde, preenchendo morros e valos de folhas com pelo. É fácil perder-se em meio a ele, num piscar de olhos se equivocam a direção e o sentido. As árvores foram sacrificadas para a cana vicejar e produzir açúcar. Não restou uma única planta com nome, foram todas comidas pelo fogo. A cana também é queimada no tempo da moagem, as palhas e o pelo incendeiam, sobram apenas as hastes cheias de garapa. Os morros e os valos com os tocos espetados lembram uma praça de guerra repleta de soldados mortos. Se o vento sopra rasteiro, as cinzas tisnadas sobem e cobrem as casas e a terra.

A estrada é de barro, esburacada e poeirenta no verão, cheia de lama e atoleiros no inverno. Por essa paisagem monótona, Bernardo cavalga com um guia à procura do engenho onde fechará contrato. É homem estranho ao cultivo da cana. No alto de uma crista, ele para, contempla o canavial sem feição e experimenta temor.

Nos meses que antecederam a volta de José da Bahia, Antonio Alves Carvalho e Anacleta Vieira arranjaram o casamento do filho João com a jovem Catarina, de apenas dezesseis anos. Sem que o rapaz e a moça tivessem se avistado uma única vez, o acordo foi selado no Recife, num encontro de Antonio e Cleta com o patriarca Francisco Ferreira Ferro, proprietário de engenho em Sirinhaém e de sesmarias nas ribeiras do Jaguaribe. Os fazendeiros costumavam manter casa nas cidades litorâneas e os rebanhos de gado entregues a vaqueiros administradores em suas propriedades sertanejas. O coronel Francisco era viúvo, pai de Domingos e Cristóvão, e perdera a esposa durante o parto de Catarina. Aborrecido com os prejuízos no engenho, resolvera morar no sertão, onde disputava terras e poder com os Rodriguez, espanhóis de ascendência sefardita que também ocuparam sesmarias no Jaguaribe, mostrando as garras de valentes. Percebendo a disposição dos inimigos em infernizar sua vida, passou a atacá-los com igual hostilidade, numa guerra que se arrastaria por anos, em meio a traições, emboscadas e assassinatos. Em vários acirramentos, foi necessária a intervenção da Coroa e do governador da província, a prisão de membros de ambos os clãs, com deportação a Lisboa nos casos extremos.

João aceitou o contrato na condição de morar os primeiros anos de casado sozinho no Recife, pois andava interessado no comércio e nas exportações. Abençoado pelo padre, demorou-se alguns dias no engenho de Sirinhaém, tempo bastante para Catarina engravidar de uma menina, que nasceu longe do pai na fazenda dos Ferreira Ferro. Decidiram batizá-la com o nome Leonarda, que significa forte como leoa, em homenagem à avó falecida.

Enquanto encaminhavam as bodas de João, Antonio e Cleta procuravam um bom partido para a filha Ana Maria, que já completara quinze anos e estava em tempo de casar-se. Candidatou-se a esposo um fidalgo de meia-idade, homem rico, interessado na moça e em ajudar o sogro endividado. Buscando informações sobre o pretendente, descobriram que Bernardo Corrêa Nunes tinha nascido em Santa Eulália do Porto, ainda jovem se mudara com a família para a Turquia e depois viera morar no Recife, onde se dedicava ao comércio.

O casamento tinha data e local marcados para se realizar quando surgiu uma denúncia anônima ao Tribunal do Santo Ofício, alegando que o noivo e sua família eram marranos, se conservavam leais ao judaísmo, embora tivessem sido batizados e jurassem professar a religião católica. Nos processos inquisitoriais punia-se qualquer desvio de fé. O crime acusado não tinha a gravidade de bigamia, adultério, feitiçaria, pacto com o demônio, leitura de livros apócrifos ou a nefanda sodomia. Mas considerava-se passível de castigo qualquer prática judaica, muçulmana ou protestante. Como se não bastasse a lista de condenações em Portugal, na colônia os inquisidores estabeleceram novas heresias, como os rituais gentílicos, a seita da Santidade e o fornecimento de armas aos indígenas. Também foi proibido o uso da língua bugre, em alguns casos até mesmo dentro das aldeias.

— Os transtornos começaram quando os reis católicos Fernando de Aragão e Isabel de Castela e Leão expulsaram os judeus da Espanha. Da noite para o dia todos se viram obrigados a migrar, e muitos escolheram o reino vizinho de Portugal.

Bernardo olha o futuro sogro, em seguida o cunhado, espreita a cozinha onde as mulheres trabalham.

— O rei português d. Manuel I estava interessado em unir-se à Espanha através de um casamento com a filha de Fernando e Isabel.

Mesmo percebendo a indiferença dos futuros parentes, Bernardo fala para encher o tempo e conter a ansiedade. Do terreiro, chegam vozes alteradas. Antonio corre a uma das janelas, grita ordens e retorna ao lugar de conversa. Bernardo fica em dúvida se deve continuar falando, nada daquela história parece interessar aos dois interlocutores. Titubeia, tosse e recomeça.

— Os monarcas espanhóis impuseram a condição de que Portugal também expulsasse os judeus. Por um decreto de d. Manuel, muitos foram convertidos à força em cristãos e obrigados a escolher um novo nome, geralmente José e Maria. Imaginem homens sendo arrastados pelas barbas, mulheres puxadas pelos cabelos, conduzidos às igrejas onde eram batizados. Na loucura, as pessoas se aglomeravam nas praças ou corriam ao porto, esperando navios que o rei prometera fornecer para deixarem o país. Padres e frades jogavam água benta sobre a multidão e consideravam todos batizados.

A conversa acontece numa sala da casa-grande, no engenho em Tracunhaém. Os três homens bebem vinho, comem pedaços de carne fria e azeitonas em conserva, fumam e falam alto. Descontraídos, apesar da gravidade do assunto, Antonio e o filho João usam roupa de casa. O pretendente a noivo, Bernardo, se veste com rigor e elegância.

As mulheres nunca chegam até a sala, nem mesmo Ana Maria, cuja sorte está sendo negociada. Dois escravizados trazem as bebidas e as iguarias da cozinha e servem aos senhores.

— Garanto que a denúncia contra você partiu de minha tia Josefa ou do tio Fernando. Eles não iam perder a oportunidade de se vingar da gente.
— Acha mesmo, João?
— Sou capaz de apostar um braço.
— Não os conheço, nem sou capaz de imaginar o que tramam. Sei que qualquer um pode denunciar uma pessoa ao Tribunal da Inquisição, mesmo sendo falso o que afirmam. Difícil é livrar-se da denúncia e provar a inocência.
— A tia me odeia porque mexi com a filha dela.

Antonio se embrutece e não esconde a raiva do filho.

— Cale a boca, João, isso é assunto de família já resolvido. A moça casou e tem filhos.

João vira o rosto de lado, balança a cadeira, bebe vinho. O pai olha duro os dois homens à sua frente.

— Me apontem solução ou desfazemos o contrato, embora eu precise do dinheiro para pagar os agiotas. Não quero confusão com os urubus do Santo Ofício, eles arrancam o tutano da gente.
— Pai, mesmo se o seu filho José estivesse aqui, vestido em batina, não dava jeito nisso. É fraco demais.
— Não fale mal de seu irmão, linguarudo, encontre uma saída você.

João se levanta da cadeira, dá voltas pela sala, encara o aspirante a marido. Gosta de se fazer importante e que dependam dele.

— Vai lhe custar caro, Bernardo.
— Eu pago.

— Não se trata de dinheiro, cunhado, você fica preso a mim por uma dívida. No futuro eu cobrarei.
— Resolva o assunto e fico lhe devendo.

Continuam a bebedeira, perdem a conta das garrafas de vinho consumidas. Talvez as mulheres escutem a conversa na cozinha, onde preparam iguarias para os homens.

Parte da família de Bernardo deixou Portugal quando teve os bens confiscados e foi obrigada a renegar o judaísmo. Alguns se refugiaram na Turquia e na Holanda, outros teimaram em permanecer na península, humilhados e submetidos ao batismo em pé. Até que a geração de seus pais também decidiu migrar para a Turquia e depois ao Brasil.

— E o sobrenome Corrêa Nunes, onde se originou?

É Antonio quem pergunta, indiferente à resposta.

— Quase sempre escolhiam os nomes de cristãos conhecidos ou do lugar onde moravam. Se viviam em Braga, o nome se prestava para identificar a família.

Bernardo não relata sua maior queixa. Quando alguém assume uma identidade por obrigação, perde as referências do passado e da história. Os judeus deixavam de ser o que eram antes, ficavam sem cultura, costumes, escola, sinagoga, até sem culinária. Não eram mais os filhos de uma pessoa reconhecida e com valor próprio, tornavam-se nada. Perdiam o que os pais, os avós, todos os antepassados foram e construíram durante muitos séculos.

— O expurgo aconteceu com várias gerações de minha família, com meus pais e comigo. Os inquisidores não perdoam uma gota do sangue judeu, investigam até a nona geração passada, atrás de arrancar o que você possui.

Antonio e João se impacientam com a conversa repetida, parecendo sem fim. Pai e filho são homens práticos, tratam o casamento como um negócio urgente.

Do lado de fora entardece, o engenho para de moer, homens e mulheres escravizados agora cumprem novas tarefas. Na sala, seguem embalados pelo vinho, pela plenitude gástrica do almoço e pela preguiça. Bernardo não aprecia o ócio. Acha necessário que todos trabalhem, o ócio significa mandar outros trabalharem por você, explorar e oprimir. Pensa dessa maneira, mas não consegue mudar a ordem predatória de uma classe social acostumada à riqueza e ao prestígio.

— A Inquisição confisca os bens dos cristãos-novos e, para fazer isso, forja provas de que as pessoas com esses sobrenomes são judias. Ela nos persegue em Portugal e aqui na colônia porque temos engenhos, terras, casas, joias, diamantes, vacas e cavalos. É um tribunal corrupto, não se interessa por Deus, apenas por riquezas. Metade do que toma da gente fica com a Igreja e a outra metade vai para o rei. A Inquisição tornou-se a organização mais complexa do Reino e precisa pagar seus funcionários. Salda as dívidas com o dinheiro do confisco e por isso se interessa em prender, não em matar. Não se enganem, grande parte da classe branca de Pernambuco é de origem judaica, alguns cronistas e viajantes afirmam nos seus livros que esse número chega a três quartos da população.

— Você não teme falar essas coisas para a gente, Bernardo? Somos portugueses e católicos.

— Não temo. Os senhores têm interesse que meus pais e eu continuemos vivos, com nosso dinheiro a salvo. Costumamos dizer que as contas bem prestadas garantem as boas amizades.

João ri satisfeito. Duas pretas entram na sala e acendem os lampiões. Anoiteceu, e Antonio Alves Carvalho manda que sirvam o jantar. Ordena que a esposa e a filha sentem à mesa, agora que a conversa séria foi esgotada e os negócios fechados. Bernardo pede para se trocar antes da refeição. João o acompanha até a porta do quarto.

— Está seguro de sua missão, João?
— Bem seguro, Bernardo. Vai lhe custar caro, mas sei cobrar no tempo certo.

Medem-se.

— Fique atento à sineta. Meu pai não gosta que atrasem à mesa.

João pede licença, sai e fecha a porta. Bernardo despe o casaco, lava as mãos e o rosto, se enxuga numa toalha branca com renda e bordados na franja. Supõe que Ana Maria bordou-a. No quarto, uma varanda se abre para fora. Bernardo olha a senzala. Mulheres arrumam vasilhas de barro com alimentos numa esteira. Homens e crianças sentam-se em volta, enfiam as mãos nos pratos e comem. Bebem água de cabaças, alguns conversam, outros concentram-se apenas na refeição. O cansaço impede que falem, se deitam no chão mal terminam de comer. Mulheres oferecem os peitos aos filhos. Uma delas canta triste, a dor da cantiga incomoda Bernardo. Ele sabe que muitos de seu povo praticam o comércio humano, escravizam homens, mulheres e crianças. O sofrimento em séculos de cativeiro, desde tempos remotos, não os tornou conscientes e melhores. No Recife, africanos e seus descendentes são expostos e vendidos na rua dos Judeus. A lembrança o constrange, tenta esquecê-la.

Felizmente, a sineta toca.

No dia seguinte bem cedo, partem dois cavalos do engenho. Bernardo pensa na moça com quem irá se casar. João concentra-se na entrevista com o bispo d. Casimiro de Medeiros e no sacrifício de mais quinze dias como ajudante de quarto da excelência reverendíssima.

Catarina

A esposa de João nasceu de um parto infeliz. A mãe morreu esvaída em sangue, com tempo apenas de revelar o nome escolhido para a filha, em louvor a Catarina de Alexandria, mártir de origem pagã que além de muito inteligente e culta era dotada de grande beleza. A Catarina pernambucana se esforçou em parecer com sua homônima, tornou-se casta, rigorosa consigo mesma, porém nunca estudou filosofia, teologia e outras ciências como a santa egípcia, pois eram conhecimentos inacessíveis às moças de engenho de sua época. Alfabetizou-se com o cura da capela e ocupava a maior parte do tempo livre em tarefas de agulha. Havia bastantes mulheres na cozinha, mas gostava de provar os temperos das panelas, fazer bolos e doces, assar beijus e tapiocas.

Mal veio ao mundo foi entregue a Serena, preta escolhida para sua mãe de leite pois havia parido uma menina dias antes. Quando Catarina nasceu duas estrelas brilhavam no céu, uma do azar e outra da sorte. Apegou-se à mãe preta como se fosse uma filha de sangue e mamou até quase os três anos. Partilhava com a irmã a fartura do leite, o carinho da mãe adotiva, os zelos, o sono. Dormiam as três no mesmo quarto. Se iam à Vila Formosa de Sirinhaém, chamavam atenção a menina branca e a menina preta, as duas sempre bem-vestidas e penteadas.

O engenho de Francisco Ferreira Ferro ficava na margem direita do rio Tapiruçu, afluente do Sirinhaém, nome que diziam significar bacia ou viveiro de siris. Sua moenda era movida a água e tinha sido fundado sob a invocação de Nossa Senhora da Ajuda. Depois de dizimarem os caetés, que ocupavam a região, os portugueses com dotes de sesmarias se apossaram das terras. Levantaram engenhos, a produção de açúcar era abundante e de boa qualidade, escoada pelos rios navegáveis até os portos construídos em todo o litoral sul da capitania. O engenho tinha cerca de uma milha de várzea bem plantada e produzia de quatro a cinco mil arrobas de açúcar. Pertencia à família havia anos, era famoso por ter sobrevivido à invasão holandesa, quando dos dezoito engenhos de Sirinhaém onze ficaram sem moer e sete foram confiscados pelos flamengos.

Mesmo com abundância de terras, nenhuma era concedida aos escravizados para o plantio de consumo próprio: batata-doce, mandioca, inhame, milho, feijão e hortaliças. A cana devorava cada palmo de massapê, insaciável como os senhores, que só pensavam no comércio do açúcar. Na casa-grande muitas vezes escasseava o comer, pois vivia-se na dependência do que chegava do Reino. Foi necessário tempo para que as senhoras e os senhores aprendessem a utilizar a lavoura nativa, o que a terra produzia e o que era oferecido de graça.

A estrela ruim de Catarina novamente lançou raios sobre ela, e outros ainda seriam lançados durante sua curta e trágica existência. Certa manhã a menina desejou comer ingá, o fruto das ingazeiras que deitavam galhos sobre o rio. As vagens estavam maduras e as sementes brancas, fibrosas e adocicadas tentavam as crianças. Serena levou-as à árvore mais próxima, munida de uma vara longa para bater nas vagens e elas caírem. As ingazeiras ladeavam quase todo o percurso do rio, davam sombra e refrescavam. Num recanto onde a correnteza parecia calma, tinham enfiado estacas e improvisado um banheiro de palha. As meninas quiseram tomar banho, estavam acostumadas. Serena falou não, elas insistiram e a escrava cedeu aos rogos. Com a roupa que vestiam as duas entraram na água, enquanto a mãe arrancava os ingás da árvore. A vara fazia barulho ao bater nos galhos e talvez por isso ela demorou a escutar os gritos. As crianças se afogavam. Serena jogou-se no rio e primeiro socorreu Catarina, menor e mais frágil. Gritava alto, pedia socorro, a casa ficava perto, numa elevação do terreno. Quando retirou a própria filha, já estava morta. Serena foi colocada no tronco e açoitada até desfalecer.

O vínculo entre mãe de leite e filha tornou-se mais forte depois da tragédia. A criança tinha pesadelos noturnos, a correnteza de um rio carregava até o mar o corpinho magro e flutuante da menina, ela gritava alto e só adormecia novamente nos braços de Serena. A preta de um engenho vizinho conhecida pelo nome de Gogó, famosa entre os africanos e seus descendentes pela sabedoria, consultou Ifá e assustou-se com o odu de Catarina: desde o nascimento ela lutava contra a água e o sangue, mas seria vencida numa morte trágica se não fosse protegida. Oxum dos rios e Ogum dos ferros pediam para tomar conta dela. A mulher preparou uma guia de cada orixá, banhou-as com amaci e pôs na criança. Recomendou que ela não tirasse os colares do pescoço por nenhum motivo.

Antes de completar os dez anos, Catarina arrancou de seu pai a promessa de que nunca mais tocaria num fio de cabelo de Serena. As mulheres tinham pouco valor nas famílias patriarcais açucareiras, um costume que também se disseminou pelo sertão. Cabia ao pai decidir sobre os destinos da propriedade, da mulher, dos descendentes e dos escravizados. Entregava as filhas ainda jovens em casamentos escolhidos por ele, sem que pudessem protestar.

Catarina não teve sorte diferente. Nunca impôs a vontade própria, igual fazia a santa que lhe deu nome, a condição de casar-se apenas com um homem discreto e sábio. João Alves Carvalho foi comprado por Francisco Ferreira Ferro da mesma maneira que se negociavam as juntas de bois e os fardos de açúcar. Logo depois de saber que estava grávida, Catarina viveu o primeiro abandono. Seguiu com a família para o sertão, onde teve sua filha sem a presença do marido, sempre às voltas com negócios e viagens. Serena estava ao seu lado e se desdobrava em cuidados. Só não podia oferecer os peitos murchos e vazios porque envelhecera. Mas Catarina mostrou força e coragem, amamentando ela mesma a filha.

Fabião viajou do Umbuzeiro para a fazenda Bebedouro, levando carta para o sargento-mor João Alves Carvalho, enviada pelo padre José. No tempo em que aguardava a resposta, uma preta da casa levou comida e água para ele. Os dois se olharam e terminaram descobrindo que pertenciam à gente do Porto das Minas. Chegaram ao Recife no mesmo tumbeiro. Serena, mais velha, lembrava da mocinha Amma, morta e atirada ao mar. Os dois se abraçaram chorando. Quiseram se perguntar alguma coisa, mas sabiam que não tinham resposta.

O sertão é grande, o mundo é pequeno.

Vaqueiros

O pior na vida do vaqueiro é que as árvores foram plantadas no lugar errado.

Teimam e teimam esses homens na peleja rude, suarentos e terrosos. As camisas pregam nos corpos lanhados pelos espinhos e galhos de árvores — todas plantadas fora do lugar.

Teimam em ser como há séculos, mesmo quando parecem visagens de um tempo irreal, perdido na memória. Marcianos rubros de poeira e sol, o sol quente de um planeta sertanejo que sobrevive aqui e acolá, em rasgos de terra e caatinga, o cenário onde os vaqueiros correm atrás dos bois, rindo escancarado da morte, a morte fêmea, de tocaia num galho de árvore.

Teimam em ser vaqueiros de gibão, perneiras, peitoral e chapéu de couro, bordados de finos arabescos, a armadura com que se protegem das lanças dos paus, nas árvores que os espreitam, a morte certa se a visão e o cavalo acesos não alertam o corpo: mãos, braços, pés, pernas, coxas, peito e cabeça dormentes de correr e lutar.

Para quê?
Para nada, diria o poeta.

Para lutar e viver, afirmaria outro poeta, pois sem a lida e o perigo, sem os bois correndo à frente deles e os cavalos disparados atrás, o que seriam esses homens? Nada.

Teimam em vestir os couros e correr atrás de bois rebeldes, tocar os rebanhos de gado, continuar vaqueiros mesmo quando o mundo à volta se transforma noutro, recusando a função que escolheram representar, o ofício que melhor sabem, arcaico como a própria história do homem.

Mão de Pau

Contaram a história de uma vaca que se extraviou a grande distância. Os animais de chifres costumam fazer isso sem que falte água ou pasto. É da natureza do gado selvagem caminhar. Na época de reuni-lo, duas vezes ao ano, vaqueiros se deslocam de suas casas longe para auxiliar os amigos. Trazem reses com marcas de ferro conhecidas. Algumas se afastavam até vinte léguas da ribeira de seus donos.

É vaga a divisão das propriedades no sertão, mensuradas em léguas ou mil bezerros nascidos por ano. Mas os senhores que nem buscam conhecer as dimensões exatas de suas fazendas fazem guerra por um palmo de terra ou um animal bernento. Está nas entranhas dessa boa raça de homens sertanejos, corajosos, sinceros e hospitaleiros, que não sabem negar um favor. Quando entram em negócios de gado o caráter muda, a generosidade some. Procuram enganar o comprador, o sucesso no negócio se transforma em prova de habilidade, digna de elogio. É necessária muita calma na hora de vender ou comprar. O menor sinal de esperteza ou logro suscita desejo de vingança. As ofensas não são perdoadas e, na falta da lei, cada um exerce a justiça pelas próprias mãos.

Chegaram Domingos e Cristóvão Ferreira Ferro, irmãos de Catarina. Há tempo se afeiçoaram às terras sertanejas, aos seus costumes, e quase não frequentam o engenho em Sirinhaém, só por dever de proprietários. O pai também se esqueceu daquilo, de vez em quando pergunta aos filhos quanto custa se dizer dono de engenho. Não veio à festa de apartação, cansou das travessias a cavalo por dever social e divertimento. Mandou os vaqueiros Joaquim Silvestre, Pedro Lucas e Raimundo Girão, montados em cavalos de fama para correr Mão de Pau.

Acompanhado na rabeca, Fabião narra as agruras do boi famoso, canta em primeira pessoa pois sente-se um homem com destino semelhante, escravizado, perseguido e atado por cordas.

Vou puxar pelo juízo
Pra conhecerem quem sou
E ter ciência de um caso
Tal qual ele se passou
De um boi liso e vermelho
O Mão de Pau corredor.

Não compareceram vaqueiros das fazendas na ribeira do Machado, distam longe e Bernardo tinha seguido ao Icó, onde receberia a patente de tenente-coronel. Ana Maria ficou no Umbuzeiro com o mano José e a cunhada Páscoa. Mais tarde chegaram João e seus corredores renomados, o Vasconcelos, o Antonio Serafim, o Chico Rodrigues e o destemido sinhô Raimundo Xexéu. Vieram mais uns trinta, sem a fama dos patrões a resguardá-los, trazidos por eles mesmos e pela vontade de alcançar glória nas derrubas. Mas somente Antonio Anselmo e o cavalo Maravilha fazem tremer o Mão de Pau.

Começa a apartação do gado. São três fazendas em festa, uma em seguida à outra: Umbuzeiro, Bebedouro e Cococi. Primeiro levam as vacas para um terreno em frente à casa. Cercadas por cavaleiros, elas são tocadas para currais espaçosos. Os gibões enfeitados com adereços de metal reluzem igual a espelhos. Cantam os aboiadores, gemem semelhante ao muezim no minarete da mesquita, as duas mãos elevadas, convocando os fiéis às orações, cincos vezes ao dia, um chamado poderoso e crescente. O aboio também é reza, acalma e benze o rebanho. O vaqueiro que entoa o canto põe a mão em concha sobre uma das orelhas; a outra mão segura o chapéu quipá acima da cabeça.

Se uma vaca furiosa agita o gado, passam corda pelos chifres e a rebelde vai presa ao mourão. Ou laçam uma pata traseira, ficando fácil derrubá-la. O manejo é serviço de homens, nenhuma mulher monta um touro como fazia na Creta antiga da civilização minoica. Enquanto os homens correm em seus cavalos, gritam, assobiam, cantam, bebem aguardente e fumam, as mulheres trabalham na cozinha, preparam comida para as dezenas de vaqueiros. Mal espiam o lado de fora, não se atrevem, se resguardam com temor dos pais ou maridos.

Os cavaleiros prendem os bezerros sem dificuldade, marcam a coxa direita com um ferro incandescente, a marca do dono e sua ribeira. Agrupar os bois é empreitada perigosa, o vaqueiro se vê obrigado a ferrar o animal lá no campo. Nenhum supera Fabião nessa prova. Quando o boi foge para o mato fechado Fabião o persegue, tenta manter-se o mais próximo dele. Aproveita os ramos se abrirem pela arremetida do animal, se enfia no espaço deixado aberto e gruda no boi. Tudo muito ligeiro, sem tempo para pensar em nada, corre abraçado ao cavalo num frenesi de amante. Se o boi passa debaixo de um galho de árvore, Fabião também passa. Enverga o corpo para o lado direito, segura a cilha da sela com a mão esquerda, enquanto o calcanhar se prende na orla. A vara na mão, quase arrastando o corpo pelo solo, galopa e não diminui a carreira, quando pode volta à posição ereta de montar. Emparelha com o boi, fere-o com a vara. Se o golpe é certeiro, o animal vai ao chão.

— Fabião é o maior, nunca erra um golpe, grita a vaqueirama.

Fabião desmonta e amarra as pernas do animal. Parece triste com a façanha, como se tivesse ferido a própria natureza.

O vaqueiro José Pinun, em cima de Caprichoso, fez esteira para Fabião quando os dois correram o Mão de Pau, boi nascido e criado na serra de Joana Gomes, mas que viu-se morrer lá para o Salgado. Pinun era ligeiro no galope, mais ligeiro na língua. Contou a história para uns tantos, os tantos contaram aos restantes e o sertão ficou sabendo.

Derrubar Mão de Pau era o sonho dos vaqueiros. Também seria dos cavalos, se sonhassem. Fabião montava Ouro Preto, quase metade de seu corpo, de tanto correrem juntos. Depois de amarrar o boi, Fabião olhou-o domado e achou que tivesse perdido a alma. Já não era o animal livre, que ria das bravatas dos homens. Tornava-se igual a escravo, a carne salgada e embalada em sacos de couro.

Fabião contemplou as planuras, os matos fechados, as serras longes, o céu. Sentiu o vento e o frio. Mão de Pau ia perder tudo isso para ganho de sua vaidade de vaqueiro, pensou. Os homens correm em demasia, vão além da prova de derrubar um boi e ao fim chegam a nada. Caiu no choro, Pinun não compreendia a cena, ansiava por contar a façanha. Fabião desfez os laços da corda, livrou as patas do Mão de Pau, bateu em suas costas e ordenou:

— Vai, homem, teu destino é ser livre.

O boi disparou nos eitos do mundo. Pinun não se conformava.

— E agora, quem acredita que eu ajudei a derrubar o Mão de Pau?

Todos acreditaram, a fama de Fabião se tornava lenda. A dele e a de Mão de Pau, como se formassem uma mesma pessoa.

Foi-se espalhando a notícia
Mão de Pau é valentão
Mesmo estando enchocalhado
E com algemas nas mãos
Nada eu posso dizer
Que preso não tem razão.

Todo homem é sujeito às mazelas do demônio, a cobiça, avareza, raiva, malícia, vergonha, inveja e paixão. Mesmo em Antonio Anselmo, famoso pelas virtudes de cavaleiro, a história de Fabião só fez aguçar o desejo. Também queria encostar o corpo no pelo do Mão de Pau. A vida dele se transformou nessa única vontade, vagava dia e noite à procura do encantado. Um caçador deu notícia do touro na serra da Joana Gomes. Anselmo seguiu viagem no cavalo Maravilha, já nem dormia, nem provava comida. Correram dias seguidos, até que o Mão de Pau foi acuado pelo grotão de uma serra. Restou a escolha difícil, entregar-se ao vaqueiro ou se atirar no abismo. Anselmo laçou o boi, derrubou-o, botou peias e chocalho e acocorou-se junto. E ali ficou cismando o tempo e o cansaço. O sentido da existência dele tinha se esvaído. O que restava fazer, mais nada, se perguntou. O dia transcorreu sem resposta, chegou a viração da tarde e os dois ali, o boi deitado quieto, o homem apalermado. Se era para eu ficar sem planos, melhor nunca ter aprisionado o boi. Sentiu-se desfalecer, talvez pela fome. Levantou-se, o cavalo comia uns pastos ali perto, montou nele e foi embora.

Grandes tinham sido o esforço e a labuta. Anselmo havia de encontrar rumo novo.

Mão de Pau se ergueu do chão, olhou o abismo à frente, escutou o chocalho tocando, sentiu a corda nas patas. Aprenderia a correr peado, para tudo existe um jeito, ninguém duvide da coragem de um touro. E tornou-se ainda mais veloz na carreira. Os homens novamente vieram atrás dele, não sentiam compaixão por se encontrar preso. Para os vaqueiros, era sempre o mesmo boi Mão de Pau.

Chegou a noite. Os homens despem os couros, vão aos poços do rio Umbuzeiro e se banham. A luz da lua revela cores de pele, músculos, cabelos, coxas, sexos, barrigas e dorsos. Alguns se envergonham da nudez, outros a exibem com orgulho. Vestem a muda de roupa limpa que trouxeram em bolsas e alforjes, ganham os terreiros da casa, preparam-se para a janta e a noite que será passada em claro, em meio a brincadeiras, conversas, cantoria e aguardente. Os cavalos foram soltos nas roças, as reses inquietas pelo rebuliço do dia mugem e se agitam nos currais. Em vários recantos acenderam fogueiras, grupos se formam pela amizade, procedência ou interesses. Mantas de carne assam em braseiros, trazem feijão em panelas, cuscuz, macaxeira, pratos de barro e colheres de pau para se servirem. Cozidas em caldeirões grandes, as vísceras dos garrotes abatidos para a festa enchem os olhos de gula. E a cachaça, sem medida ou censura, sobra para quem gosta de se embriagar.

Esteiras, couros, mantas, madapolões e redes ocupam o terreiro e o abrigo das árvores em leitos improvisados. Se alguém caminha entre os grupos, todos ao redor de fogueiras, ouve conversas que parecem um quebra-cabeça sem encaixe.

— Tancredo é forte, mas o Argemiro é mais habilidoso.

— Você nunca viu o Tancredo adestrando cavalo. Laça e amarra ele num poste do curral. No dia seguinte põe uma sela pequena e baixa e cavalga o arisco com cabresto duplo. Não freia, deixa ele correr livre, sem usar esporas ou chicote. O cavalo corre até se esgotar e o cavaleiro fica em cima dele, às vezes só regressa ao ponto de partida no outro dia. Os melhores cavalos são os mais fáceis de adestrar.
— O Argemiro me ensinou que o cavaleiro não deve desmontar antes do retorno ao poste onde o cavalo estava preso. Pode levar um tombo daqueles se fizer isso.
— Ei, meu compadre, não fique aí em pé, brilhando como a lua cheia rodeada de estrelinhas. Sente aqui e beba com a gente.
— A branquinha está boa?

— Corro o risco de perder a manada.
— Vá com calma! Um homem em seu juízo perfeito não desafia o sargento João. Ali é banda virada.
— Ele insiste, mas nem por todo o ouro da terra eu vendo o meu Cupira.
— Você gosta mais do cavalo ou da mulher?
— Não caçoa. Gosto do que é meu.
— Mas o sargento-mor quer o seu castanho e não abre mão disso. Estou para ver.
— Meu pai falava, todo rei um dia contempla o inferno.
— E o meu pai garantia que para o forte há sempre um mais forte.
— O padre mudou bastante depois que conheceu a índia e fez um bocado de filhos nela. Até as rezas são diferentes.
— Só reza na cama, enfia um pai-nosso atrás do outro.

Risos. Um homem de outra roda deseja saber do que riem. Ninguém revela.

— Fico contente por você.
— Há treze anos pelejo naquela terra sem futuro.
— E o que aconteceu?
— A carreira de inverno seguido mudou tudo.
— É bem verdade. Se verão criasse lavoura, nem precisava chover.

— Tome logo uma companheira. O sertanejo tem sempre com ele a mulher e os filhos.

— E o cavalo e o gado.

— Domingos e Cristóvão são bons cavaleiros, usam selas altas, mais cômodas. E os cavalos deles, você viu?

— Quem tem dinheiro pode tudo.

— Se pelo menos corressem boi.

— Para o trabalho, prefiro os baios. Também gosto dos castanhos.

— O cavalo sertanejo é pequeno, ligeiro e tem elegância.

Os Alves Carvalho e os Ferreira Ferro jantaram dentro de casa. Agora sentam em cadeiras no alpendre. Nenhum vaqueiro de Domingos ou Cristóvão se destacou na derruba dos bois, mas isso não chateia os irmãos de Catarina. Ana Maria, José, João e Páscoa parecem satisfeitos com a apartação. Há riqueza de gado, nem dá para contar. Páscoa e Tereza se cansaram em acomodar as visitas. Mesmo sendo da família, fazem cerimônia e se esforçam em oferecer o melhor. A casa é mal dividida nos cômodos, não foi pensada para uma prole numerosa, apenas como alcova de celibatário. As meninas e os meninos dormem na sala, em redes enfileiradas. No quarto, que lembra uma cela de masmorra, acomodam João. Lugar escuro, ocupando o centro da casa quadrada, tem uma única porta e nenhuma janela. Tereza e Irene se referem ao lugar como buraco, ou Balé, o espaço dos mortos ou Eguns na religião africana, entes perigosos de lidar, sendo necessário cautela ou conhecimento. A luz não chega ali, mesmo que brilhe o sol mais incandescente. Páscoa morre de medo, nunca deixa os filhos entrarem nesse túmulo. As crianças empurram a porta pesada, as dobradiças rangem, ela grita, ameaça com castigos.

Cristóvão acende um cigarro feito na palha de milho, com o melhor fumo de rolo das Alagoas. Bafora e cospe. Fabião toca a rabeca e canta o romance do boi Mão de Pau.

— Me venda esse negro, propõe João.

— Qual?
— Fabião.

Antes que o padre consiga abrir a boca, Páscoa se mete na conversa e responde por ele.

— Ninguém disse que ele está à venda.

João se levanta da cadeira como se uma cobra o tivesse picado.

— Na minha casa mulher não se mete em conversa de homem.
— Aqui no Umbuzeiro mulher fala, basta querer.

José finge que não escuta o desafio entre a esposa e o irmão.

— Para que deseja o Fabião?, pergunta.
— Para tudo. Até para matar ele, se me der vontade.
— Não tenho interesse na venda, é meu vaqueiro.

Domingos, que parecia alheio à conversa, mete o bedelho.

— O dinheiro que João botar no escravo eu dobro.
— Não negocio, já falei.

A conversa se encaminha às chispas da raiva. Arrefece antes que alguém chegue ao insulto. Os Ferreira Ferro e o cunhado João se odeiam e não usam disfarce. Cristóvão e Domingos lamentam o casamento da irmã, o abandono em que vive. Ana Maria intervém e conduz o assunto para as comidas do jantar.

— Páscoa, me ensine como se faz o doce de umbu.
— Ensino, é bem fácil.

No alpendre e no terreiro todas as vozes se calam, escutam o Manoel Caboclo, famoso em contar histórias.

— Conte, estamos esperando.
— Não tem mais graça, só ao Rafael já contei umas dez vezes.
— Mas eu nunca ouvi.

Do alpendre alguém propõe:

— Vai, Caboclo! Dou um bezerro se contar.
— Sendo assim, amanheço o dia contando.

Dá gosto subir ao galho mais alto de um angelim e ver as fogueiras acesas, queimando a lenha. Alguns homens deitaram a cabeça nas selas, ou sobre os próprios braços servindo de travesseiro.

— O caso foi com a Inácia Leandro, aquela das Cabaceiras, fazenda de muita riqueza. Antes de o pai morrer dividiu tudo no justo, só faltou pesar em balança. O irmão Frederico e o cunhado Terêncio se acharam prejudicados, cresciam os olhos no que era da Inácia. A casa levantada pelos avós, coberta de madeira nobre, não ficou com eles e tornou-se motivo para desavença. Eu não sei o que fazem as mulheres para serem tão maltratadas pelos homens. Solteira, Inácia se engraçou do vaqueiro, um tal Lourenço, homem sem igual no trato com os bichos e formoso na presença. Olhos verdes, corpo graúdo e seco, falavam que era cigano, fugido do meio de seu povo por uma briga com morte. Quando há nódoa, não há nada que possa remover ela. Só o tempo faz esvaecer. O Lourenço seria perfeito não fosse a mancha do passado, mas ninguém tinha prova de nada, boatavam por despeito.

Caboclo bebe um copinho de cachaça, tempera a goela e segue narrando.

— Os dois acertaram o casamento, o irmão e o cunhado se declararam contra. Inácia não recuou um passo na decisão de se casar, não dependia de ninguém, era senhora do próprio nariz. Frederico e Terêncio fingiram estar de acordo, encurtaram o intervalo das visitas, quase dia sim e dia não apareciam com presentes. Ganharam a confiança da Inácia e meio-sorriso do Lourenço. Um dia, levaram o rapaz para correr um boi desgarrado, lá numa serra distante. Voltaram com o corpo sem vida. Na carreira da pega, disseram, tinha se precipitado no abismo com o cavalo e o boi. O corpo era uma pasta de carnes e ossos partidos. Parecia morto a pancadas de barrotes, de tão estragado.

Tudo silencia à voz potente do narrador. Nem as corujas piam. Os de longe chegam mais perto e apuram o ouvido. Caboclo parece tocado pelo espírito do cigano.

— Inácia desconfiava. Ela mesma lavou o homem, de quem nunca tinha gozado a nudez. Mulher forte, determinada. Vestiu o moço e enterrou-o junto de casa. Ninguém viu uma lágrima em seu rosto, nem as mulheres mais próximas dela, que têm a vista apurada no sofrimento de outras mulheres. Cobriu-se de luto dos pés à cabeça, ficou mais bonita de ver. Alforriou os escravos, deu eiras de terra e gado a cada um. O irmão e o cunhado vieram reclamar. Já está feito, ela rebateu com firmeza. Essa gente trabalhou o que podia, enriqueceu o pai e a mãe, você, minha irmã e eu, é justo que recebam um pouco do que fizeram. O ódio dos homens cresceu, as pupilas se abriram.

Caboclo descansa um tempo, tomado pela emoção. Avalia que já merece a metade do bezerro prometido. Falta completar a outra banda.

— Um dia, a Inácia amanheceu capionga, não provou a comida, nem um gole d'água descia pela garganta fechada. Desde a morte do Lourenço ficou curtindo amargura. Uma sombra rondava a casa. Pressentiu acontecimento ruim e se preparou para ele. Dispensou cedo as ajudantes, mandou recolher os rebanhos no curral, trancou portas e janelas e esperou. Tinha escurecido de todo quando chamaram à porta: Ô de casa! Ô de fora!, respondeu. Abriu uma janela. Na pouca luz viu a figura de um homem. Não tremeu. O que deseja?, perguntou. Um arrancho no alpendre, uma rede, um copo d'água e um prato de comida. Venho de um lugar distante, demorei pra chegar aqui. Ela atendeu ao estranho, não fez perguntas, nem puxou conversa. Tudo lhe parecia familiar e aguardado. Desejou boa noite, bateu a janela, pôs o ferrolho e a tranca, recolheu-se ao quarto para não dormir. Era por volta da meia-noite quando percebeu removerem as telhas na cumeeira alta. Quem seria? O forasteiro que pediu abrigo? Por que agiria assim? Teve tempo de entrar na casa quando ela abriu a janela. Levantou-se da cama, foi lá fora, olhou por uma fresta da porta, o viajante ressonava na rede. Quem seria? Alguém simulando assalto? Na parede da sala, dois rifles descansavam pendurados. Voltou à porta, olhou novamente pela fresta, o homem continuava lá. Abriu a janela, chamou-o baixo, quase sussurrando. Ele escutou-a e veio. Estão entrando na minha casa, disse. Quem?, ele perguntou. O acento da voz fez Inácia estremecer. Não sei, falou. A senhora tem um bom rifle? Tenho dois, respondeu como se assinasse a própria sentença de morte. Compreendeu a cilada. O homem fazia parte da tramoia, supôs. Mesmo se sentindo perdida, resolveu jogar alto. Trouxe os rifles e abriu a porta. Me leve ao lugar, pediu o estranho. Um dos ladrões descia por uma corda e o outro preparava-se para fazer o mesmo. Atirou no primeiro e o corpo caiu. O segundo veio logo depois, morto igual. Tinham os rostos encarvoados. Inácia limpou a tisna, ela mesma, e reconheceu o irmão e o cunhado. Dizem que Lourenço Estevão retornou da outra vida para se vingar.

Os vaqueiros se aquietam. Uns se entregam ao sono passageiro, o galo cantou e o sol não demora a aparecer. Outros, acordados, remexem as brasas da fogueira sem chamas, pensam na vida, na família, no gado, nos trabalhos. Recordam o transcorrer do dia, as horas de regozijo e paz, as coisas que ouviram, viram e não gostaram. Darão jeito nelas? Talvez não. Logo cedo retornam à vida de sempre, sujeita à vontade do sol e da chuva. Os dois tiranos decidem o futuro da humanidade sertaneja. Chovesse e fizesse sol garantidos como se faz noite e dia, o sertão seria o melhor lugar do mundo. Mesmo quando não floresce a lavoura, não há umbu no umbuzeiro, mesmo falhando a safra do milho, não havendo produção de alimentos nos roçados, nem ovelhas no curral, nem bois nas pastagens, mesmo assim as mulheres e os homens teimam em ficar na terra, numa derradeira fé de que tudo voltará a ser o paraíso. Até se glorificam nas agruras porque sabem que o tormento leva à resistência e ao fim se logra a esperança.

O estômago cheio de carnes e a cabeça de aguardente não ajudam a pensar. Os olhos se turvam de ver, os ouvidos ensurdecem de ouvir. Corre o tempo inevitável, cantam as corujas, mugem as reses presas, ladram cães, restos de fala chegam quebrados, acabou-se a festa. Haverá outras iguais, basta continuar vivo e com coragem.

Depois dos trabalhos na cozinha, as mulheres se aproximam para ouvir as conversas dos vaqueiros e a cantoria. Chegaram tarde, alcançam os últimos versos do poeta, cantando a despedida do Mão de Pau, o boi que mesmo peado e enchocalhado não se deixou domar fácil.

Já morreu, já se acabou
Está fechada a questão
Foi-se embora dessa terra
O dito boi valentão
Pra correr só Mão de Pau
Pra verso só Fabião.

Anacleta Vieira

As moscas domésticas, costumeiras na moagem da cana, se deslocam em nuvens pelas casas próximas aos engenhos moendo. Os insetos enxameiam, zunem, tiram o sossego das pessoas. Felizmente as mutucas de picada dolorosa não entram pelos cômodos, preferem as matas, e as muriçocas só atacam à noite. Será castigo?, Anacleta se pergunta. A hora de receber a coroa do martírio chegou? Ela busca resposta na *Legenda áurea*, o livro amarrotado e sujo que nunca sai do seu lado. Molha os dedos secos com o cuspe, vira as páginas e lê.

— Fogo morto...

Escuta o marido Antonio Alves Carvalho se queixando alto. Repete de manhã até de noite o moto-contínuo, parecendo a moenda do engenho que não gira há anos.

— Fogo morto...

Lastima e não move uma palha, o corpo preso à cadeira do alpendre, vencido pelo mormaço e pela falência. O que procura com os olhos na distância, a chegada de mais algum comprador? Já vendeu os tachos, as fôrmas de açúcar, os ferros. Cleta nunca aprendeu os nomes das quinquilharias do engenho, bastava conhecer a cozinha e a casa, os afazeres de escrava e esposa.

Também vive presa a uma cadeira por doença em uma das pernas, mas não se deixa vencer pela covardia do marido. Viu sumirem os escravizados, um por um, crianças, jovens e velhos, vendidos para saldar as dívidas ou fugidos para os quilombos. O livro-caixa se enche de números, nenhum acrescenta valores, todos subtraem o patrimônio da família, minguando-o até a miséria. Foram-se bois, cavalos, charrete, ouro, tudo levado pelos agiotas. Cleta conseguiu esconder algumas joias para Ana Maria e a nora Catarina. Bem poucas. Sente saudade da filha, nunca tornou a vê-la, desde que partiu com o marido Bernardo para o desterro sertanejo. Recebe visitas apenas de João, mas não se engana achando que o filho se preocupa com os pais velhos e doentes. Enquanto restar um móvel capenga e uma colher de prata João virá ao engenho investigar o espólio, de olho na carniça como os urubus. De filho predileto tornou-se o rebento a quem menos estima, talvez pela semelhança com o marido.

João tinha o costume de mutilar os santos da mãe. Na casa havia um Menino Deus todo risonho num vestidinho de seda branca, bordado com fios de ouro. João descobriu que por baixo da saia o garotinho era igual a ele, tinha uma pitoca e dois ovinhos. Sem que a mãe visse, amputou o sexo do Jesuscristinho com um canivete. Resguardado numa redoma de vidro o ano inteiro, o Menino só ganhava o mundo durante as festas natalinas, exposto num presépio. Foi quando Anacleta percebeu a mutilação. Sem perguntar quem tinha praticado o sacrilégio, arrastou João para o quarto, mandou que tirasse a camisa e surrou-o com um relho até as costas sangrarem. Tratou-o igual aos meninos escravizados. Curou as equimoses e escoriações com emplastros de vinagre e sal. A raiva do filho pela mãe intensificou-se a partir desse dia.

Cleta acha o sertão intransponível igual ao mar de águas salgadas e por isso nunca visita os filhos. Atravessou o oceano contrariando a vontade dos pais. Não vá, minha filha, a mãe pediu. Vou porque o lugar da esposa é na companhia do marido, a senhora me ensinou dessa maneira.

Arrepende-se, pensa com raiva no que perdeu em anos de casamento, remói o desejo de vingar-se. Fala sozinha, queixa-se. Para mim restaram as sobras. Na casa-grande do engenho morto comem mal, apenas o que a preta Felicidade arranja. Foi a única que restou do plantel de escravos, sobejada por Cleta e fodida pelo marido. Pariu dois filhos, dois molequinhos. Dariam bom ganho se Antonio se dispusesse a vendê-los. Mas não os vende e eles circulam nus pela casa, as coisas à mostra, crescendo desavergonhados. Não fale dessa maneira dos meus filhos, o marido esbravejava. Nesse tempo, ainda se viam e trocavam palavras.

— Felicidade, balbucia o nome da rival em meio a acessos de febre e calafrios.

Ela mesma escolheu o nome da escrava. Disseram que o marido Antonio a violentou, nunca se sabe. Cleta não bota a mão no fogo por conversa de pretos. Talvez a moça goste da safadeza com o homem velho. Sente ciúme? Não. Sente veneno na alma e muita raiva. Se pudesse, matava os dois enforcados ou num tacho de óleo fervendo.

— Felicidade...

Procura a história da santa na *Legenda áurea*. Chora com a dor na perna mas não vai gritar pela preta, se esforça em não demonstrar que depende dela para comer, cagar, mijar e dormir.

Lê em voz alta.

— Um dos guardas perguntou a Felicidade: "O que você fará quando estiver na presença do prefeito, se agora já sofre tão cruelmente?". Felicidade respondeu: "Agora sou eu que sofro, mas lá será Deus que sofrerá no meu lugar". Em seguida, foi tirada da prisão de mãos atadas às costas e levada despida pelas ruas. Entregue às feras, Felicidade foi comida por leopardos.

Fecha os olhos e fica pensativa, diz palavras sem nexo, parece tresvariar. O calor e a umidade sufocam.

— É preciso ter a mesma firmeza dos mártires.

Sente fome. Os mosquitos não param de incomodá-la. Felicidade preparou chá de colônia e barbatimão e lavou as feridas. Fedem, supuram, escorre salmoura pela carne exposta.

— Envelheci e apodreço, anuncia em voz alta, deseja que o marido a escute, onde estiver.

Volta às anotações num caderno. Pressente que irá morrer em breve e inventaria os bens que o marido não vendeu. José e Ana Maria não retornaram a Tracunhaém desde que seguiram ao sertão. João aparece uma vez por ano, fica pouco tempo, se ocupa de negócios com o pai e mal fala com ela. Depende da amante do esposo, convive com ela sob o mesmo teto, à noite acorda, ouve gemidos e fungados do velho impotente.

Chora e lê.

— Maria Egipcíaca, a prostituta que se santificou depois de anos de penitência no deserto, foi encontrada morta por Zózimo, um monge que não teve forças para enterrá-la. Vendo um leão caminhando manso em sua direção, o ancião lhe disse: "Esta santa mulher mandou sepultar aqui o seu corpo, mas não posso cavar a terra porque sou velho e não tenho ferramentas. Cave você para que possamos sepultá-la". O leão começou a cavar e a fazer uma cova adequada, depois do que foi embora manso como um carneirinho, enquanto o ancião voltava para o mosteiro glorificando a Deus.

Não suporta a roedeira no estômago, grita por Felicidade. A moça atende submissa ao chamado, teme aproximar-se de Cleta. Os meninos nus assistem à cena da porta. Numa noite de chuva e vento forte, Felicidade foi acordada pelos gritos da senhora. A lamparina se apagara, não havia azeite na casa, a única luz era a dos relâmpagos. A doente precisava urinar e Felicidade ajudou-a. Quando a acomodava nos travesseiros, Cleta pegou um broche na mesinha de cabeceira, abriu-o e espetou o peito da escrava com a agulha do fecho. Felicidade não se conteve e gritou alto. Antonio ainda caminhava fácil e veio tateando no escuro, queria saber o que tinha acontecido. Felicidade falou que batera a cabeça em um móvel. Desculpou-se e foi para o quarto onde dormia com os filhos.

— A coroa do martírio para santa Juliana, lê no livro sebento.

O que motivava essas mulheres a abandonarem filhos, pais e maridos, a aceitarem tortura e morte violenta? O amor a Cristo? Havia soberba nesse amor ou seria apenas fanatismo? Cleta não faz perguntas, sua dúvida é se terá direito à coroa por tudo o que sofre em nome da fé católica, igual a outras mártires.

— Ao chegar diante do prefeito, Juliana foi amarrada numa roda de maneira tão brutal que todos os seus ossos se deslocaram e a medula saiu deles, porém um anjo do Senhor quebrou a roda e curou-a. Os que testemunharam o prodígio passaram a crer em Jesus no mesmo instante e foram decapitados, os homens em número de quinhentos e as mulheres em número de cento e trinta. Depois disso Juliana foi jogada numa caldeira cheia de chumbo derretido, mas o chumbo transformou-se num banho de temperatura agradável. O prefeito amaldiçoou os seus deuses por não serem capazes de punir uma moça que lhes infligia tão grande injúria. Mandou então decapitá-la.

Interrompe a leitura.
Felicidade traz o almoço.
Cleta nunca pergunta à escrava como faz para alimentar a ela, a Antonio, a si própria e aos dois meninos. A custo de que sacrifícios consegue isso, já que não dispõem de nenhum dinheiro, nem crédito.
Num prato de louça estão arrumados farofa de jerimum, feijão e um pouco de carne. Suco de cajá em um copo.

— Só isso, negra?
— Só, minha senhora, está difícil conseguir comida. O patrão espera o senhorzinho João, que ficou de trazer dinheiro e mantimentos. Faço render a charque que ele trouxe.
— Aposto minha alma que você e seu macho se fartam do bem-bom. Para mim, as sobras.
— Não, patroa, escolho o melhor e lhe sirvo por causa da ferida na perna. Juro.
— E quem acredita em jura de negro? Safada!

Felicidade cala, encolhe-se enquanto a patroa come. Cleta raspa o prato, examina detalhes da louça, descobre uma rachadura na borda.

— Foi você que rachou esse prato, negra?
— Não, senhora, já estava assim.
— Estava não, atrevida. Você acaba com o que eu tenho.
— Acabo não senhora, tenho o maior zelo. Tudo está igual a quando a senhora mandava na cozinha.
— E não mando mais? A dona agora é você?
— Deus me livre disso, senhora.
— Deus me livre... Tu lá sabes quem é Deus, desgraçada! Só branco sabe.
— Sei mesmo não, senhora.
— Vem cá, chega perto.

Felicidade se aproxima com medo.

— Baixa a cabeça, vê isso.

Num movimento ligeiro, Anacleta Vieira quebra o prato na cabeça de Felicidade. A escrava chora, apanha os cacos da louça e sai do quarto depois de pedir licença.

Anacleta bebe o suco em pequenos goles, depois apanha um caderno e escreve o inventário. A cada objeto doado, faz comentários em voz alta como se desejasse que o marido escutasse sua vontade.

— A cruz cravejada de diamantes e o trancelim de ouro, que herdei de minha madrinha, ficam com Catarina, talvez ela deixe de usar os dois colares sujos e feios que carrega no pescoço. Parecem coisas de pretos. Mas não me queixo, a moça é rica e João teve sorte em casar--se com ela.

Escreve com caligrafia legível, bem desenhada. Teme algum possível erro de leitura.

— As duas travessas de porcelana da Companhia das Índias Ocidentais eu prometi a Ana Maria. São preciosidades, custaram caro e vieram de longe, da China. Às vezes tenho vontade de me enterrar com elas. Vão se quebrar depressa nas mãos de copeiras desastradas.

Deseja ver as travessas, é doloroso separar-se delas. Grita por Felicidade, mas desiste de mandar que a escrava traga seus tesouros. E se deixar cair quando trouxer ao quarto? Abre a gaveta da mesa de cabeceira, as chaves do armário estão ali, bem escondidas.

— Os livros trazidos de Portugal, as estampas religiosas e o santuário com os santos pertencem a José. As toalhas de mesa, as colchas de cama e as cortinas são de Ana Maria. Espero que as sertanejas saibam lavar e passar ferro. Para cada filho uma compoteira de vidro. Os brincos, as pulseiras, os cordões e o ouro que o meu marido perdulário deixou que restassem, as sobras que o engenho não moeu e transformou em bagaço, ficam para Ana Maria. Os rebenques com punho de prata e madrepérola dou a João, que gosta de bater em animal e gente. Os santos da capela, que zelei e protegi de ladrões, ficam para a diocese de Olinda. A Conceição está coroada com ouro e rubis e o são José de Botas tem um resplendor de prata dourada que vale uma fortuna. São do tempo que os engenhos esbanjavam lucro e nós ficamos cheios de soberba, achando que a riqueza durava para sempre.

Cansa de inventariar. Recosta-se nos travesseiros, olha a perna apodrecendo ao gosto do tempo. Sente raiva do marido e desespero pelo abandono dos filhos.
Lembra-se de duas tias velhas que morreram sem inventariar os bens, lá em Portugal. A vila comentava sobre tesouros ocultos na casa. Ninguém via nada, elas escondiam, temendo ser roubadas. Numa vez em que dormiu com as velhas, ratos corriam pelo assoalho, telhado e sótão, faziam barulho e metiam medo. Nessa noite, Cleta recebeu da que era sua madrinha a cruz de ouro com brilhantes. Talvez fosse enfeitiçada, acreditou nisso muito tempo. Mesmo assim ia dá-la à nora marcada por infortúnios? Também nessa noite surrupiou uma chave da porta dos fundos e encobriu-a no corpete. Quando as tias

morreram, entrou na casa sem que ninguém soubesse e levou muitos objetos de valor, lesando os outros herdeiros.

— Não deixo nada para o meu genro Bernardo, nunca aprovei o casamento dele com Ana Maria. Antonio vendeu nossa filha a um judeu da raça que crucificou Jesus. Eu devia tê-lo entregado ao Tribunal da Santa Inquisição, fazia uma denúncia anônima. E o marrano se atreveu a falar em nossa mesa que os católicos são violentos com os negros e os índios.

Engasga-se, tosse.

— Atrevido! Se nós desprezamos negros e índios, mais desprezo temos pelos judeus. Nunca leram a *Legenda áurea*, desconhecem o que sofreram os mártires.

Olha o dossel da cama, está sujo, manchado com o sangue que os mosquitos sugam dela. Fala alto para o marido escutá-la no alpendre. Grita que Felicidade é imunda, preguiçosa, não varre a casa nem cozinha que preste. Se ainda caminhasse, ela mesma amarrava a escrava no tronco e dava cem chibatadas. O corpo treme com os calafrios, tosse, o fôlego diminui. Precisa concluir o inventário antes que morra sufocada pelo ódio.

— Deixo os penicos de louça para meu cunhado Fernando e sua esposa Josefa.

Gargalha alto, se agita, sem querer choca o cotovelo na *Legenda áurea* e o livro pesado cai sobre a perna enferma. Na casa-grande e silenciosa, onde nem o vento sopra àquela hora, seus gritos assombram. Os meninos espiam da porta a mulher enlouquecida. Anacleta ordena que chamem a mãe deles, mas os dois não se movem do lugar.

No alpendre, enquanto bebe copos de cachaça, Antonio se balança na cadeira e pensa. Por fim, toma uma decisão. Levanta-se e caminha com dificuldade. Apoia-se nas paredes, nos móveis e numa bengala.

Cansa a cada passo, tosse e escarra no assoalho. Podia ter pedido ajuda aos meninos, ou a Felicidade, mas deseja chegar sozinho ao quarto no andar superior. Cada degrau da escada se assemelha a uma montanha. Não desiste. Por fim, encara a mulher com quem não se encontra há tempo. O isolamento depurou o ódio que sentem um pelo outro.

— Subi até aqui para falar com a senhora. Nem podia fazer isso, mas fiz.

João e Brites Manoela

— Gosto de facas com o cabo de prata.
— Isso é um punhal.
— Para mim é faca, tem ponta, lâmina, gume, empunhadura...
— A pessoa que me presenteou dizia punhal. Tinha três irmãos em Málaga, todos eles vendiam armas. Citou um poeta granadino, Federico de Lorca, que viveu antes das conquistas: as facas de ouro entram sozinhas no coração e as de prata cortam o pescoço como um talo de erva.
— Não servem para partir o pão?
— Os homens partem o pão com as mãos.
— É verdade.

João sorri e corre os dedos entre os cabelos.

— Você é diferente das mulheres que conheço, fala coisas que nunca escutei antes.
— As mulheres que conheces são proibidas de pensar e falar.
— Será verdade?
— Sabes que sim.

Encara Brites com firmeza e beija seus lábios.

— Devagar, sem brutalidade.

Ele cora, baixa os olhos.

— Quem era o homem que te presenteou a faca?
— Um cigano.

— Não confio nessa raça.
— Vocês não toleram os diferentes. Ciganos...
— Não passam de vagabundos, corvos do Egito.

Ela se irrita.

— São banidos dos países por onde passam, lançados para fora de todas as terras. Conheço o que seja desprezo e perseguição, sei o quanto doem.
— É verdade o que dizes?
— Sim. Não te falaram de mim? Fazes melhor negócio evitando a minha companhia. Não trago sorte a quem se envolve comigo.

Retornam ao silêncio.

— O cigano foi teu amante?
— Talvez.
— E por que o deixaste partir?
— Eu não mandava nele.

Gritos de vendedores de rua chegam pelas janelas. Sopra a brisa marinha, o oceano se revela próximo. Sentados numa marquesa de palhinha, João roça seu corpo no de Brites, provocando nela uma onda de arrepios.

— Desejo ficar contigo, nunca mais saio do teu lado.

Ela ri.

— Muitos já disseram isso. É cedo para fazer promessas.
— Sou decidido.

Uma escravizada entra e cochicha ao ouvido da senhora, se instrui sobre o almoço. Sai ligeira, teme incomodar.

— Você é casado? Não precisa mentir.

João estremece.

— Solteiro.

Ela finge acreditar na resposta. Arruma o vestido e gira uma pulseira no braço. João muda repentinamente a conversa.

— Vamos fazer uma troca.
— Trocar o quê?
— Tu me dás o punhal e eu te dou uma joia que pertenceu à minha família.
— Não penses que tirando o punhal de mim me roubas as lembranças de Ramon.
— Era o nome dele?
— É. Imagino que continua vivo, na Espanha.
— Pelo visto não esqueceste o cigano.
— Não esquecemos a quem nos fez bem.
— Eu esqueço.

Calam por um tempo incômodo, se inquietam e estranham. João enfia a mão no bolso do casaco, retira o trancelim e a cruz de ouro com brilhantes, envoltos em lenço de linho. Trata-se da herança que Anacleta Vieira deixou para a nora Catarina. Bruscamente ele a entrega a Brites.

— Toma.

Ela recebe a joia e a examina. Põe no pescoço, se levanta, olha-se num espelho da sala e volta a se sentar ao lado de João.

— Não aprecio as cruzes, lembram martírio. Acho uma troca agourenta. Tome, pertence a você, é uma joia cara, vale bem mais do que o punhal.
— A faca.

— O punhal.

— O punhal, já que faz questão. Venda o crucifixo se quiser. Não tenho apego a ele, mesmo que tenha pertencido à minha mãe. Me dê o punhal, é um bom negócio.

— Se faz tanto empenho, pode levá-lo.

— Gosto de andar armado. Mais importante do que a vida é a liberdade, e só conseguimos isso portando uma faca ou um rifle. Ninguém teme um homem desarmado. Concorda comigo?

Brites silencia e entrega o punhal a João. Ele se levanta, experimenta a arma na cintura, saca muitas vezes da bainha com rapidez. Executa movimentos de luta, o rosto se endurece. Parece outro homem desconhecido a Brites.

Quando João avistou Brites Manoela no topo da escada, num vestido de seda, sentiu vida nova começando para ele. Considera-se um homem aventureiro e corajoso e por isso decidiu conquistar a mulher que faz seu coração bater forte.

Brites é bonita, chama atenção pela desenvoltura, o modo como circula entre os homens e participa das conversas, um direito que não se faculta às mulheres na colônia. Já o verniz educado de João e os modos sedutores disfarçam a brusquidão e a rudeza de seu caráter.

— Cuidado para não me queimar com a cera quente da vela. Se isso acontecer, vou castigá-lo igual Eros castigou Psiquê.

João investiga o corpo despido da amante, entregue à sua volúpia. A pele branca, os pelos eriçados, o púbis alto e peludo o enlouquecem. Olha e cheira cada reentrância perfumada, fragrâncias que nunca conheceu antes.

— Quem são Eros e Psiquê?

Brites finge não ouvir a pergunta, fecha os olhos quando João umedece os dedos com saliva e esfrega os mamilos dela até quase provocar dor.

— Devagar, já pedi, não sou um animal do seu rebanho.

João põe a vela sobre a mesinha de cabeceira, morde os pentelhos que recobrem a vagina, repete a tosquia várias vezes até Brites gritar de prazer. Percorre o corpo com a língua, sobe ao pescoço, beija a boca. Roça com os pelos da barriga e do peito a pele lisa e úmida da amada, que geme, murmura palavras em idiomas desconhecidos, parece chorar. Por fim deixa os músculos e os ossos pesarem sobre ela, como se desejasse esmagá-la. Brites arranha as costas do amante com as unhas, aperta suas nádegas firmes. Pela janela aberta do quarto agora entra o cheiro nauseante dos mangues. João trabalha, luta em retardar o orgasmo, morde a própria mão com fúria. Lembra-se de Catarina, de sua timidez e fragilidade, do sexo ligeiro entre os lençóis e a camisola, das tentativas de ter um filho homem para satisfação do sogro. A lembrança o afasta de Brites, esmorece seu ímpeto, ela percebe, pergunta o que aconteceu, ele subitamente grita, urra, puxa o membro molhado para fora da vagina, senta-se na cama, cobre-se com o lençol, levanta-se e anda pelo quarto. Brites também se levanta, tenta abraçá-lo, sempre achou os homens incompreensíveis e frágeis. João segue até a janela, deixa o lençol cair, não se importa em expor a nudez. Gotas de sêmen respingam no assoalho. Chega a madrugada, ouve-se o barulho do mar próximo, a luz da lua ilumina o corpo perfeito do homem, um Eros queimado pela cera quente da vela de Psiquê.

— Conte-me uma história...
— Ouça, nada pode deter a roda da vida que gira e gira. Vagamos de um lugar para outro até que a paixão nos fulmina e sentimos que fomos submetidos a uma prova. O que é essa vida que corre em nossos corpos como fogo? O que é? A vida é o ferro quente, prestes a ser derramado.

João desleixa os negócios. Paga aos tropeiros que o acompanham nas viagens e ordena que retornem ao sertão do rio Jaguaribe e seus afluentes. Não escreve uma linha à esposa. Nada escreve a José, aos cunhados e ao sogro prestando contas do dinheiro que recebeu dos compradores pelas mercadorias trazidas ao Recife. Manda os homens transmitirem a notícia sobre a morte da mãe e que anda embaraçado em inventários.

Entrega-se à paixão por Brites Manoela. Não regateia na compra de tecidos finos e joias para presenteá-la, visita os navios no porto à procura de novidades. Vive de farras, noitadas, passeios pelos arredores, almoços e jantares em casas de veraneio dos amigos comerciantes. Adquire um barco e navega os rios, sempre na companhia da amante. Sem temer os falatórios, andam pelas ruas, frequentam os divertimentos, só não entram nas igrejas. Nunca menciona seu vínculo com as terras sertanejas, a família e os bens deixados para trás. Perde a memória, o tempo para ele se mede a partir do encontro com Brites Manoela. O que recebeu da mãe para distribuir entre os herdeiros enche o sobrado de Brites, as travessas de porcelana da Companhia das Índias Ocidentais, as joias, as louças e os móveis. Apenas as imagens dos santos escaparam à sua generosidade. A amada não as aprecia.

Uma carta anônima entregue a Estevão Paes Barreto, irmão de Brites Manoela, põe em alvoroço o casal. Alguém informa que João tem esposa e filha no sertão do Ceará, que os familiares da mulher traída e abandonada são ricos e poderosos e se vingarão quando souberem dos acontecimentos no Recife. Estevão, que ainda não recebeu a sentença do processo movido contra a irmã por meio do Conselho Ultramarino, escreve carta a João marcando conversa. Os dois se encontram no dia e hora acertados, João presta juramento de que é solteiro, sugere que a denúncia procede de algum invejoso e se dispõe a casar na data que o reclamante escolher. Um caminho se abre para Estevão livrar-se de Brites, bastando provar que ela vive com um adúltero. Exige provas do estado civil de João, solteiro ou viúvo, não importa, desde que esteja apto ao matrimônio.

Desconfiado de que a denúncia partiu do tio Fernando e de sua esposa Josefa Mendes, ou até mesmo da prima Inês, João resolve pedir satisfação à família, mas pensa melhor e conclui que os parentes facilmente conseguirão provar seu matrimônio com Catarina Ferreira Ferro, realizado ali perto em Sirinhaém, na capela do engenho da família. Sente-se acuado. Os amigos o advertem de que Estevão Paes Barreto tem prestígio na corte e deseja pôr a mão na herança da irmã. Informam sobre o processo encaminhado ao Conselho Ultramarino pedindo que ela seja detida no Recolhimento de Nossa Senhora da Conceição, em Olinda, e que os seus bens fiquem sob tutela.

— Uma prisão, gritou Brites. Conheço a história desse lugar. Sei o que sofreram as moças trancafiadas nessa casa. Passo uma corda no pescoço e me enforco, ou furo os meus olhos, antes disso acontecer.
— Não fale assim.
— E vou falar o quê? Que liberdade nós mulheres temos? Somos punidas por pensar e agir diferente do que os homens querem e ordenam.

Não contém a revolta e chora. João procura acalmá-la.

— Seu irmão aceita o nosso casamento.
— Duvido. Ele só quer a minha herança.
— Tenho apenas de provar que sou viúvo ou solteiro. Viajo ao sertão e trago as provas comigo.
— Na sua ausência Estevão me prende. Com certeza já pediu autorização ao rei. Não será difícil conseguir isso. É homem, ocupa o morgado da vila do Cabo, tem o testemunho das minhas irmãs de que levo uma vida devassa. Será a palavra de uma mulher sozinha e desesperada contra a deles.
— Eu estou ao seu lado.
— Já disse, me enforco antes de ser presa.
— Não diga isso.
— O que posso fazer?
— Se for presa, fugimos para longe. Meu cunhado tem familiares na Turquia, começamos vida nova por lá. Suborno as freiras do recolhimento. O bispo de Olinda me deve favores, não pode me negar ajuda porque se complica comigo. Solicito a ele que intervenha a nosso favor. Em três meses consigo ir e voltar às minhas terras.

Mato os cavalos correndo. Peço três meses a Estevão. Se no retorno te encontrar enclausurada, rapto você.

Agarra-se a Brites e a beija com furor.

Tenta despi-la ali mesmo na sala.

Ela resiste.

Anacleta Vieira e Antonio Alves Carvalho

Antonio apoia-se num armário do quarto, pois teme desmaiar. Sente-se cansado pelo esforço de subir a escada, quinze degraus de madeira escura, talvez a sucupira de flores lilases, nunca soube, lembra apenas que era capaz de vencer os degraus aos saltos. Agora mal consegue andar cem metros no plano, perde o fôlego, o rosto e as mãos ficam roxos.

Olha a esposa, não a visita desde que ficou inválida. Não se compadece da ferida podre exalando mau cheiro e não liga se ela sente dores e grita. Por motivo que prefere desconhecer, a cadeira onde Anacleta senta foi instalada no topo da escada, a um passo do degrau mais alto. Talvez a mulher vigie os movimentos e as raras conversas do marido. Dessa maneira, preenche a solidão, a ausência dos filhos e o desgosto por não conhecer os netos.

— Que surpresa ver o senhor nesse quarto. Confesso, não esperava a visita. Sente, tem um banco aí perto.
— Não sei se vou demorar tanto, a conversa é ligeira.
— O senhor decide.

Ele corre os olhos pelo aposento, limpo e arrumado apesar da invalidez de sua moradora. Era o quarto do casal quando ainda se apresentavam como esposos.

— Está tudo em ordem.
— Sua negra é preguiçosa, mas aos gritos ela trabalha.
— Não seja má, o que seria da senhora sem ela?
— O senhor escolheu a dedo a libertina. Só restaram na casa ela e seus bastardos. Vendesse os três e ficávamos com a Eufrásia.
— Viu alguma placa de venda na testa de Felicidade?

— Não vi, mas ainda se pode providenciar. Vai ser fácil achar quem compre.

— A senhora continua venenosa.

— E o senhor preguiçoso e imoral. Precisava botar esses moleques no mundo, humilhar a esposa e os filhos?

— Filho a gente faz em quem pode parir. A senhora há muito estava de fogo morto, igual ao engenho.

Anacleta se irrita, arremessa uma xícara na parede.

— Devasso.

— Culpava as escravas de quebrarem suas louças e veja isso. O gênio da senhora nunca melhorou, por mais que leia vidas de santos. Passa os dias aqui em cima, rezando e maquinando maldades.

Puxa o banco e se senta. O fôlego ameaça faltar.

— Podemos ter uma conversa?

— O senhor nunca conversou comigo, dava ordens e esperava ser obedecido. Por que deseja conversar agora?

— Precisamos resolver umas coisas. Tem a merda do casamento pelo meio e a obrigação de sua assinatura nos documentos.

— O que pensa em vender, as terras? Vai dar o dinheiro à negra e aos bastardos?

— Não gaste o veneno, pode fazer falta adiante.

— Veneno por veneno, a cascavel é o senhor.

— Não me irrite, senão esqueço que é uma inválida.

— E bate em mim? A cabeça e a língua estão sãs, posso falar o que penso e quiser. É duro ficar velho e fracassado como o senhor, o orgulho na sola dos pés. Seu irmão Fernando escolheu o mesmo que todos os patrícios do Norte, investir no comércio. Não ficou no retalho, abriu loja, entrou para uma irmandade, preferiu viver no Recife, tornou-se mascate. É vistoso ser dono de engenho, ter sobrado em Olinda e pedir dinheiro emprestado aos comerciantes. Procure Fernando e Josefa, faça uma sociedade com eles. Assim não passamos fome.

— E é a senhora quem me acusa de orgulho, de aspirar à nobreza? A senhora despachou um filho para a Bahia, a um custo alto, querendo vê-lo padre porque um bispo sugeriu. Quem gastou nosso dinheiro quando o açúcar alcançou valor alto? Quem encheu essa casa de quinquilharias? Fui eu que comprei joias, ouro, diamantes e não sei mais o quê?
— Trabalhei igual ao senhor e garanti a minha parte.
— Que parte, essas porcarias caras?
— Acha que sou igual aos negros, que morrem de trabalhar, enriquecem o senhor e não têm nada, nem a vida?
— Olha quem se compadece, a santa do pau oco. Para a senhora basta ler a vida dos mártires, trocar os nomes africanos dos escravos por nomes cristãos e a consciência se aplaca. Ora, d. Anacleta Vieira...
— Alves Carvalho, não esqueça.

Os dois se encaram.

— O senhor ainda não disse o que deseja de mim.

Ele não titubeia.

— Vender suas joias e a tralha da casa. Com o dinheiro apurado, pagar dívidas e comprar o que comer. Vender o engenho, se achar algum comprador que pague ao menos a metade do que vale.

Anacleta se agita.

— Não, já falei não mil vezes. As joias e as tralhas são minhas, só eu posso dar fim a elas. O senhor entendeu ou preciso repetir? Por que não vende a negra Felicidade e os dois moleques?

Antonio se levanta num impulso, esquece o coração doente, as pernas inchadas.

— Nunca mais sugira isso, senão empurro essa cadeira escada abaixo. Os moleques têm meu sangue, igual aos filhos brancos que

moram longe e não ligam para a gente. Assinei carta de alforria e guardei em lugar seguro. Felicidade e os dois meninos são livres.
— O senhor ousa comparar nossos filhos legítimos com esses desavergonhados?
— E quem tem vergonha nessa família? Só Ana Maria.
— Ela mesma, que o senhor negociou com um judeu.

Antonio finge não ouvir a acusação.

— Seu filho padre, d. Anacleta, amasiou-se com uma índia, uma criança encontrada nas matas. Fez dez filhos nela, deve chegar aos vinte.
— É mentira de João, intriga de irmão invejoso.
— Mentira, mentira, todas as podridões da família são mentiras. Só os negros e os índios pecam. E eu. Já soube de seu filho João? Apresentou-se como solteiro a uma rameira e vai se casar com ela.
— É o mais parecido com você. Termina se desgraçando.
— Me dê as joias. Por enquanto, estou pedindo.
— Não, já falei. São minhas, o pagamento de uma vida que você estragou.

Antonio faz menção de ir embora, vira as costas à mulher.

— Está certo. Depois não se arrependa.

Se a cadeira rolasse escadaria abaixo, seria mais fácil pôr fim à conversa.

Memória das águas

As águas do mar são fortes, mas não são como as do rio, cantam os trabalhadores enquanto semeiam a terra molhada.

Lá de cima do Caldeirão da Santa Cruz do Deserto, lugar onde homens e mulheres descendentes de africanos e indígenas cariris tentaram viver em comunidade e foram destruídos, desce o riozinho Jardim, que nas chuvas se transforma num riozão. Ingazeiras e cajazeiras ladeiam as margens, as águas doces e frias, quase geladas. Banhar-se nele é mergulhar numa felicidade serena. Assim ainda é. Talvez fosse mais quando os cariris, kariris, kairiris ou kiriris, que significa silencioso, ocupavam as terras inteiras do sertão.

Longe, o Jardim engrossa o rio Carás, plural do cará ou acará, peixe áspero e escamoso, o papa-terra, nome indígena talvez mais justo ao rio que ao peixe, porque as águas corredeiras vão papando terras, avançando ansiosas por alcançarem o mar, mesmo ignorando o que venha a ser o mar. O Jardim e o Carás deixam para trás as relíquias fósseis de um antigo oceano cretáceo, mar morto seco. Talvez por esse motivo as águas viúvas sigam à procura de um mar vivo cheio, que acolha suas lágrimas.

Misturadas, as águas do Jardim e do Carás entram pelo rio Salgado e este Jaguaribe adentro. Igual corre o sangue nas artérias e veias do corpo humano, o Jaguaribe percorre o Ceará inteiro.

Se não chove, o Jaguaribe seco é apenas memória de rio, um leito de morte, ou de vir morrer nele. As vidas sedentas de aves, animais e gente findam as esperanças nas suas areias estorricadas. Mas ele sempre renasce a cada chuva de inverno. Ganha força e movimento, cria e destrói. As pessoas preferem as ruínas deixadas por sua raiva à fome e à sede da aridez.

As vidas das criaturas humanas não conseguem se regenerar. Se acontece de morrerem ao natural ou matadas se perdem para sempre e retornam como assombrações, consciência pesada ou medo do juízo final, quando dizem tudo será julgado com peso e medida.

João Alves Carvalho, Felicidade, Pedro e Paulo

— Ele ficava nessa cadeira?
— Aí mesmo sim senhor, de manhã a de noite.
— Achava que nunca ia morrer.
— Ria da morte.
— E quando você veio com o almoço...
— Notei ele parado, sem respirar, o corpo roxo. Gritei por socorro, mas de nada valeu porque só tinha eu e os meninos em casa, ninguém passa mais por aqui.
— Ô desgraçada, se o velho estava doente porque saía de perto dele?
— Senhor, tinha os serviços da casa, a comida por providenciar. Os bichos, mesmo poucos, necessitam de trato. E antes a senhora vossa mãe me ocupava o tempo inteiro.
— E você queria ficar deitada numa rede se balançando? Os dois bastardinhos não ajudam em nada?
— Os meninos ajudam, mas são pequenos e a casa tem muito o que fazer.
— O velho ainda chafurdava na cama?
— Senhor, não me pergunte isso, sinto vergonha.
— Desde quando negra tem vergonha?
— Desculpe, vosso pai era um homem doente. Nem foi ao enterro de vossa mãe por causa do cansaço.

Felicidade pede licença e vai à cozinha. Sente-se nervosa e intimidada na presença do sr. João. Os meninos vestem calções remendados, capinam o mato do terreiro e águam as plantas de um jardim lateral à casa. As flores eram o orgulho de d. Anacleta.
João se senta na cadeira onde o pai passou a maior parte de seus últimos dias, se balança, olha o engenho ameaçando cair, a capela

cheia de morcegos e ratos, as portas e janelas escancaradas e capengas. O calor e a umidade inquietam, o corpo sua dentro da roupa. Como se não bastasse, os mosquitos atacam os olhos, ferroam a pele, provocam coceira e pápulas. João se levanta, desce os degraus que separam o alpendre do terreiro, apanha pedras no chão e volta a sentar. Distrai-se atirando as pedras nos dois meninos. Eles tentam se livrar da pontaria do amo, mas temem castigo se fugirem ao divertimento. João descobre duas baladeiras e dois bodoques pendurados em um armador de redes, com certeza das crianças. Pega uma das baladeiras e dispara os pedregulhos com ela. Os meninos sentem a força dos projéteis, choram e suplicam ao senhor que não faça aquilo com eles. João continua a brincadeira até se entediar. Abre a camisa e expõe o tórax onde cabelos louros e brancos se misturam ao suor. Balança a cadeira com o pé, fecha os olhos e adia o instante em que terá de subir aos aposentos dos pais quando os dois ainda dormiam na mesma cama. O céu se fecha em escuro, as nuvens baixam e os mosquitos avançam mais agressivos sobre ele. Ficará no engenho até o dia seguinte. Precisa vasculhar armários, cômodas, escrivaninha, estantes e gavetas. Esteve na casa um mês depois de Anacleta morrer. Levou apenas os objetos de maior valor, os que constavam no testamento da mãe. Sem condições de subir a escada que leva ao quarto, o pai não presenciou a rapina do filho. Da cadeira de balanço no terraço, assistiu João carregando um carro de boi com algumas mobílias e o baú onde Cleta escondia seu tesouro. Emudeceu, fechou a cara, não abençoou o filho, nem quis olhar para ele quando se despediu. João agia como se o pai estivesse morto ou a casa penhorada. Depois que as rodas do carro levantaram poeira no caminho, Antonio Alves Carvalho o amaldiçoou. Repetiu o sortilégio até não ouvir mais o rangido das rodas se afastando. O filho deixava a casa para sempre, ou enquanto o pai restasse vivo.

— Nada revoga a maldição de um pai, nem o tempo, o velho disse irado.

Lamentou não ter rogado a praga numa hora aberta, meio-dia em pleno sol, ou meia-noite nas trevas, com as mãos fechadas e os braços elevados para o céu.

Felicidade teme o senhorzinho. Chegou moça ao engenho dos Alves Carvalho, no lote das primeiras escravizadas. Viu tudo crescer e se arruinar. Se fosse o padre José ou a sra. Ana Maria quem cuidasse do espólio, poderia falar sem medo o que o sr. Antonio prometera a ela e aos filhos mestiços. Revelaria sobre os documentos guardados, que não chegaram às mãos dela por negligência do senhor, um homem preguiçoso e acostumado a adiar assuntos importantes. Pressente que tudo está nas mãos de João e que alguma desgraça o senhorzinho apronta para ela e os meninos.

João também se sente acuado, o retorno à casa dos pais é um tormento. Dispõe de pouco tempo para se desfazer do engenho, da casa, se possível das lembranças. Conhece a vontade do pai sobre Felicidade, os dois filhos e a herança, mas decide contrariar o fantasma que caminha por salas, corredores e quartos e o intimida. O que sobrou da antiga riqueza vai se transformar em dinheiro, precisa dele para viver um sonho com Brites Manoela, não importa se lesa os irmãos. No Recife, negócios o aguardam. O engenho irá moer uma derradeira vez, produzir muito ouro no lugar de açúcar.

Os meninos terminaram a limpa do terreiro, agora carregam água do poço para abastecer a cozinha. Os potes cheios pesam nas cabeças amaciadas com rodilhas. Eles dobram as pernas finas e gemem. João prepara uma rasteira, deseja rir quando caírem, quebrando os barros e inundando a casa com a água. Quando era rapazinho, se divertia oferecendo pedaços de jerimum aos pretos. Mandava que os comessem quentes, esfumaçando. Na ânsia de matar a fome, eles queimavam a boca, a língua e os lábios. Também dava feijão e farinha em pequenas cuias, mas antes misturava a comida com areia e pedregulhos. Ouvia as pedrinhas sendo mastigadas, triturando os dentes e machucando a boca. Ana Maria queixava-se aos pais das malvadezas do irmão, a mãe devota e comovida com o martírio dos santos católicos não se importava com o sofrimento dos pretos.

João desiste de aporrinhar os meninos, prepara uma vingança pior do que são capazes de imaginar.

Ainda é de tarde cedo, mas as nuvens baixaram tanto que parece noite. Pássaros voam apressados para a mata próxima à casa. Urubus descem em voos rasantes sobre um mulungu sem folhas. O chão amanhece repleto de cagadas brancas.

Um bando de gaviões voa baixo, grita estridente. João também aprecia os predadores, que devoram filhotes nos ninhos e comem os pintos das galinhas.

O calor e a suadeira retardam a coragem de agir. Talvez João ainda tema o velho e prefira adiar o enfrentamento do passado. Uma vez o pai bateu nele com uma corda, lapeou suas costas até sangrarem. Sentiu-se igual a um escravo e não gostou da experiência.

Sobe ao quarto, olha papéis na escrivaninha, se assombra com os achados. Desce à cozinha e manda Felicidade providenciar lenha acesa num fogareiro. A casa tem uma fornalha junto ao fogão, mas o trabalho que pretende realizar não pode ser feito sob os olhos da escrava, mesmo ela não sabendo ler. O melhor lugar fica num terraço contíguo ao quarto de hóspedes, onde se alojou Bernardo, há muitos anos. Necessita cobrar a dívida que o cunhado contraiu com ele quando o denunciaram à Inquisição. E d. Casimiro de Medeiros, continua vivo?, se pergunta. O velho bispo ainda gosta de pecar com rapazes? Precisa retornar ao palácio em Olinda e suplicar ajuda no caso de Brites Manoela.

Concentra-se nos papéis da escrivaninha. E se o pai, pressentindo a morte, entregou os documentos a Felicidade, arruinando seus planos? Conta com a própria sorte e a inércia do velho.

Descobre um envelope na primeira gaveta, a mais acessível de todas. Está amarrado com cordão e parece guardado ali para alguma providência. A morte revelou-se mais ligeira e favorável a João. Se quiseres matar o rei, apenas insulte-o. Desde que partira de casa, a cada visita João envenenava o pai com pequenas doses de raiva.

O nome de Felicidade, em caligrafia trêmula, é o único indício do que contém o envelope. Os primeiros papéis são da escritura do engenho, passada em cartório. Depois vêm dois registros de batismo, neles o pai assume a paternidade dos meninos Paulo e Pedro, concede-lhes os sobrenomes Alves Carvalho da família. João se irrita, grita, chuta móveis e continua a busca. Por fim, acha três cartas de alforria para Felicidade e os filhos reconhecidos. Guarda a escritura numa das gavetas, apanha os outros papéis e desce a escada aos pulos. Entra no quarto de hóspedes, dirige-se à varanda onde instalou o fogareiro, aviva as chamas e queima os documentos que garantem paternidade, nomes cristãos aos meninos e alforria a quem foi condenado a ser escravo.

Retorna aos aposentos, fecha a porta e se atira na cama dos pais. Sente tremores pelo corpo, parece acometido de febre. O lugar ainda recende a ferida e pus, como se o tempo continuasse apodrecendo o que se abriga nele. A maldição do pai ecoa pelas paredes. Da floresta, mortos vigiam os vivos que perambulam na casa, esperando o desfecho do drama que principiou no norte de Portugal e findará nas terras novas do Brasil.

Felicidade bate à porta, pergunta se o senhor deseja comer alguma coisa. Quer, na verdade, que ele lhe entregue os papéis que pertencem a ela e aos meninos, não sabe ler mas tem ciência do que significam. João ordena que a mulher entre. A porta se abre timidamente, Felicidade não se arrisca a ultrapassar o umbral. João está de pé, sem camisa, veste apenas ceroula.

— Entra, negra, ficou paralítica?
— Desculpe, senhor, deixei panela no fogo, pode queimar.

Ele se aproxima, levanta o rosto da moça pelo queixo.

— Você e meu pai brincavam nessa cama quando a velha não estava em casa?
— Não, Deus nos livre disso.
— E onde era?
— Não lembro mais dessas coisas, faz tempo.
— Safada e mentirosa. Não tem medo de mentir para seu senhor? Escravo que mente apanha.
— Não estou mentindo, juro.

Ela tenta fugir, mas João é mais ligeiro e a sustém pelo braço.

— Quer me mostrar como faziam?
— Não, senhor. Deixe eu ir, por caridade. As crianças me esperam lá embaixo.

João rasga a blusa de Felicidade e expõe os seus peitos. Ela grita, chora, mas não consegue escapar à fúria do amo.

— Me deixe, tenha misericórdia.
— Sua sorte é que não gosto de negras, nem da cor e nem do cheiro de sua raça. Sinto nojo.

Cospe no rosto de Felicidade, mantendo-a presa às suas mãos. Procura um objeto com os olhos e o acha, pendurado num armador. De posse do rebenque, açoita a mulher até que ela consegue se soltar e fugir. Fecha a porta, despe a ceroula e se atira na cama. Nu como veio ao mundo, adormece e sonha.

Mais tarde, acorda e continua as buscas. Encontra os livros da mãe, a *Legenda áurea* e vários missais. Quanto tempo gasto para nada, quanta mentira nessas vidas de santos, diz alto. Sem cobrir-se com um pano, volta ao crematório, aviva o fogo e queima os livros inúteis. Retorna ao quarto, procura mais coisas, enfia a mão direita numa gaveta comprida, um dedo se espeta num objeto perfurante, um broche em forma de aranha. Os olhos de rubi do aracnídeo chispam fogo. Não se lembra de ter visto aquilo. Por que a mãe o escondeu? Será enfeitiçado? Decide presentear Brites com o broche, talvez ela saiba o valor e o significado. Embrulha a aranha em um lenço velho e põe no bolso do casaco pendurado num cabide. Continua a busca, junta colchas e lençóis num saco, mercadorias difíceis de comprar na colônia e que valem bastante dinheiro. Os portos fechados ao comércio exterior impedem que cheguem nos navios até Pernambuco.

Na parede ao lado da cama, um quadro pequeno, de formas e cores quase apagadas, chama sua atenção. No alto, uma Nossa Senhora pintada sem nenhum esmero carrega em um dos braços o Jesuscristinho e estende o outro para uma criança que se afoga num rio. O artesão também representou um menino preto se preparando para saltar nas águas. Várias mãos estão erguidas ao alto, como se pedissem ajuda divina. João retira o quadro da parede e o aproxima da luz. Na borda superior escreveram: Graça alcançada com Nossa Senhora do Livramento. E na inferior: Não te preocupes, eu que tudo posso o livrarei.

Trata-se de um ex-voto cênico.

João se assombra com as lembranças. Esquecera o acontecimento de quando a família tinha acabado de chegar ao engenho. Próximo à casa corria um rio e os indígenas e africanos se banhavam à vontade nele. João morria de inveja das crianças, mas não sabia nadar. Um dia, sozinho e escondido do pai, jogou-se nas águas e se afogou. Foi salvo pelo menino que não gostava que o chamassem de Fabião, preferia o nome que trouxera de longe, Kayin. João recorda que desde esse dia odiou Fabião, não suportava dever a vida a um negro. Segundo pessoas próximas à família, Catarina e João tiveram a mesma história de afogamento. Os dois escaparam de morrer graças à intervenção dos santos cultuados em crenças diferentes.

Nuvens se precipitam do céu com grande estrondo. João se apressa, levará da casa o que escapar à sua fúria incendiária. Parte a madeira do quadro em pedaços e atira ao fogo. Anda nu, nunca considerou os olhares escravos sobre a sua nudez. Vai à cozinha, pergunta a Felicidade se o pai tinha cachaça. A mulher responde que não e ele volta ao quarto. Dois carros serão bastantes para o butim dos Vieira Alves Carvalho? Adia para o dia seguinte o restante da devassa. Deita-se despido e molhado de suor, os mosquitos não o deixarão dormir, mesmo assim adormece ligeiro, ouvindo os ratos caminharem sobre a cobertura do quarto.

João, Felicidade e os fantasmas

Todo senhor deve pelo menos uma vez contemplar o inferno. Preferível seria que permanecesse uma longa jornada se queimando por lá.

A chuva cai sobre a casa, escorre pelas paredes e molha os assoalhos. Num quartinho dos fundos, Felicidade se abraça aos meninos e pede a ajuda dos santos de negros e brancos. Não consegue dormir. A sorte dela e a dos filhos foi jogada por João, que dissimula e oculta o veneno do coração como alguém esconde uma faca amolada nos cabelos. Os lanhos no corpo de Felicidade, causados pelo rebenque, ardem e queimam. Ela treme de medo. Parece que rios deságuam do céu na terra e tudo vai se transformar em lama. Mais lama.

— Levanta-se daí, João! Sabe que nunca permiti filhos dormirem em minha cama.
— Até no inferno o senhor me incomoda.
— Por que traiu seus irmãos?
— Os negrinhos? Não tenho irmãos pretos.
— Metade do sangue deles é meu. A mesma metade que corre em você.
— Meu sangue é limpo, o deles é sujo.
— Amaldiçoado! Vais pagar caro.
— Já que está no inferno, pague por mim, velho rufião.
— Cale a boca, ou te mato.

Aperta a goela do filho, ele se debate, sufoca e grita.
Ratos passeiam pelo corpo suado de João, o maior deles se ani-

nhou no pescoço descoberto. João salta da cama aterrorizado. Os bichos fogem, entram em buracos nas paredes. As sombras do quarto se iluminam com os relâmpagos. Sem conseguir dominar o sono, João arrasta pernas e braços de volta à cama. Deita-se gemendo, procura um lençol e cobre o corpo. Adormece ouvindo os trovões.

— O que fez com os meus livros, João? Confesse.
— Ora, mãe, queimei.
— Pobres santos, como se não bastasse um martírio, sofrem outro. Não tem medo do inferno, rebento ruim?
— Não.
— Seu pai se zangou com o que você fez à negra e aos filhos dele.
— Não me importo com as zangas do velho.
— A quem deu as minhas joias?
— Por que deseja saber? A senhora morreu e não deve mais se interessar por essas coisas.
— Ponha o meu broche de aranha onde o encontrou, ou vai se arrepender. Ele é meu, não dou a ninguém. Não se mexe no que foi escondido pelo dono.
— Mortos não usam joias.
— Você não presta, João, espero que arda no inferno junto ao seu pai.

O clarão de um relâmpago incendeia o quarto. Parece fogo.

Recostada à parede, Felicidade cochila. Uma esteira recobre o chão de pedra, mas a umidade desmancha o tecido de palha em vários buracos. O vento não para de soprar, traz as falas incompreensíveis dos mortos.

— A vida é infame, feita de dor. Alimenta-se de miséria e doenças.

Parece tarde para escapar da casa arruinada, a chuva não dá trégua, os trovões e os relâmpagos amedrontam.

— Felicidade, acorde, João trama contra você e os meninos.

— O senhor não cuidou da gente quando era vivo e podia fazer isso, deixou nosso futuro nas mãos de seu filho.
— Não existe futuro quando se vive na servidão.
— Vocês obrigam a gente a ser escravos.
— Mentira, a servidão é voluntária. Por que aceita? Você é igual aos brancos, tem boca, olhos, nariz, nasceu livre.
— Se pensa desse jeito não devia ter me escravizado.
— Levante com os nossos filhos, apanhe um machado, suba ao quarto onde João dorme e mate ele. A porta não está fechada à chave. Ateie fogo na casa. Diga às pessoas que um raio caiu do céu e queimou tudo. Não espere pela justiça. Ela nunca age a favor dos mais fracos.
— Eu podia ter matado o senhor quando passava os dias na cadeira, sem força para nada. Se alguma vez pensei nessa solução, nunca tive coragem de agir, ficava paralisada.
— Faça o que eu disse, levante-se dessa esteira imunda, quero ver as chamas queimarem a casa.

Felicidade grita, calor e luz forte invadem o quarto. Bem próximo, um raio caiu sobre um jacarandá centenário e a árvore se transformou em fogueira. Na estrebaria, o cavalo de João relincha, choca o corpo de encontro à porteira e tenta fugir. Ainda entorpecida, Felicidade desperta do sonho e foge com os meninos para a senzala vazia. Retorna ao lugar por onde começou a vida, a serviço dos Vieira Alves Carvalho.

João também acorda, veste a ceroula e desce a escada aos saltos. Imagina um incêndio pela luz vermelha que chega de fora. Abre a porta, avista o jacarandá se consumindo.
Ainda não amanheceu, as horas caminham para a madrugada alta. Os compradores prometeram chegar com a claridade do sol.

Não haverá sol, eles talvez não venham.

A chuva continua a cair forte, até onde a vista alcança tudo é lama, os carros e os bois afundarão nos atoleiros e os riachos transbordantes não darão vau.
Senta-se na cadeira do pai e decide resistir ao sono.

* * *

Três dias depois os homens chegam. Os bois parecem consumidos pelo esforço de transpor os lamaçais. Seus donos cobertos de barro ganharam aparência sobrenatural.

Dias e noites se passam na casa ameaçando ruir. Mofo e líquen cobrem as paredes, água brota do chão. Os fantasmas não deixam o senhor branco sossegar, também fustigam com assombros a mulher acuada pelo medo. Panelas vazias batem na cozinha sem que ninguém as mova, punhados de sal são atirados ao fogo, cadeiras balançam sozinhas, velas se apagam, tábuas do assoalho rangem como se alguém caminhasse sobre elas, bandos de morcegos se penduram em ripas e caibros do telhado, ratos correm pelos cômodos, roem o que encontram pela frente. Os mortos cobram dos vivos as ações que nunca realizaram. Antonio manda Felicidade matar João enquanto ele dorme.

— Apanhe uma faca e ampute os genitais do senhorzinho, livre as gerações futuras de herdeiros iguais a ele.

A mulher deambula pelos arredores do engenho à procura de comida para o seu patrão, ele não trouxe nada, mas se senta à mesa esperando que o sirvam. Ela e os filhos passam fome. Os meninos carregam feixes de capim à cocheira, o cavalo do senhorzinho também come muito, precisa ser escovado e alisado, é a montaria de regresso depois que a sorte do engenho e dos três sobreviventes negros for decidida.
O fantasma do antigo senhor e amante ordena que Felicidade se rebele, mas o tempo das insurreições ficou atrás, ela devia ter fugido para os quilombos, mesmo que ao fim das guerras fosse morta. Assiste a casa ser desmontada, os bens prometidos a ela e aos filhos serem vendidos. A promessa não se cumpriu, enquanto era vivo o amo não lhe entregou a escritura do engenho, as certidões de batismo dos filhos e as cartas de alforria. Talvez desejasse que as terras e os escravizados continuassem nas mãos da família, gente branca igual a ele. Jurava odiar o filho, mas João pertence à mesma raça de conquistadores do

pai, esse orgulho com certeza fustigou Antonio Alves Carvalho na hora de escolher seus herdeiros. O fantasma arrependido, o tirano que em vida oprimiu indígenas e africanos escravizados, escuda sua covardia nas sombras, incita à rebelião apenas depois de morto.

Os homens de barro encaixotam móveis, louças, vidros, panelas de cobre, toalhas, lençóis, redes, facas, garfos, colheres, tudo o que pode se transformar em dinheiro. Os dois carros abarrotados são cobertos com lonas e couros. Lá pela hora do almoço, dois cavaleiros bem-vestidos chegam ao engenho. João, banhado e trocado de roupa, os recebe com modos finos. Arreia o seu cavalo e os três percorrem as terras, o engenho, o resto de canavial. Retornam, se acomodam no alpendre, acertam as contas. O pagamento e a escritura ficam para depois. Ligeiros como chegaram, os dois senhores partem.
Trêmula, sem poder interferir nas negociações, Felicidade assiste ao desfecho da venda e chora. Resta nada na casa-grande, o negociante ordena aos carregadores que fiquem nos carros. Vai até João e o encontra sentado na velha cadeira do pai.

— E a escrava e os dois meninos que o senhor falou que vendia?

João aponta Felicidade, Pedro e Paulo.

— São aqueles ali.
— Mantém o preço?
— Pegaria mais dinheiro se levasse ao Recife. Mas não quero ter esse trabalho.
— Eu compro.

Felicidade grita, corre e se ajoelha aos pés de João.

— Senhorzinho, não faça isso, por tudo o que é mais sagrado.

Ele a empurra com a bota enlameada.

— O senhor vosso pai nos deu alforria, a mim e aos meninos. Até nos prometeu uma terrinha pra gente morar. Está escrito nos papéis lá em cima. Eu vi, juro. Ia deixar nas mãos da gente quando morreu.
— Quem acredita em palavra de negro?

Felicidade chora, tenta agarrar-se às pernas do amo, impedi-lo de se afastar dela, mas ele volta a escoiceá-la igual a um cavalo.

— Senhorzinho, tenha compaixão, sirvo à família desde que me trouxeram no tumbeiro. Vi o senhor crescer, escapar do afogamento, passei noites velando as suas febres.

João se levanta, apanha o chicote e açoita o rosto de Felicidade.

— Tenha misericórdia, não faça isso. Os meninos são seus irmãos.

Irritado, ele bate com mais força.

— Nunca mais repita isso, sua desgraçada, ou eu mato você. Não tenho irmãos pretos escravos.

O comerciante pega Felicidade pelo braço e ordena que junte suas coisas. Enlouquecida, ela arruma numa trouxa as roupas dela e dos filhos. O homem chama os meninos, leva os três até os carros de boi. Felicidade grita, segura as crianças pelas mãos e tenta fugir. Os carreteiros correm atrás, conseguem derrubá-la, amarram suas mãos com uma corda e depois a prendem num dos carros. Sentado na cadeira do pai, único móvel que restou na casa, o senhorzinho assiste à cena e dá risadas.

Acredita fazer parte de uma ordem que nunca irá mudar nas terras conquistadas ao redor do mundo pelos patrícios e europeus. Por mais que os séculos se sucedam, será sempre assim. Já era dessa maneira no reino de Portugal e se aperfeiçoou nas terras novas. O futuro, até onde imagina, seguirá os mesmos princípios: colonizadores e colonizados; escravocratas e escravizados; senhores e servos. Como se houvesse um acordo entre tiranos e tiranizados. Lembra o herói da república olindense, Bernardo Vieira de Melo, primo de sua mãe. Proclamada para os senhores de engenho brancos e aristocratas se verem livres do jugo português, a república não antecipava princípios de liberdade, igualdade e fraternidade de futuras revoluções. Bernardo, o republicano açucareiro, sediou o Quilombo dos Palmares, ao lado do bandeirante Domingos Jorge Velho. Mesmo com os insurgentes rendidos, executou quatrocentos homens negros.

João se exalta com as histórias de tirania. Vê os dois carros se afastando devagar, os carreteiros fustigando os bois com varas de ferrão. Felicidade caminha com dificuldade, os pés descalços atolam na lama e ela cai. O chefe do grupo a ajuda a se levantar. Conversam e ele retira as cordas que prendem as mãos dela ao carro. Os meninos se agarram à saia enlameada da mãe. João sorri. Despe as roupas, as botas e atira tudo sobre a cadeira. Antes de chegar ao Recife, ele imagina, Felicidade será estuprada por todos os homens do comboio, na presença dos filhos. É uma mulher bonita, ninguém vai deixar de usufruí-la. Talvez engravide, o que a torna mais valorosa na hora de vender.

Agora que ficou nu, caminha ao redor da casa e mija pelos cantos, como os cães delimitam território. Volta à cadeira do pai, olha na direção do comboio, mas ele já desapareceu de vista. Vai ao terreiro, apanha um pedregulho em meio à lama. Pega um bodoque, faz pontaria e dispara. Mas não tem a mesma graça de quando fazia alvo nos meninos.

Kayin

Vaqueiros deram notícia da onça-pintada, a tigre do sertão. Atacava os rebanhos nas fazendas e as baixas tornaram-se rotineiras, nem dava para calcular o estrago. As reses pastavam soltas e tornavam-se mais vulneráveis ao assalto da fera. Fabião cismou que era tempo de saldar a dívida com seu povo caçador, vencer a tigre com arma branca, lança feita por ele mesmo ao costume dos guerreiros. Ouvia conversas assombradas, medrosas, todos temiam o encontro com o animal traiçoeiro.

Solitário, o jaguar demarcava extenso território e só era visto na companhia das fêmeas em tempo de acasalamento. Dono de mandíbula poderosa, mordia as vítimas pelo crânio, um golpe fatal ao cérebro. Sem medo de sair à caça, Fabião ouviu as façanhas da pintada e sonhou com a hora em que se enfrentariam.

— Não se meta a corajoso. Ela fura com os dentes até a casca de uma tartaruga.

— De longe escuta a presa se aproximando, arma a emboscada, se dispõe ao ataque... zás... um salto... e acabou.

Os jucás antigos, homens valentes que caçavam a tigre e já não caçam mais, tentam convencer Fabião a desistir.

— A onça gosta de nadar, carrega a presa pela água como se fosse um peixinho. Já vi onça subir com bezerro na copa de uma árvore.

— Fique de olho aberto, não cochile, porque ela caminha manso e só arremete por cima, num salto ligeiro.

— Só gosta de sair da furna à boquinha da noite.

O padre José, Páscoa, as mulheres da cozinha, todos no Umbuzeiro e arredores tentavam convencer o vaqueiro a não se arriscar em caçada.

Mas nenhum alvoroço levou Kayin a desistir da tigre do sertão. Esmerou-se em preparar a lança com vara longa bem rija e haste de ferro afiado.

Quando deram pela falta dele, tinha partido desde a madrugada alta. Embrenhou-se nas matas, aproveitando a friagem.

Não quis ir a cavalo, seguiu caminhando. Mesmo que a indumentária retardasse os passos, fez questão de usar roupas de couro, peitoral e gibão. Na cabeça, lugar mais vulnerável às presas do felino, apenas o chapéu quipá.

E acima do chapéu?

Não sabia o que responder, faltava-lhe crença nos santos de d. Cleta e do padre.

Chegou ao pé da serra e a mata avultou-se em árvores grossas e altas, madeiras de lei na medida para linhas, caibros e ripas de cobrir as casas, fazer portas, móveis e mourões nos currais. E para troncos de amarrar e açoitar os negros.

Amanheceu.

A luz ganhou tons de rosa, os passarinhos cantaram e a friagem diminuiu. Entre os cantos, Fabião reconheceu a melodia do concriz. Sentia especial paixão por essa ave, acreditava ser a dona de sua alma. E deixou-se guiar por ela.

Do nada, a onça apareceu sobre uma pedra trono. Serena, ela espionava o mundo. Poderia tê-lo atacado de um bote, no tempo em que ficou embevecido com o canto do concriz, passarinho de penas amarelas e pretas, penugens brancas salpicadas nas asas. Fabião caminhara um tempo alheado, como se tivesse ingerido a jurema que os jucás costumam beber nas pajelanças. Foi coisa de feitiço mesmo, pensou, desacreditava neles acreditando.

Os pensamentos iam e vinham enquanto contemplava a pintada, nome feminino para um macho sozinho em território sem medida.

Caçador e caça se avaliavam.

Fabião teve ciência de que viera para matar a onça. Susteve a lança, firmou os pés no chão, deslocou o centro de gravidade e se preparou para rebater o ataque. A tigre rosnou como se espirrasse, balançou a cabeça e virou as costas ao guerreiro longe do seu mundo africano.

Fugiu.

Fugiu?

Fabião desembestou atrás. Se acostumara a correr boi montado em cavalo, agora corria a pé no encalço de uma onça. Acima de sua cabeça, voava um bando de concriz. O jaguar estacou noutra pedra, olhou Fabião de cima longe, parecia calcular se valia a pena atacá-lo.

Ou não.

Quem instruíra a tigre a preparar emboscada? Ela não aparentava aflição nem agonia em comer. Olhava e parecia sorrir.
De repente, disparou a correr.
Fabião no encalço dela.
Os dois correram a manhã inteira entre árvores, galhos, espinhos e cipós. Fabião se cansou, sentiu sede, não trouxera água. Voltaria para casa humilhado? A onça lia seus pensamentos, balançava a cabeça e o rabo afirmando sim. Fabião gritou não e voltou a correr até esgotar as forças. Afundou-se num repentino escuro, caiu por terra e adormeceu. Acordou por volta do meio-dia. Na mata, alguém ordenara silêncio, não havia mais sinal de onça ou concriz. Achou que morreria de sede. Despiu gibão e peitoral, subiu numa árvore alta e lá de cima avistou uma lagoa com caniços e bambus ao redor. Uma espessa vegetação cobria parte da água.
Rastejou cauteloso, a lança no ponto de ser arremessada. Mas nada sugeria perigo. A floresta terminou na lagoa, onde ele se viu a céu aberto. O vento parou de soprar, nenhum galho balançava, não caíam folhas no chão e os pássaros emudeceram.
Sedento, Fabião ajoelhou-se junto à água e decidiu-se a bebê-la.

— Não faça isso!, ordenaram.

Ergueu os olhos e não viu ninguém. O silêncio continuava pleno.

— A lagoa me pertence. Alimento-me de peixinhos brancos que vivem nela. Também como o arroz plantado nos baixios da vazante. Se beberes uma gota dessa água, morrerás.

— Quem é o senhor para me dizer o que posso ou não posso fazer?
— Eu sou o que sou. Os que beberam de minha lagoa sem me responder algumas perguntas estão mortos. Responda o que vou lhe perguntar, Kayin, depois beba quanto quiser.
— Como sabe meu nome?
— Me revelaram quando você nasceu.

Fabião imaginou-se vítima de encantamento, mas voltou a escutar o vento balançando as árvores e os bambus, os passarinhos cantarem, e viu borboletas voando em torno de sua cabeça. Percebeu que não havia sortilégio algum. Olhou para cima e pediu:

— Pergunte.

Depois de uma pausa longa, a voz perguntou:

— *O que é mais numeroso que as folhas de grama numa campina?*
— *Nossos pensamentos.*
— *O que é mais ligeiro que o vento?*
— *A mente é mais ligeira.*
— *O que não tem coração?*
— *A pedra.*
— *O que pesa mais que a Terra?*
— *A mãe.*
— *O que está além dos céus?*
— *Um pai.*
— *O que viaja sozinho, eternamente?*
— *O Sol.*
— *Quem renasce depois de ter nascido?*
— *A Lua.*
— *O que encobre todo o mundo?*
— *A escuridão.*

As perguntas continuam por mais tempo e de repente findam, como se a voz tivesse cansado ou se aborrecido com as respostas. Fabião olha para os lados, desejando descobrir quem o interroga.

Por fim, escuta:

— Você responde bem, Kayin. Sou o teu pai Orixalá, vim pôr à prova os teus méritos e descubro que são verdadeiros. Eu também era o concriz e o jaguar que atraíram você até aqui. Beba a água, sacie a sua sede e conversemos.

Fabião bebe a água, depois se senta num tronco caído de uma ingazeira para descansar.

— Quando ganhaste o nome, teus pais te levaram ao babalaô para um jogo. Os búzios revelaram a mim. Sou o teu orixá. Te acompanho, zelo por tua sorte. Podes falar comigo em sonho, ou vir aqui, se preferes.
— Jurei que mataria a tigre, se volto de mãos vazias riem de mim.
— Deixe que riam. Fale que a onça fugiu e nunca mais vai importunar os rebanhos.
— Espero que sim.
— Não duvide.
— Não estou duvidando, sei que é verdade.
— Eu ensinei a palavra aos homens, mas aprecio o silêncio. Na minha festa, durante três semanas ninguém fala. Busque a felicidade na reflexão silenciosa, na contemplação e na sabedoria. Seja fiel no amor e na amizade. Procure nunca perder a tranquilidade, tenha consciência de sua força moral e física. Não tolere desordem, nem a violência. Seja incorruptível e austero.
— Tudo isso não é muito para mim, um mortal?
— Está na tua medida.
— Quando voltarei a ser um homem livre?
— Em breve, depende apenas de vontade e coragem. Agora, volta.
— Adeus.

O bando de concriz reaparece. Kayin finca a lança na margem da lagoa, olha para cima e para os lados à procura do pai. Não o vê. Se afasta de volta à fazenda, guiado pelo canto dos passarinhos.

Páscoa

— Nada como um dia atrás do outro e uma noite no meio.
— E os trabalhos e as horas se cumprindo.
— Vida boa é isso.

Páscoa ri com a conversa sem futuro das mulheres na cozinha. Tereza, Irene e Luzia também riem.
Uma está acocorada junto aos tachos, dessorando a coalhada para o queijo. Outra despejou a charque no feijão, mexe a mistura e prova o sal. Irene vigia as crianças brincando no terreiro, enfieira de meninos e meninas, nove sem contar a que deixaram com o primo e só em tempos aparece na fazenda.
Páscoa corre os olhos na cozinha e no lado de fora, apascenta suas crias, acena para elas. Depois retorna ao tear, onde tece o pano de uma rede. Atenta ao ofício, nunca erra ou desfaz os entrançados de fios. Não sofre a ansiedade de um regresso.

— Não sei para quem minha filha tece tantas redes. Não tem mais onde pendurar nessa casa.

É Tereza quem observa, enquanto amassa caroços de feijão entre os dedos para certificar-se se cozinharam bem.

— Você fala como se desconhecesse o tamanho da família. Todo dia chega visita, de passagem ou pra demorar. E as meninas? Qualquer dia se casam. Levam as redes no enxoval. Até mandei fazer baús de cedro.
— Ô minha filha, deixe elas crescerem mais.
— Seu José não teve a menor paciência comigo.

Riem.

— Era a vontade grande, os apertos de homem solteiro.
— De sacerdote preso a juramento de não conhecer mulher.

Calam.

Páscoa lembra que entre o seu povo homens e mulheres costumavam ter uma única rede. Se rasgava o pano, faziam outra. E ela com tantas. Tereza tem razão, mas quando não tece Páscoa sente os fios da vida desunidos, sem costura.
Irene retorna aos afazeres na cozinha. As crianças ficaram por conta delas mesmas e sob o olhar das mulheres chegadas do roçado com sacos de feijão para secar e depois bater.

— Estão lá quietinhas, brincando.
— Proibiu banho?
— Proibi. Sou doida de permitir com um tempo desses.
— Daqui a pouco chamo para almoçar. Acho que salguei o feijão com a charque.
— Ô, Tereza, é melhor feijão salgado do que insosso.
— Você acha, minha filha?
— Acho. Depois que provei sal, me viciei. Minha gente não conhecia esse tempero.
— Então se farte de comer.

Páscoa engordou, tornou-se roliça, com a barriga grande de tanto parir filhos. Tudo cresceu nela. Só a voz nunca se alteia, nem nos maiores aperreios. É a paciência do mundo com os filhos. À noite, visita as redes onde dormem. Olha os rostos misturados nos traços, as cores caldeadas, os cabelos puxados à raça do pai ou da mãe. Acaricia um, depois outro, canta baixinho. Entre seu povo, as mães punham os filhos em panos e os atavam às costas. Faziam todas as tarefas com as crias aconchegadas ao corpo, ofereciam o leite dos peitos sem reserva, não reparavam se ficassem arriados.

— Prove, Páscoa, está salgado para os meninos?

— Está não, Tereza. Luzia, escorra a coalhada para o queijo de manteiga. Seu José gosta muito.

Tereza continua indecisa se tira o caldo do feijão e põe nova água. O padre não gosta de comida carregada no sal.

— Você não se cansa de achar ruim o que cozinha.
— Sou assim mesmo, indecisa.
— Acho que prefere o bocado insosso.

As mulheres riem, brincam.

— Lembram da história que contaram pra gente?
— Qual?
— A do fazendeiro rico que tinha três filhas?
— Esqueci. Ando com a memória fraca.
— Um dia, o fazendeiro sentiu-se velho, decidiu repartir as terras entre as filhas e correr o mundo. Depois de cada viagem, ficaria um tempo na casa de uma delas. Resolveu pôr à prova o amor das moças e pediu à mais velha que dissesse o quanto gostava dele. Ela falou que gostava como da luz do sol. Satisfeito, o homem pediu à segunda que respondesse a mesma pergunta e ela disse que amava o pai tanto quanto a luz da lua. O fazendeiro era vaidoso, ouviu as respostas cheio de orgulho. A mais nova não sabia o que dizer, era sincera, sem falsidades. Olhou o pai e falou que gostava dele tanto quanto do sal da comida. O velho irritou-se, considerou a comparação uma desfeita. Dividiu a riqueza apenas entre as duas mais velhas e expulsou a caçula de casa. Preparou a viagem, despediu-se e partiu. Quando retornou anos depois, pediu abrigo nas casas das duas filhas. Elas bateram a porta na sua cara e enxotaram os cães em cima dele. Doente e miserável, vagou pelo mundo mendigando. Um dia, pediu arrancho e comida na casa de uma fazendeira rica. Quase cego, não reconheceu a senhora dona. Era a filha mais nova, sem se apresentar mandou as criadas acolherem o pai. Ordenou à cozinheira que não botasse sal na comida. Na hora do almoço, sentaram o velho entre a filha e o marido. Apesar da fome, ele comeu pouco. Quando per-

guntaram se não tinha gostado, respondeu que faltava ao alimento o que dá sabor à vida: o sal. A jovem senhora se deu a conhecer. O pai abraçou a filha e pediu perdão pelo erro cometido no passado. Ela o amava de verdade e cuidou dele até o fim de seus dias.

— Que história bonita! Com quem você aprendeu, Páscoa?
— Ouvi de Serena, a mãe de leite de Catarina. Não sei se ela ouviu na África ou em Pernambuco. Aquela cabeça guarda tanta sabedoria.
— Ai de d. Catarina sem essa mãe preta.
— Não entendo como o coronel Francisco deu a filha única a um traste como o sr. João.
— Deu porque é tão ruim quanto o genro.
— Cale a boca, Irene, não tem medo de cortarem tua língua?
— Bem que eu mereço.

Retomam os afazeres. Há sempre muito trabalho na casa, uma canseira que nem a noite põe fim.

— Sabe outra história, Páscoa? Conte pra gente, ajuda a passar o tempo.
— Quem sabe muitas é seu Henrique da Costa. Chegue perto dele quando estiver de prosa com seu José.
— Deus me livre, filha, bisbilhotar conversa de homem... mais sendo eu uma escrava.
— Por falar nisso, onde ele anda?
— Saiu com o padre. Quis conhecer as grutas com os desenhos.
— Os rabiscos que o povo antigo pintou?
— Ouvi que sim.
— Não gasto a sola do pé atrás de ver aquilo.
— Ele gasta os cascos do cavalo.

Riem.

— Homem esquisito esse Henrique da Costa. Sai pelo meio do mundo sem necessidade. E a fala embolada? Ninguém entende o que diz. Ouviram como ele tosse e chia?

— Acho que o companheiro dele também sofre do peito. Viram como dormem, as redes bem juntinhas?

— Os dois vieram do mesmo lugar no estrangeiro e não praticam a religião do padre.

— Cada povo com seu uso, cada roca com seu fuso.

Escutam vozes e tropéis lá fora. As crianças gritam, correm em direção ao séquito com o padre José e Henrique da Costa à frente. Alvoroçadas, as mulheres param a conversa e se ocupam das panelas.

Henrique da Costa

O súdito inglês nascido em Lisboa chegou ao Recife à procura de um clima tropical para a cura de sua tuberculose. Se outros motivos o traziam nunca foram revelados, nem também se alguma pessoa ou instituição financiava sua viagem. Não aparentava riqueza, nem a necessidade de ganhar dinheiro para a sobrevivência. Na biografia escassa, supuseram que tivesse familiares em Lisboa, alguns o reconheceram pelo sobrenome e o vincularam a importadores. Quando os médicos lhe recomendaram a mudança de clima, houve elogios aos ares pernambucanos. Meses depois da chegada, sentindo-se melhor, percorria as províncias do Norte, alcançando o sertão. De passagem pelos Inhamuns, hospedou-se na fazenda Cococi dos Ferreira Ferro, depois foi recebido pelo padre José Alves Carvalho. A comitiva era formada por um preto escravizado, dois guias, sendo um deles indígena, e um jovem britânico amigo e secretário. Além dos cavalos de montaria, outros transportavam cargas com mantimentos e objetos pessoais. Tiveram a sorte de viajar em meses bons de inverno, quando os rios e as cacimbas se enchem de água, o clima é ameno, há frutas e caças em abundância e a natureza hostil se torna acolhedora.

— Não me considero um caçador com destreza e paciência, mas confesso que nunca vi tantas aves juntas e fáceis de matar.
— São pombas de arribação. Na época das chuvas, elas param aqui, se alimentam e procriam. Nos anos de seca, muitos sertanejos escapam da fome graças a elas.

Enquanto os homens conversam, as mulheres assam as avoantes na cozinha. O ajudante Peter manteve o nome inglês, quase não fala, prefere dialogar com o copo de cachaça. As palavras jogadas fora não possuem consistência e se dispersam entre as paredes da casa. Desde os estudos na Bahia José perdeu o hábito social das conversas fúteis, lá se ocupava com estudos, leituras e rezas. Pensamentos políticos inovadores proliferavam nos ambientes religiosos. Os ideais republicanos da Revolução de 1817 e da Confederação do Equador de 1824 foram gestados entre os muros do seminário de Olinda, tempos depois. O Iluminismo conquistava as novas gerações de padres e frades, que se opunham às doutrinas antigas e às fogueiras da Inquisição. Desterrado nos Inhamuns, convivendo com vaqueiros, indígenas, africanos escravizados e mestiços, gente desacostumada às leituras, José se afastou da convivência transformadora, pratica a virtude do silêncio, ouve mais do que fala. Quando os filhos chegam à idade de ler, ele mesmo se ocupa em ensiná-los até os meninos irem estudar fora, oportunidade que não é oferecida às filhas mulheres. Envelheceu, restam poucos cabelos na cabeça, o corpo pequeno diminuiu em altura e a voz nasalou-se, adquirindo um pigarro vicioso. A pele branca queimada de sol ressecou, igual ao couro espichado das reses mortas. Parece menor, embora irradie força e respeito.

— Vou levar boas lembranças dessa região. Confesso que gostaria de ficar por aqui. Investi meu dinheiro num engenho em Itamaracá, mas não levo jeito para o açúcar. Gosto mais de conhecer os lugares, sou por natureza um viajante. Morei em Pernambuco e visitei a Paraíba, Natal, Aracati, Fortaleza, São Luís do Maranhão e Alcântara. Agora atravesso o sertão legítimo, de chuvas poucas e estiagens prolongadas.

Fala com justeza, sem assombro ou imaginação, parece ditar frases ao secretário Peter para serem anotadas num caderno. Talvez tenha sido contaminado com a dureza das pedras.

— Meus pais também não deram sorte em Tracunhaém, sr. Henrique. Morreram arruinados. Antes do fracasso completo nos empurraram ao sertão, aqui a febre da cana não chegou, felizmente.
— No Ceará tem engenhos, vi muitos, mas não do jeito de Pernambuco. São plantios menores de cana, em áreas de brejo ou matas parecidas com as do litoral.

— Prefiro o criatório de gado, o plantio de algodão e a lavoura pequena. É para o que a terra serve.

— Tomara que o algodão não vire monocultura igual à cana. O sertão é mais equilibrado do que a mata e o litoral. Há menos escravidão negra, embora sempre exista. A partilha do gado em um quarto para os vaqueiros permite que surjam novos proprietários.

As mulheres servem as avoantes, travessas de carne assada e guisada, pirão de farinha de mandioca, cuscuz, feijão, arroz, farofa e uma peça inteira de queijo prensado. José pede licença às visitas e vai ao curral conversar com os vaqueiros. Retorna na companhia de Fabião e o convida a sentar à mesa. O vaqueiro agradece e se dirige à cozinha, onde os filhos do padre comem na companhia da mãe e de outras pessoas. Um aboiador chama as reses para o curral, canta o nome de cada uma delas num aboio triste que parece agouro. Famintos e sem guardar cerimônia, os dois ingleses mastigam.

A cozinha é o espaço das conversas sinceras, sem retoques ou falseio. Dela saem os alimentos que dão vida à fazenda. Lugar de mulheres, aonde os homens chegam de visita ou ajudam em pequenos serviços.

Os caminhos todos desembocam na cozinha, é fácil se orientar por cheiros e vozes cantando, chamando as pessoas para comer. Contíguos a ela, o quarto de tecelagem e fiação; a despensa de mantimentos repleta de sacos de arroz, farinha, feijão, milho, abóboras, batatas-doces, melancias e melões; o telheiro onde se guarda a lenha; o quarto com prensas de queijo, tachos para o leite coalhar, queijeiras pendendo do telhado, carnes-secas, linguiças, toucinhos, potes de banha; um forno de assar bolos e as trempes onde se cozinham gorduras e vísceras para fabricar sabão. Tudo começa e termina na cozinha. É nesse lugar sagrado, semelhante às leiterias-templos da antiga Mesopotâmia, que a família se junta para comer e ouvir histórias, saborear conversas e cantigas, alcançando pela porta traseira o quintal, os terreiros, as roças, os currais, o armazém, evitando atravessar as salas e enfadar-se com as conversas sérias dos que tramam as vidas alheias.

As raças parecem se igualar no trabalho, mas essa mentira se evidencia na partilha dos frutos colhidos. No Umbuzeiro, a igualdade das mulheres poderia ser verdade, se algumas pretas não permanecessem na condição de escravizadas em registro de papel. Páscoa, a senhora dona, faz questão de lembrar sua origem, o dia em que chegou presa como um bicho e jogada no lombo de um cavalo. O homem que enche sua barriga de filhos se mantém representante da Igreja e de Portugal.

— Há poucos cargos onde um homem tenha o poder de se fazer amar e odiar como o de governador de província. Ele pode ser o benfeitor ou o carrasco do povo governado.

— Não é necessário ser governador, sr. Henrique, basta ter um posto ou cargo qualquer. O capataz de um engenho ou o administrador portuário se comportam da mesma maneira.

— Isso vai comprometer o futuro dessa colônia. São Luís é governada por um poder tão despótico que as pessoas têm medo de falar, temem ser presas por uma expressão qualquer usada. O governador se orgulha das honras do seu cargo, exige que as pessoas tirem o chapéu quando passam em frente ao palácio, mesmo que ele não esteja no edifício. Os sinos da catedral tocam todas as vezes que sai de carruagem, homens e mulheres da sociedade param o carro ou o cavalo quando o encontram e só podem retomar a marcha depois que ele passa. Parece uma anedota, mas é verdade. Vi coisas bizarras que pretendo relatar num livro de memórias. Não sou um viajante coletando espécies da flora e da fauna brasileira, nem um pintor de paisagens. Não me apresento como cientista, geógrafo ou historiador, apenas viajo porque gosto e anoto minhas impressões. Todos os temas me interessam e procuro registrá-los fielmente.

O padre vai até a janela, olha a posição do sol. Logo mais seria a hora de reunir o povo de casa e dos arredores para a missa que costuma rezar no final de tarde, quando tudo parece recolher-se e ele próprio se amiúda e se acovarda perante Deus. A presença dos ingleses tolhe seus hábitos. Chegaram sem se anunciar, confiantes na lei da hospitalidade e no costume de não se perguntar às visitas quanto tempo pretendem ficar. De noite, os viajantes armam redes debaixo das árvores e dormem olhando estrelas. Se chove, o armazém foi preparado para abrigá-los.

— Me apresentaram a homens de grande riqueza e independência. O coronel José Gonçalves da Silva, um senhor idoso, enriqueceu no comércio e plantando algodão. Garante que a cana não é lucrativa nas terras maranhenses. Possui cerca de quinhentos escravos. Certa vez mandou o mestiço que guiava a sua carruagem parar porque o governador ia passando. Contam que o rapaz se recusou a obedecer e no dia seguinte o velho cavalheiro foi procurado por um oficial com decreto de prisão para o condutor do carro. O coronel chamou o seu criado e disse: Vá sem medo, cuidarei de você. E dirigindo-se ao oficial de justiça, completou: Diga a sua excelência que ainda tenho muitos cocheiros. De tarde, dois homens foram à prisão levando uma bandeja coberta por toalha bordada, repleta de comidas, doces e vinhos, tudo para o cocheiro. Os banquetes se repetiram por mais três dias, até o rapaz ser solto. Assim se faz a lei naquela terra. A riqueza se concentra nas mãos de poucos, a pobreza e a miséria dominam a maioria dos habitantes. O modelo se repete no restante da colônia, com menor intensidade em Pernambuco. No sertão, me parece haver menos miseráveis. Não fossem as secas sazonais, eu diria que este é o paraíso, a terra prometida ao povo hebreu. Vejo muita semelhança entre as duas paisagens, embora nunca tenha viajado à Terra Santa, só a conheça pela descrição dos livros.

— É uma impressão errada, rebate José, o senhor está vindo da fazenda de um grande proprietário, um coronel que nem sabe quanta terra e gado possui e vive brigando por mais riqueza. Há anos os Ferreira Ferro e os Rodriguez promovem uma guerra que parece não ter fim. Já vieram juízes de Portugal, nada se resolve, ameaçam levar os grandões presos para Lisboa, mas tudo permanece do jeito de sempre. O quadro familiar domina o público. Foi a Coroa portuguesa que utilizou esse poder das famílias em proveito do Reino ou foram as famílias patriarcais que invadiram o poder público colonial? Não posso falar nessas coisas, vivo enrascado nelas. O patriarca Francisco Ferreira Ferro é sogro do meu irmão. O coronel dita leis e domina os representantes da Coroa. E o domínio não se estende apenas às terras, alcança as pessoas. Todo fazendeiro pequeno é obrigado a assumir um lado na disputa, tomar um partido. Não é só no Maranhão que existem poderosos despóticos. Os coronéis daqui exigem aos viajantes que cruzam as terras deles que se dirijam às suas casas, peçam a bênção e informem de onde vêm e para onde vão. Atreva-se a desobedecer a essa lei para ver o que acontece!

A conversa esfria igual às carnes sobre a mesa. José arrepende-se de ter falado demais, não costuma cair nessa tentação.

As mulheres da cozinha retiram as travessas servidas e trazem doces, coalhada e queijo de manteiga. Peter pede licença, vai ao armazém, onde guardam as malas de couro, e volta com uma garrafa de vinho. Na cozinha, a alegria aumentou. Fabião trouxe a rabeca e canta baixinho, temeroso de incomodar o senhor e as visitas. Páscoa vai à sala de jantar, pergunta se precisam de mais alguma coisa, se demora num canto, escuta a conversa e volta para junto dos iguais. José observa a devoção com que Henrique da Costa é servido pelo companheiro. Um desvão da memória se abala e ele recorda o primo Dimas. Nunca mais o havia lembrado, mas a troca de olhares entre os ingleses traz o passado de volta. Inquieta-se, evita observar os dois amigos.

Atento, Henrique da Costa percebe a variação de humor no padre. Para ele o padre José não é um coronel cheio de rompantes, se fosse, correria perigo. Retoma a conversa, o melhor recurso para distrair as impressões ruins.

— Ainda existem muitos índios selvagens no Maranhão. Eles atravessam do continente para a ilha, invadem e roubam as casas nos arredores de São Luís. Alguns são presos e levados à cidade. Não vi nenhum deles, mas disseram que são criaturas espantosas, feias, de cor escura, os cabelos pretos e compridos caindo no rosto e nas costas. Os últimos detidos foram arrastados para uma prisão fechada, inteiramente nus, e lá morreram. Não existe um plano de pacificação, o rigor é o único método usado contra eles. Não acho que o propósito de todas as pessoas seja o extermínio dos selvagens, mas não tenho esperança de que surjam leis que salvem essa gente. Por lá não moram jesuítas, e os membros de outras ordens são preguiçosos e inúteis. Falam que os índios já não podem ser escravizados, mas antigamente eram caçados como se fossem gado. Se pelo menos parassem de roubar o que não é deles, diminuiriam os conflitos.

Henrique termina o discurso afogueado, tem um acesso de tosse, bebe goles de vinho e água. Páscoa veio abastecer a mesa e a conversa interessou-a. De pé, no lugar mais escuro da sala, ela ouve silenciosa. A família, a tecelagem, o afastamento de sua gente a desviaram da luta travada pelo povo jucá. Porém o mundo onde nasceu e passou a infância a educou a pensar e agir na hora precisa. As pessoas habituadas ao seu silêncio se espantam quando a escutam. O próprio marido teme o que possa acontecer depois de cada uma de suas sentenças.

— O que não é deles agora sempre foi deles. Já eram os donos de tudo quando os senhores chegaram por aqui, para nossa desgraça. Quem rouba é chamado de ladrão. Devo chamar ladrão ao povo do meu marido e ao seu povo, sr. Henrique da Costa?

Os três homens comendo, bebendo e proseando em torno de uma mesa farta, servidos por mulheres que trabalham sem descanso na cozinha, estranham a fala da esposa silenciosa, o modo como ela se expressa.

Da mesma maneira imperceptível que entrou na sala, Páscoa se retira. Henrique da Costa e o companheiro Peter trocam olhares. Em casas-grandes de engenhos e em algumas fazendas sertanejas a presença feminina é sempre velada, oculta por paredes. Mas nesse lugar perdido em lonjuras uma voz de mulher se eleva forte.

— Aqui no sertão percebo diferenças da Zona da Mata canavieira, os padres vivem em cômoda mancebia. Talvez por causa da distância e do isolamento. O catolicismo corrige uma falta que nossa Igreja anglicana superou desde Henrique VIII.

José estremece ao ouvir o comentário de Peter, que se manteve silencioso durante a conversa. Esforça-se para não pedir aos hóspedes que se retirem de sua casa. Controlado, decide jogar com as mesmas cartas.

— No litoral também há padres vivendo em concubinato e de maneira bem mais acintosa. Ainda assim estamos longe de alcançar a ousadia dos ingleses, que até praticam o amor ao estilo dos gregos.

Há ideias a trocar, perguntas a fazer, mas por um tempo a conversa amorna. Até sua morte, em consequência de tuberculose, Henrique da Costa lembraria aquela noite na fazenda Umbuzeiro e a corajosa presença da jovem esposa.

De volta à Inglaterra, sentirá saudade dos jardins, dos escravizados, das paisagens e desejará escrever suas memórias. Talvez ele recordasse coisas sem significado aparente. Por bem pouco não perdeu os livros que trouxera ao Brasil. A caixa que os continha foi parar na alfândega, de onde foram retirados. Pediram-lhe que traduzisse os títulos, o que ele fez com paciência, no seu português perfeito. Tratava-se de livros de história, mas o oficial que os examinava parecia inclinado a não os devolver. Henrique enviou inúmeras petições ao governador, até recuperá-los. Lamentou as dificuldades de livros entrarem nos portos da colônia, onde o único recurso para se alcançar essa façanha era o contrabando. Sonhou que um dia se pusesse fim às barreiras ao conhecimento e, em vez de armas, os navios transportassem livros.

— Peço desculpas, a hora está avançada, porém devo esclarecer um pouco mais os senhores. Durante minha formação de padre na Bahia, estudei os sermões do padre Antônio Vieira, um sofrimento para mim, pois não aprecio a retórica. O que vou falar diz respeito às posições desse padre jesuíta sobre a escravidão. Vieira foi um incansável missionário, defensor da liberdade dos índios, acreditava que a catequese salvaria suas almas. Com proibição ou sem ela, os nativos continuaram sendo escravizados, numa luta declarada dos poderosos contra os jesuítas. Mas ouçam o que vou narrar e se espantem. Até morrer com oitenta e nove anos, Vieira pregou a favor da escravidão africana, aconselhava aos negros se conformarem com o cativeiro porque assim alcançariam o reino dos céus. Pedia aos senhores que tratassem os cativos de maneira cristã, deixando eles terem acesso aos sacramentos, e que fossem castigados com moderação. Já nos últimos anos de vida deu parecer favorável à repressão final ao Quilombo dos Palmares, escreveu carta argumentando que escravos rebeldes eram pecadores mortais, aos quais não se podia ministrar sacramentos.

José fecha os olhos. Toma consciência de que sua fala é uma lição decorada, igual à missa em latim, às palavras do batismo e da extrema-unção. Repete-as pelo hábito, alheio ao significado delas, como se não lhe dissessem respeito. Mas agora foi atingido pelo discurso que acabou de proferir, já não é estranho ao que falou. *Memento mori*, lembre-se de que você também vai morrer. Sente-se exausto, prefere adiar as reflexões sobre este e outros questionamentos que os ingleses lhe suscitaram.

As mulheres costumam jogar pedras de sal no fogo e pôr vassouras detrás das portas para as visitas incômodas irem logo embora. Por que não fizeram o sortilégio nessa noite custosa?, José se pergunta.

Na cozinha, Fabião canta e toca a rabeca. As crianças pediram, achavam-se privadas da rotina com a presença dos estranhos. Fabião obedece, baixa o instrumento e a voz, puxa uma toada.

Os ingleses aplaudem, se levantam e seguem até a cozinha para cumprimentar Fabião. José conduz as visitas ao palco improvisado. O filho mais novo do casal, ainda de peito, dorme no colo da mãe. Está febril e o pai se alvoroça.

— Fabião, seus versos são bonitos, Henrique fala.
— Não são meus, apenas a música é minha.
— De quem são?
— De um poeta baiano.
— Very beautiful!, acrescenta Peter.
— No Maranhão, diz Henrique, um senhor nobre e rico tem uma orquestra formada pelos seus escravos. Alguns já foram estudar música em Lisboa. Não é incrível?
— Depois de estudarem voltaram a ser escravos?, Fabião deseja saber.
— Sim, sim, só que bem mais instruídos.

— Para continuar escravo prefiro ficar por aqui mesmo, aboiando e tocando rabeca.

As mulheres e as crianças riem com a resposta. Fabião guarda o instrumento num saco, pede licença e vai dormir.

José Alves Carvalho e Henrique da Costa

Páscoa deitou-se numa rede com o filho doente e José recolheu-se sozinho ao quarto. Não tem sono, a presença dos ingleses o inquieta, abala suas convicções e a escolha voluntária do exílio. Por trás da aparente modéstia de seus hóspedes, sente a força prepotente dos conquistadores britânicos. Comportam-se como se todo o planeta estivesse aos seus pés, os tratados de guerra e paz e a posse dos domínios devessem passar por eles, senhores da palavra final. O pequeno reino português abriu os caminhos marítimos para o Oriente, a África e o Novo Mundo, porém mostra-se frágil em administrar e manter as possessões. A aliança com a Inglaterra, para consolidar a vitória e a paz junto à Espanha, custou a Portugal a entrega de Tânger e Bombaim. O tratado de paz com a Holanda, que reconheceu a soberania portuguesa sobre o Brasil e Angola, levou à perda do Ceilão e da Costa do Malabar. José tomou conhecimento desses ajustes colonizadores na conversa com Henrique, as notícias demoram a chegar ao sertão, vive-se alheio ao que não seja sobrevivência, chuva e sol, a única guerra por domínios que importa é a das famílias Ferreira Ferro e Rodriguez. Pouco interessa se o longínquo Portugal, de onde veio com nove anos, se fragmenta em tratados e concessões. Suspeita que a colônia onde vive tenderá ao mesmo modelo de fragmentação e desigualdade, de submissão ao Império Britânico, às políticas externas e ao poderio da Igreja de Roma.

Não consegue dormir, o corpo de Páscoa lhe faz falta, vai até ela. A mulher se balança e canta com o pequeno ao peito. José se afasta em silêncio, ganha o alpendre de onde avista o terreiro, os currais, a mata e o rio correndo, tudo iluminado pela lua cheia parecendo dia. Um jasmineiro recende o melhor perfume, o cheiro do estrume no curral também agrada ao seu nariz, os chocalhos badalando acalmam os nervos.

Por que a lembrança tão viva de Dimas? A desconfiança do amor proibido entre Henrique e Peter despertou-a. Nada parecido aconteceu entre Dimas e ele, a educação familiar rígida não permitia nem o rude afeto de primos.

João percebeu a amizade inocente dos dois e transformou-a em pecado e crime, demonizou-a, tornando o irmão mais velho seu refém. Seguro do poder sobre José, o chantageia.

Subjugado, temendo que o irmão revele um suposto segredo de infância e adolescência, José se acovarda. Durante as conversas com os hóspedes, a cada olhar incisivo de Henrique assaltava-o o medo de que o inglês conhecesse as suas brincadeiras com o primo Dimas e exigisse uma confissão de culpa.

João encontrara os viajantes no porto de Aracati e os encaminhara aos Inhamuns. O que o irmão pretendia?

Recolhe-se ao quarto para uma noite de vigília.

Quando os ingleses chegaram ao Umbuzeiro, ele, Páscoa e os nove filhos foram recebê-los no terreiro. Depois de apeado, de trocar cumprimentos e beber água, Henrique se deteve olhando as crianças e deixou escapar um comentário.

— Olha, olha, o senhor está bem servido com tantos mameluquinhos.

O comentário feriu José, não admitia que chamassem seus filhos de mamelucos. Percebeu desprezo na fala do inglês, como se ele considerasse as crianças uma casta inferior. Não aceita que pensem dessa maneira quando se trata da família, embora os sete meninos e as três meninas pertençam pela metade do sangue a um povo ainda escravizado, mesmo que ilegalmente.

A consciência dessa verdade obriga José a refletir sobre o futuro da prole. Como serão recebidos na sociedade colonialista a que ele pertence como português e membro do clero? Carregam as marcas da mestiçagem e são filhos de um padre. No sertão extenso em terras, estreito nos horizontes sociais, parecem imunes a essas questões. Mas quando desejarem ganhar o mundo, sofrerão preconceitos. De repente se vê no meio de uma guerra entre raças e culturas, o que antes não o preocupava, parecendo não lhe dizer respeito.

Sempre foi ambíguo em sua fé católica, embora se justifique nas bulas papais para ter escravos. A questão da mestiçagem o atormenta agora, imagina-se um reprodutor de mamelucos igual aos lendários João Ramalho e Jerônimo de Albuquerque, o Adão pernambucano.

Não se envergonha de achar proveitoso que a gente de Páscoa tenha sido dizimada, escravizada ou reduzida a uma missão catequética, afastando o risco de suas crianças conviverem com os parentes maternos e sofrerem influências da cultura deles. Com o tempo, imagina, o sangue que corre nas veias dos seus herdeiros se diluirá até ser apenas sangue português, de branco.

E os escravizados africanos, a mão de obra que mantém o Umbuzeiro? Acha-se um bom senhor, trata bem os pretos, não há fugas nem rebeliões, quase nunca manda alguém para o tronco. Não faria a loucura de Ana Maria e Bernardo, que alforriaram os pretos, transformando-os em trabalhadores livres.

É padre e vaqueiro num mundo cheio de corpos nus e sedutores. Sabe tratar-se de falácia atribuir a luxúria do Novo Mundo a africanas e indígenas — povos com tabus e rituais em suas práticas —, eximindo de culpa os degredados e os primeiros colonos portugueses, verdadeiros responsáveis pelo frenesi sexual nos trópicos.

Mesmo pensando dessa maneira, em caso de denúncia ao Santo Ofício, argumentará contra as mulheres indígenas e negras, culpando-as pela sua queda no pecado da carne, através de magias eróticas e afrodisíacas.

Confortado pela possível defesa, esquece que para salvar a pele trai e condena Páscoa.

Levanta-se, abre a porta do quarto, segue até junto da esposa, adormecida com o filho ao peito. Envergonha-se do que tramou contra ela. Toca a cabeça da criança com o dorso da mão, a febre cedeu. Afasta-se sem fazer barulho, se encaminha ao alpendre. A lua ultrapassou a metade do céu, mas o brilho de sua luz não diminuiu.

Nas redes, Henrique e Peter cobriram-se com lençóis, por conta da friagem. José estremece ao ver a proximidade dos dois homens.

Henrique também demorou a adormecer. A lua acesa o manteve desperto, cheio de pensamentos e ideias. Mesmo tendo nascido em Lisboa, é um inglês e não disfarça o desprezo pelos métodos colonizadores dos portugueses, a embriaguez sexual a que se entregam, promovendo a miscigenação e o povoamento da colônia. Considera os ingleses superiores por se manterem longe da intimidade dos nativos, indiferentes aos seus corpos. Há uma lógica britânica, um método de colonização e escravização que os promove ao lugar de benfeitores, protetores e civilizadores, disfarçando a crueldade e o aniquilamento de povos e culturas.

Quando se refere ao comércio transatlântico de escravizados africanos, trata-o como se fosse um negócio comum, igual a outro qualquer. Não se exime do racismo adotado para a intervenção colonial, o método de que são superiores em comparação aos nativos bárbaros, um juízo que primeiro adotaram os conquistadores portugueses e espanhóis, foi aprimorado pelos ingleses e seguido pelos franceses e holandeses, todos envolvidos nas transações triangulares entre Europa, África e América. Não perde a oportunidade de lembrar que Portugal sucumbiu diante da ascensão inglesa. Orgulha-se do modo como os proprietários europeus nas colônias, sobretudo os britânicos, conseguem falar numa linguagem mercantilista, como justificam bem a necessidade do comércio de escravizados para atender à demanda de mão de obra, já que há interesse em aumentar a produção de açúcar, algodão e tabaco para abastecer o consumo europeu. Não há braços suficientes nas próprias colônias, muitos nativos foram dizimados, fugiram ou ficaram doentes com as invasões. A comercialização escravocrata se assemelha a um investimento de alto risco, com a possibilidade de retorno fabuloso. Foram os investidores do porto de Liverpool, onde ele embarcou para o Brasil, que perceberam a relação entre o poder político e o tráfico humano.

Henrique conheceu João Alves Carvalho na casa de um mercador em Aracati, teve a impressão de tratar-se de um aventureiro bem-vestido, de fala agradável e fluente, dono de beleza incomum. Comerciantes e proprietários encontrados durante a viagem hospedaram e alimentaram o inglês e sua comitiva. Havia na generosidade certo grau de subserviência ao seu status europeu. Não comenta sobre isso, seria ofender os princípios da hospitalidade sertaneja. Nem todos que lhe abriram as portas de casa costumam agir dessa maneira com nativos ou viajantes sem recomendação.

Quando deixavam Aracati, no Ceará, perto das cinco horas da tarde, pararam junto a uma choupana, onde encontraram dois meninos de aparência miserável. Contentes por oferecer abrigo aos viajantes, informaram estar sozinhos porque os pais tinham ido buscar massa de miolo de carnaúba, com a qual se alimentavam. O preço da farinha de mandioca subira muito durante a safra, os agricultores venderam suas reservas e passavam fome na entressafra. A comitiva instalou-se na cabana e preparou o jantar. Os meninos ofereceram uma cuia com a massa de carnaúba, de cor escura, amarga e nauseante ao se deglutir. Era do que dispunham para se alimentar. Os homens da comitiva comiam carne assada e os meninos olhavam para eles com ar suplicante. Henrique apanhou uma moeda e deu-a ao mais velho, sabendo que nenhum valor possuía, já que nada poderia comprar. Um dos guias embalou em couros os sacos da farinha de mandioca que levavam, temendo ser necessário saciar a fome das pessoas no caminho caso elas descobrissem o tesouro que transportavam. O menino pôs a moeda na boca, olhou seu irmão mais novo e os dois se afastaram com os olhos lacrimejando. Alguém percebeu as lágrimas e comentou que eram por conta da fumaça.

Em Aracati, Henrique fez questão de navegar numa canoa até a embocadura do Jaguaribe. João o acompanhou. Dois pretos despidos empurravam a embarcação com varas, se a água era rasa, e remavam nos lugares profundos. Viam-se ilhas recobertas de pastagens com bastante gado, outras de solo endurecido, imprestáveis para criatórios ou plantações. Por todos os lados vegetação de mangue e crustáceos. Quando o rio se alargou depois da barra, João se despiu e atirou-se na água. O inglês sentiu desejo de imitá-lo, mas o corpo franzino de tuberculoso ficaria humilhado frente ao português comerciante de carnes.

A lembrança dos corpos nus brilhando ao sol o inquieta. Peter também é magro e doente, talvez nem suporte continuar a viagem. Henrique estende o braço sobre a rede próxima à sua, toca o rosto do amigo, avalia se tem febre. Felizmente parou de tossir. A claridade da lua arrebata os sentidos, há aves desconhecidas cantando, sapos e insetos também compõem música. A tosse quebraria o feitiço das vozes noturnas, soaria estranha a elas.

Quando Henrique, Peter e João ladeavam as ilhas em Aracati, o gado atravessava nadando o rio salobro, a caminho do bebedouro. Os bezerros seguiam junto às vacas, do lado em que vinha a maré, para não serem arrastados por ela.

Como aprenderam isso? De onde vinha o instinto de sobrevivência?

Pensa nas coisas que deseja conhecer em suas viagens pelo mundo novo e adormece.

Páscoa e Luzia

— Um dia a cobra cascavel largou a pensar na vida. Todo mundo me acusa de ser venenosa, parece que só eu estou na terra pra morder as pessoas, matar e aleijar. Sentia-se muito infeliz. Foi à casa do sapo-cururu, que vendo tamanha amargura perguntou: O que você tem, por que está com essa cara? Ora, respondeu ela, estou triste porque me acusam de ser venenosa, de matar muita gente nessa terra. O cururu confirmou: E não é verdade? Você é mesmo venenosa e sua picada mata a gente. Não sou, a cascavel rebateu, o que mata é o medo e posso provar isso. Vamos andar por aí? E a cobra e o sapo andaram, andaram, andaram... De tardezinha deram perto de umas casas. A cascavel falou ao cururu: Vou me esconder ali naquela moita e esperar que alguém venha mijar. Eu pico o mijão, me escondo e você aparece. O sapo concordou. E então esperaram, esperaram, esperaram... Quando escureceu, um homem veio mijar. A cobra deu um bote e picou a perna dele. Assustado, ele pulou e correu para casa. Fui picado por uma cascavel!, gritou, matem ela. Os homens da casa correram e encontraram o cururu fugindo aos saltos. Não foi cobra que te mordeu, disseram, foi um sapo. O homem calou-se e foi dormir. E todos dormiram e amanheceram bem. A cascavel saindo da moita perguntou ao cururu: Viste? Piquei o homem e ele não morreu. O sapo cheio de malícia falou: É verdade... mas... hum... hum... A cascavel insistiu: Não acreditas? Tu mesmo não viste e ouviste? Vou provar mais uma vez o que falei. É o medo que mata e não o meu veneno. Vamos andar por aí. E foram. Chegando perto de outras casas, o dia nem tinha clareado de todo, uma mulher saiu para o terreiro, acocorou-se e mijou. A cobra mandou o sapo morder a perna da mulher. Ela deu um salto e, como os dois tinham combinado, o cururu se escondeu e a cascavel pulou na frente dela, que começou a gritar: Fui picada por uma cascavel! Eu vi a cobra. Corram, corram! Matem a cobra, matem. Correram atrás da cobra, jogaram paus e pedras, atiraram flechas. Voltando para casa, os homens disseram que só tinham encontrado um sapo. O marido afirmava que um cururu era quem tinha mordido ela. A mulher se pôs a gritar e a gemer, tremia da cabeça aos pés. Pouco depois morreu. A cascavel, encontrando-se mais adiante com o sapo, falou: Eu não te disse? Você mordeu a perna daquela mulher, ela me acusou e logo em seguida morreu. Mas não morreu do teu veneno nem do meu. Morreu de medo.

Luzia conta a história cheia de desfalques e remendos, bem diferente de como era narrada pelo seu povo. Se esforça para as crianças compreenderem a narrativa, substitui oca por casa, improvisa arranjos. Os filhos de Páscoa recebem educação paterna, desaprendem a cultura dos antepassados jucás, nem a língua da mãe eles falam. No futuro, talvez se envergonhem da origem de sangue, não queiram confessar que a gente esfarrapada, faminta e bêbada em aldeamentos jesuítas é seu povo.

Luzia contempla as meninas e os meninos enfileirados em redes. Adormeceram. O coração dela se parte, sente o choro chegar aos olhos e à garganta. Não compreende o motivo da tristeza, talvez lembre sua família dispersa.

Páscoa todas as noites arma uma rede a mais, anoitece e amanhece vazia. É para a filha Madalena, a que foi arrancada de seu peito mal nasceu. O padre fala que é agouro. Ela cobre os filhos com lençóis finos, protege-os da friagem da noite e dos mosquitos. Acomoda-se num banco perto do menor, ele adoeceu do nada, mas a febre se foi graças aos remédios caseiros, aos cuidados e ao peito. Tereza larga os últimos serviços da cozinha, vem junto à porta, olha Páscoa e os filhos, volta ao fogão. José entra no quarto de dormir e fecha a porta, anda nervoso com as notícias de João. Os tropeiros que viajaram com ele ao Recife retornaram sozinhos, sem carregamento ou dinheiro. Quase nada relataram sobre a morte do pai, o mesmo silêncio de quando a mãe morreu.

— E João?, o padre perguntou.
— Só Deus sabe quando chega, responderam.
— E vai enfrentar sozinho os perigos da estrada?

— Somos tropeiros de aluguel, apenas isso, cada um se entenda com os seus parecidos. Se o senhor não conhece a carne igual à sua, quanto mais nós.
— Pensei...
— Também pensamos e foi errado. Nem posso dizer, mesmo assim digo. Tem a mulher por nome Brites Manoela.
— Mulher?
— Comentam. Não tarda a notícia chega aqui.
— Não estava sabendo.
— Não demora sabe.
— E essa agora.
— Viemos lentos, pensando que o seu João alcançava a gente. Chegamos primeiro. Quando menos se esperar ele também chega.
— Vocês me assustam.
— Desculpe, padre. Notícia ruim não se dá à noite. Melhor a gente ir chegando.

O vento Aracati começou a soprar.

— Em casa, os nossos já fecharam as portas. É bom ir logo. Boa noite.
— Boa noite.

Fabião traz recado e chama Tereza na cozinha.
Ela retorna ao lugar onde as crianças dormem e faz sinal a Páscoa.

— Fabião pediu pra dizer que tem gente lá fora.
— Vou avisar a seu José.

Páscoa bate na porta do quarto e chama o marido.
Ele atende.

A noite tornou-se escura, sem nenhuma estrela brilhando.
José sofre de miopia, não enxerga bem, mas percebe um vulto sentado no alpendre. Se aproxima.
É João.

João Alves Carvalho e Brites Manoela

O Capibaribe se ramifica por manguezais, matas ciliares e embocaduras de afluentes, deixando um rastro de lama por onde passa. Viveiro de peixes e crustáceos, é o lugar das capivaras que lhe deram nome. Luminoso, também se adensa em neblina, umidade e mosquitos, tornando-se paisagem soturna, que os pintores flamengos captaram. As águas são o caminho mais seguro para se percorrer o Recife e seus arredores, os engenhos de açúcar e os sítios onde moradores abastados se protegem do calor.

Só existem as estações de chuva e sol forte. O calor permeia as duas, variando em intensidade. Antes de um chuveiro intenso, as nuvens tornam-se mais escuras, densas e baixas. Não sopra uma brisa, tudo se carrega de calma e espera, em meio a temperaturas sufocantes.

Navegável o ano inteiro até Apipucos, durante as cheias se avoluma, muitas vezes com violência. O leito baixo transborda, vira um mar estendido aos longes, volta a ser o que era antes dos aterramentos.

João e Brites Manoela escolheram alcançar a Casa Forte de Anna Paes pelo caminho do rio, a bordo de uma pequena canoa. O canoeiro ora rema, ora empurra a embarcação com a ajuda de uma vara comprida. No meio das águas tem-se a perspectiva de suas margens, sendo possível apreciar os vários cais beirando palacetes e casebres miseráveis.

Descem no Poço da Panela, ao lado da igrejinha de Nossa Senhora da Saúde. Seguem a pé até o engenho em ruínas. Aceitaram almoçar depois do passeio em casa de um comerciante amigo de João. Brites usa um vestido de algodão leve, calça botinas e se protege do sol com uma sombrinha. João veste roupa clara e pôs na cabeça um chapéu de palha com abas grandes. Evitando encontrar veranistas, seguem o caminho até a Casa Forte, onde se enfrentaram portugueses e holandeses antes que estes fossem expulsos após ocuparem Pernambuco por vinte e cinco anos. Brites transformou Anna Paes em seu modelo feminino, procura imitá-la na coragem e audácia.

Anna Paes nasceu na Bahia, filha de portugueses. Seu pai era dono de um dos mais ricos e importantes engenhos da várzea do Capibaribe, este que o casal veio conhecer em ruínas.

— Já estiveste aqui, João?
— Nunca, nem ouvi falar que existisse.
— As pessoas pouco se importam com a nossa história. É uma lástima.

Arrepende-se do comentário, acha que aborreceu o amante. Apesar do curto tempo de convivência, descobriu que João não se interessa por livros, nem pelas conversas sobre as artes e o conhecimento.

Sente-se triste ao contemplar as ruínas da casa-grande, imagina-a frequentada por holandeses cultos, pintores, botânicos, geógrafos e arquitetos trazidos à Cidade Maurícia pelo conde de Nassau.

O engenho era movido a água, produzia até quatro mil pães de açúcar com a cana da propriedade e também com a que era comprada aos lavradores sem moenda. Embora o comércio tenha se revelado mais eficaz para enriquecer depressa, os mascates não se igualavam aos senhores de terras, considerados fidalgos do Reino ou nobres.

Do topo de uma árvore, um pássaro graúdo despeja seus excrementos sobre o chapéu de João. Brites ri às gargalhadas, ele se irrita, maldiz o azar, mas por fim também ri.

— Urubu quando está sem sorte, o de baixo caga na cabeça do que voa acima.
— Isso é modo de falar com uma dama, seu João?

Riem, se abraçam e se olham enamorados.

Os fracassos e os sucessos com o açúcar mostravam uma hierarquia entre os engenhos. Poucos alcançavam êxito, muitos iam à falência e eram abandonados pelos donos. Endividados, os senhores não conseguiam legar o patrimônio aos filhos.

Brites enche-se de orgulho, fala alto e com gestos afetados.

— Anna Paes tinha maneiras avançadas para a época. Escandalizou os portugueses ao se aproximar dos flamengos e se converter ao calvinismo. Era considerada amoral e dissoluta. Igualzinha a mim, uma mulher jovem e impetuosa, carente de amor e apaixonada.
— Bem convencida, a senhora.
— Tinha apenas dezoito anos quando ficou viúva de um capitão português, morto em combate aos holandeses. Com o falecimento do pai ela passou a administrar sozinha o engenho, que se tornou um dos mais produtivos da província. Culta, além do português, falava latim e aprendeu alemão e holandês na convivência com os invasores. Apaixonou-se por Nassau, mas não foi correspondida. Uma pena, não acha?
— Nem sei que bunda-suja era esse Nassau.

Brites se ofende com o comentário, finge não escutar e continua falando cheia de nervosismo, como se temesse mais uma investida grosseira de João.

— Anna se casou com Charles de Tourlon, chefe da guarda do príncipe, com quem teve uma filha. Acusado de cumplicidade com os pernambucanos, Charles foi deportado para a Holanda, onde morreu algum tempo depois. Tinha levado a filha junto com ele. No último ano de ocupação de Pernambuco, Anna se casa novamente, dessa vez com o conselheiro de justiça de Nassau. O engenho se transforma em fortaleza dos flamengos e palco de um combate violento, movido pelos portugueses e filhos da terra para recuperar Pernambuco. Houve mortes de ambos os lados e a vitória das forças luso-brasileiras.
— Se você fala e caminha ao mesmo tempo, acaba se cansando... e aporrinha meu juízo.

— O episódio tornou o engenho de Anna Paes conhecido como a Casa Forte. Ela perdeu todos os seus bens imóveis e embarcou para a Holanda na companhia do marido e de dois filhos. O engenho foi confiscado, colocado em leilão e arrematado em hasta pública.

— Não estou interessado nessa conversa. O que ganho em saber tudo isso? Nada.

Brites olha desamparada o homem à sua frente, não sabe o que dizer. Sente calor e sede.

João não disfarça a raiva, pede desculpas por desconhecer a personagem feminina, confessa mais uma vez que é um homem bronco, um tangerino.

Caminham em silêncio até avistarem as ruínas. Sobrou quase nada da igreja consumida pelo fogo, apenas uma torre sem o sino e as pedras do altar. Do engenho, que funcionava com oficiais de serviço a soldo e dezenas de escravos, restam algumas paredes de pé.

— Era necessária tanta gente para o engenho funcionar, eu até perco o fôlego quando lembro os ofícios.

— Então faça o favor de não dizer os nomes.

— Tinha o mestre de açúcar, o purgador, calafates, carpinteiros, pedreiros, carreiros, oleiros, vaqueiros, pastores, pescadores, caixeiros, feitores... escravos de enxada e foice para a lavoura, os da moenda e os domésticos...

João interrompe a amante, beijando-a nos lábios com ímpeto.

— Você parece um padre rezando a ladainha, Brites.

Ela novamente finge não perceber o deboche.

— O senhor de engenho administrava sua família, mulher, filhos, agregados, escravos, transferia ao governo da casa o mesmo poder que havia adquirido na produção de açúcar e na esfera política.

— Nada mudou, permanece do mesmo jeito. Pule essa parte da história porque eu conheço bem.

Ele tenta impedir que Brites continue falando, tapa sua boca com a mão. Ela sufoca e resiste.

— Nunca mais faça isso comigo, João. Saí de casa por conta de um irmão que me impedia de falar.
— Foi apenas uma brincadeira.
— Não me agradou, não repita.
— Cansei de ouvir sua conversa maçante. Meu pai tinha engenho e não gosto que me lembrem disso.

Silenciam. O calor e os mosquitos irritam o casal. Brites deseja retornar a sua casa, assustou-se com a grosseria de João. Cresce seu temor de enfiar-se pelo mato na companhia dele. Escutam o som de um arroio e seguem à procura da fonte. À sombra de uma cajazeira, dentro de uma pequena gruta trabalhada pelos antigos moradores, a água nasce e jorra com força. Os dois se ajoelham e bebem. João enche a concha das mãos com a água fria, oferece a Brites, mas ela recusa. Procurando não fazer barulho, ele tira o chapéu, banha o rosto e o pescoço, faz menção de despir o casaco e a camisa.

— Não faça isso, ela pede.
— Por quê, está com medo? Será tão bom aqui.
— Por favor, não.

Ele tenta beijá-la, mas Brites não aceita.

— Temos uma casa.
— Sua casa.
— Tanto faz.
— Vou cumprir as exigências de seu irmão. Viajo e trago a certidão de solteiro.

Reflete.

— Ou de viúvo.
— São coisas diferentes.
— Não importa. Estaremos livres para nos casar e ir embora.
— Não gosto de fugas, de exilar-me sem haver cometido crime. Enfrentei a família e os inimigos sozinha, igual a Anna Paes.
— Ela não tinha um irmão Estevão que deseja tomar o que é seu e não descansa enquanto não conseguir isso.
— Mesmo assim me oponho à fuga.
— Não há outra saída. Juntei dinheiro bastante para vivermos na Turquia.
— Nunca dependi de homem, não me agrada a ideia.
— Tem solução melhor?
— Me matar.
— É covarde, não condiz com sua heroína.

Ela se abraça a João.

— Tome, ele diz, e entrega-lhe alguma coisa embrulhada num lenço sujo. Brites desfaz os nós do pano e encontra a joia estranha, em forma de aracnídeo, com pedras incrustadas em vários pontos.
— Foi de sua mãe?
— Foi, nem lembrava dela, descobri por acaso quando fui vender o engenho.
— E por que me dá? Não me perguntou se gosto.
— As mulheres adoram joias, dão a vida por elas.
— Você pensa coisas erradas sobre as mulheres.

Contempla a aranha e sente repulsa pela joia.

— O alfinete do abotoador é grande e afiado, parece um punhal.
— Lembra o punhal do cigano, que você aprecia tanto.
— Não estranhe se eu vender isso. Não crio vínculo com as coisas que recebo de presente.

Ele tenta agarrá-la à força, Brites o espeta com o alfinete do broche. João bate em seu rosto, ela grita, investe com o alfinete nos olhos dele. Consegue apenas marcar o pescoço, que começa a sangrar. Brites corre pelo caminho de volta, João a alcança e a derruba sobre um leito de folhas secas. Ela resiste, esperneia, João é mais forte e a violenta. Saciado, levanta-se, recompõe a roupa e caminha de volta ao embarcadouro. Brites segue alguns passos atrás.

Não comparecem ao almoço na casa dos amigos. O sol se encaminha para o entardecer quando alcançam o barqueiro, à espera do casal faminto e sem o alento da chegada. João fala sobre o regresso ao sertão, onde pretende arranjar mais dinheiro e cartas de Bernardo aos parentes na Turquia. Brites mal ouve os planos do amante sobre um futuro que se afigura alheio à sua escolha.

As casinhas à beira do rio são caiadas de branco, com portas e janelas quase sempre azuis ou vermelhas. Os homens descansam em redes nos terraços e as mulheres regam flores nos jardins. As crianças brincam e riem alto. Vistas de longe, as esposas cercadas de filhos parecem felizes, sem nenhuma queixa. Mas Brites sabe que toda aquela felicidade é mentira, se tivessem chance as mulheres escolheriam outra vida, livres dos maridos que as oprimem e não deixam que falem ou vivam como gostariam. Lágrimas correm pelo rosto, a vontade de desistir lhe aperta o coração. Foi enganada mais uma vez em sua entrega, João não difere do marido morto, nem do irmão ganancioso. Sofre, revolta-se, pensa em vingar-se. Por temor, apenas cala.

As casas se distanciam no entardecer, a cal branca escurece, o vermelho terra de sombra das portas e janelas se transforma em sangue de boi, o azul francês escancara um matiz colonial.

A canoa desce o rio no sentido da correnteza, promessa de que chegarão ao cais do Apolo antes da noite. Brites sonha com banho e descanso, no conforto de sua casa sem visitas desde que João passou a morar com ela. Contempla o resto de floresta às margens do Capibaribe, densa e intocada quando a habitavam as numerosas populações indígenas. Os fantasmas das árvores derrubadas e queimadas poderiam gritar seus nomes. Ouvem-se cantos assustadores de pássaros, tão altos que apenas os trovões abafam.

— Vai chover, o canoeiro anuncia.

Os relâmpagos aceleram a frequência, a chuva cai grossa, das margens escorre lama, respingando os viajantes. Os barulhos aumentam na floresta, as árvores bradam os nomes:

— Tapinhoã...
— Sucupira...
— Jatobá...
— Canela...
— Ipê...
— Jacarandá...
— Araribá...
— Jeniparana...
— Urucurana...
— Vinhático...
— Sapucaia...
— Guabiraba...

Gritam, gritam e assombram o casal indiferente ao destino da floresta. Se João e Brites fossem responder aos apelos, bradariam:

— Cana, melaço, riqueza, riqueza...
— Pra quem? Pra quem?, perguntaria o pássaro carão.
— Pra os de sempre, os de sempre, responderia da margem o uivo da raposa.

João recorda a infância na aldeia onde nasceu. Um homem pedia esmolas de porta em porta. Fora traficante de escravos, capturava e embarcava africanos nos tumbeiros. Ganhou fortuna nesse comércio, mas perdera no jogo e com mulheres. Quando apareceu na aldeia já se tornara miserável, ninguém acreditava nos motivos de sua perdição. Talvez o demônio, diziam e se persignavam. Nunca revelou o nome de batismo e se tornou o Louco. Vestia trapos e uma camada de sujeira recobria sua pele. A avó não deixava os netos se aproximarem do estranho, temia que lhes fizesse algum mal. Num dia em que a avó se descuidou, o Louco carregou João para longe de casa, sentou-o no colo, pôs a mão em sua cabeça e afagou-o com ternura. A boca cheia de dentes podres exalava cheiro adocicado de cravo. Falava coisas incompreensíveis.

— Em Moçambique tem o rio Zambeze. Os rios viajam e sabem que não voltam mais. Nenhum rio volta às origens. Nunca esqueça disso.

Gargalhava. O menino, preso entre as pernas, sentia repulsa e atração.

— Minha vida é a memória de um rio, o Zambeze. Lá não tem repouso ou silêncio, só perseguição e fuga, choro e grito de dor.

Repetia "Zambeze" como se mastigasse as letras do nome, e todas elas fossem pedras e quebrassem os dentes. João quis correr, mas o Louco apertou-o entre os tentáculos das coxas.

— Fique aqui, menino, vai para onde? Escute. Um dia você talvez queira escravizar os negros, é um bom negócio, ganha-se muito dinheiro. Cuidado com o Zambeze, as águas são amarelas e cheias de lama. Fervem com o sol a pino. Está com frio? Posso te aquecer. Crescem árvores gigantes nas margens, e mais adiante o deserto. Dá medo. À noite faz frio. Deixe, esquento você com meus braços. Gosta assim? Eu procurava os negros e eles estavam sobre um rochedo, todos nus e armados de lanças. Olhei os homens assustados e pensei em moedas de ouro e prata. Roube uma moedinha do seu avô e me dê. Por que não foge comigo? Podemos ir para a África caçar negros. Nenhum comércio é melhor do que vender escravos. Pena, morrem muitos na viagem e nos dão prejuízo. Por que fazem isso com os pobres traficantes? Não devia chover no Zambeze. A chuva, os relâmpagos e os trovões não paravam e os negros todos em cima do rochedo, pareciam feitos de pedra. A enchente trouxe crocodilos e hipopótamos, fuçavam na lama e os negros não se moviam. Nunca senti medo na vida, nesse dia tremi. O rio começou a ferver e a fumaçar, as árvores estenderam os braços de um lado ao outro, formaram uma paliçada em volta de meus futuros escravos. Me escondi entre os arbustos e vi, não sou mentiroso, no rochedo apareceu escrito em letras de fogo: Silêncio. Eu gritei, gritei, gritei...

João esgoela com toda sua força e tenta escapar aos braços que o prendem.

A avó grita, os homens abandonam as leiras e correm em socorro. Chegam o avô, o pai e os tios. O pai sustém o braço do menino com firmeza, suas mãos parecem as garras de uma águia.

— Por que deixou que ele fizesse isso?, o avô pergunta alucinado enquanto corre de um lado para outro.

Antonio apalpa o corpo do menino, esfrega a mão em sua bunda, examina a calça, procura evidências de sangramento. O Louco foge. Os aldeões o perseguem e o encurralam numa mata com árvores pequenas e arbustos secos. Conhecem o lugar, o homem construiu um abrigo tosco no meio do terreno e passa as noites ali. Alguém tem a ideia de atear fogo ao mato.

— Você é um descarado, João.
— E mentiroso.
— Diga o que ele fez contigo, o pai insiste.
— Nada, juro.
— Tua alma vai queimar no inferno, o avô ameaça.
— Antes disso, vamos queimar o satanás que mexeu com você.

O pai berra e põe um archote aceso na mão do filho atordoado. João treme e chora.

No mato seco aparecem as primeiras chamas. O fogo se espalha com a força do vento. Acuado, sem ter como escapar, o Louco esbraveja e canta:

— Corre, Zambeze, corre, só não me leve pra o mar...

O avô de João ordena ao menino também acuado:

— Vamos, diabinho, ateie fogo nas coivaras.

O pai o empurra para um monte de garranchos secos amontoados, segura sua mão e acende mais uma fogueira. Arranca o cinto das calças e bate no menino enquanto o avô esbraveja.

— Não esqueça a lição, o Louco podia te matar.
— Agora matas ele, vinga-te do que te fez.
— Ele não fez nada comigo, João insiste, chorando.
— Mexeu contigo sim.
— Tirou tua honra.
— Vamos, depressa, põe mais fogo no maldito.

Os homens cantam enfurecidos, dançam em torno do círculo de chamas e fumaça, possuídos da mesma embriaguez de quando amassam as uvas para o vinho. Alguém exulta quando o Louco se incendeia, dobra o corpo e cai.

João se põe de pé na canoa frágil, lança um grito com toda a força dos pulmões.
A cabeça de enchente do Capibaribe desce, arrasta baronesas, cobras, tartarugas e muita lama, a sujeira toda dos engenhos.
Brites Manoela se assusta, treme de frio e medo. João tira o casaco e a agasalha. Uma lufada de vento leva a sombrinha da moça pelos ares, em meio a centenas de morcegos. O barqueiro bate com o remo nos jacarés, que ameaçam virar a canoa. Em voo rasante, um gavião-
-caranguejeiro arranca o chapéu de João. Arapongas interrompem o canto metálico e se recolhem, temerosas da chuva.

— Rezem para santa Bárbara e são Jerônimo, o barqueiro suplica.

Os caranguejos somem nos buracos de lama. Incansável, a água carrega palhoças e palafitas, expondo a miséria de seus donos, homens e mulheres plantados nas margens, quase nus, inermes, olhando indiferentes a cheia crescer.

No Recife, luzes dão sinal.
A canoazinha atraca num cais.
Enlameados e rotos, João e Brites Manoela descem da embarcação.
Seguem por ruas desertas àquela hora.
Por fim, chegam a casa.

Três dias depois do passeio à Casa Forte, João partiu sozinho com destino às suas terras no Ceará.

A viagem de João

Nos dias que antecederam o encarceramento de Brites Manoela e o retorno de João às suas terras, ele se ocupou em investir o dinheiro ganho na venda do engenho de Tracunhaém e das mercadorias trazidas do sertão. Havia escassez de moedas, ainda se praticava o escambo do mesmo modo que os povos originários da terra. Empenhado em conseguir o máximo de recursos, João pensou em inventar a história de que fora roubado ou sofrera calote, embolsando o que pertencia aos irmãos e cunhados. No Recife existiam usurários confiáveis, a quem ele podia entregar valores com segurança de juros elevados.

João não tinha ideia de quanto precisava levar à Turquia para os gastos dos primeiros meses, até se estabelecer no comércio. Pretendia importar couro, algodão e açúcar do Ceará e de Pernambuco, embora estivesse sem crédito junto à família. Não contava com o dinheiro de Brites Manoela, todos os recursos da amante estavam embargados por Estevão, que tentava provar junto ao Conselho Ultramarino e ao rei que a irmã era incapaz de conviver em sociedade e administrar os próprios bens, solicitando que fossem entregues à sua tutela.

O acordo de muitos anos atrás, feito quando Bernardo celebrou o contrato de casamento com Ana Maria, continuava vivo na memória de João, e ele decidiu cobrar a dívida antiga. Para livrar o cunhado de aborrecimentos com o Santo Ofício, precisou recorrer a d. Casimiro de Medeiros, submetendo-se a outra viagem pastoral pelos engenhos de Pernambuco como ajudante de quarto.

Nenhuma providência é tão urgente quanto solucionar o estado civil, conseguir a prova de que está desimpedido a casar-se. Para Brites e João esse testemunho seria dispensável, ambos consideram o concubinato um modelo conjugal adequado, mas precisariam viver longe dos familiares e a salvo da Inquisição.

A mancebia tornou-se gosto geral na colônia, em todas as classes sociais homens e mulheres a preferiam ao matrimônio. Era a forma de união eleita por solteiros que viviam de portas adentro, pelos pobres e escravizados, por homens casados mas que tinham amantes e até pelos clérigos e suas raparigas. Para assumirem o concubinato, Brites e João teriam de renunciar à riqueza herdada por ela, o que não se dispunham a aceitar, permanecendo de olho na herança.

Em andanças por lojas e armazéns João se informou sobre o tio Fernando e, num rompante de cinismo e atrevimento, imaginou planos para subtrair-lhe algum dinheiro. Os parentes gozavam de conforto e relativa riqueza, a tia Josefa, Inês e os primos gêmeos vestiam roupas vindas do Reino, calçavam botinas e sapatos de fivela. João consumiu dias pensando em se reaproximar deles, mas como não o tinham procurado depois da morte dos pais, nem para as condolências obrigatórias, preferiu observá-los de longe e aguardar uma oportunidade.

O tio prosperara no comércio, tinha casa de morada em Santo Antônio e casinha para descanso no Poço da Panela. Membro atuante da Irmandade do Santíssimo Sacramento, ocupou os mais altos cargos na hierarquia da associação, que promovia o culto ao patrono celeste e se encarregava da assistência entre seus membros, tanto econômica, tentando resguardá-los e às suas famílias da miséria, quanto espiritual, garantindo-lhes depois da morte ajuda no enterro e providências necessárias à salvação no outro mundo, como missas de corpo presente e sufrágios pela intenção das suas almas.

Na sociedade colonial, as irmandades integravam os membros em redes de convívio e apoio, promovendo hierarquias e distinções profissionais, econômicas, jurídicas e até mesmo étnicas. Existiam as sociedades de músicos, comerciantes e artesãos, o que lembrava as corporações de ofício da Idade Média. Também as de pobres ou da elite, de escravizados, de homens livres, de brancos, mestiços ou negros. As divisões eram tão segregadas que entre os negros se encontravam associações de crioulos — os nascidos na América — e de africanos. Embora ocorressem misturas nos grupos, sobretudo entre pretos e pardos, pretos cativos e forros, com o tempo se tornaram mais rigorosos na seleção dos afiliados quando estes ascendiam na escala social. As irmandades negras recebiam as bênçãos da Igreja e dos representantes do rei. Para muitos cativos e libertos, seres destituídos de quase tudo, as irmandades significavam o único espaço de convivência, fornecendo um meio de se expressarem culturalmente e construírem uma identidade própria.

Mas João Alves Carvalho não refletia sobre esses valores ao ver o tio desfilando nas procissões. Vestindo opa vermelha bordada nas costas com uma pomba dourada, da qual partiam raios em todas as direções, Fernando Alves Carvalho e outros membros da irmandade carregavam castiçais de ouro e prata de grande valor, ressaltando poder mais do que fé e contrição. O brilho se estendia aos adornos dos músicos e demais congregados, às igrejas e capelas que mantinham sob guarda, aos altares, sacristias, pinturas de teto, mobiliários e luminárias, impressionando os fiéis com a pompa e riqueza. João nunca fora atraído pela Igreja, mesmo assim amargava inveja do tio Fernando, do prestígio que ele alcançara. Às vezes, sob a luz trêmula dos círios, velas e archotes, trocava olhares com os parentes, sem se aproximar deles, preferindo manter-se à distância por conta do ódio que ele semeara entre as duas famílias.

Um dos gêmeos fez casamento vantajoso. Certo dia, na loja do pai, um comerciante de passagem pelo Recife revelou que fora incumbido de encontrar um jovem português branco, louro e de olhos azuis para se casar com a filha do mais rico plantador de algodão e criador de gado do Piauí. A família da moça era mestiça com negros, e o pai desejava clarear e purificar o sangue da prole. Ao saber da proposta, o rapaz não pensou duas vezes e aceitou-a. Ao chegar à fazenda da noiva, apeou-se, viu um menino preto passando ao lado e o chamou:

— Moleque, leva o meu cavalo à estrebaria.
— Cunhado, o garoto replicou, isso não é meu serviço. Chame um dos escravos.

A anedota, narrada em carta à família, tornou-se famosa e era repetida nas rodas de conversa, em meio a gargalhadas. As pessoas referiam com bastante exagero o luxo e a riqueza em que vivia o rapaz depurador de sangue.

O outro gêmeo apreciava a farda e a caserna. Tornou-se comandante de um Regimento de Homens Brancos, não se resolvia a casar e mantinha vínculo com a casa dos pais. Em Pernambuco, como em boa parte das colônias portuguesas, havia o Regimento de Homens Pardos e de Pretos Livres, ou crioulos, os Henriques, em homenagem a Henrique Dias, militar filho de africanos libertos que se tornou famoso na luta contra os holandeses, herói da Batalha dos Guararapes.

Quanto a Dimas, o rapazinho frágil e dado a crises epilépticas, entrou para um convento de franciscanos em Igarassu, tornando-se irmão mendicante e servidor de Cristo. Muitos não gostavam dessa ordem pelo costume de acumular grandes riquezas extorquindo comerciantes e mulheres viúvas, levando o governador a publicar um edito proibindo que os Pobrezinhos de Deus pedissem mais esmolas, pois já não tinham como usá-las ou mesmo guardá-las.

De natureza impulsiva, João nem sabia por que resolvera morar na Turquia.

Talvez a notícia de que parentes do cunhado Bernardo vivessem havia mais de duzentos anos no Império Otomano o motivasse, fundamento frágil para um homem de vida errada e cheia de rompantes. Não mantinha vínculos com a comunidade judaica, não conhecia a língua árabe, nem a cultura e a religião do povo turco.

Brites supôs que João fora estimulado por comerciantes estrangeiros que viajavam em embarcações portuguesas quando o porto era fechado ao comércio com outras nações do mundo. Fascinado pela aventura e pelo desconhecido, ele se amparava na certeza de que poderia desistir de sua loucura aos primeiros obstáculos. Preso à família por dívidas que nunca saldava, casado, pai de uma filha, inadaptado ao sertão tanto quanto à Zona da Mata, o encontro com Brites Manoela representou a chance de livrar-se dessas amarras e dar um novo rumo à vida.

Apaixonou-se por Brites quando ela decidiu embarcar na sua aventura, atiçando seus instintos e vontades. Ambos abandonaram os filhos, não mostravam vocação materna ou paterna. Brites deu o fruto do casamento fracassado a uma das irmãs e João quase nunca vê Leonarda, entregue aos cuidados da infeliz Catarina e da escrava Serena. Sonha livrar-se dos vínculos com a terra, parentes e conhecidos. Chega a imaginar-se traficante de escravos e armas como o Louco. Estabeleceu uma sequência de prioridades até o dia do embarque, previsto e programado com marinheiros e comerciantes, submetido à aprovação de Brites Manoela.

Mas a primeira urgência é retornar ao sertão.

Brites contempla o homem nu à sua frente, parecendo esquecido da violência que a magoou. E se o tivesse encontrado antes do casamento, quando a vida não era um enredo sem saída? Suspeita que não seria diferente de agora. Tristonha, quer ficar sozinha, em silêncio. Mas acostumou-se a reprimir a vontade ao dever social de falar.

— Quando vai embora?

Ele salta da cama, gosta de impressionar a mulher com a nudez.

— Para onde eu vou embora sem você? Viajo ao sertão e retorno.

Tenta cobri-la com o corpo branco e rosado, mas Brites não consente, pede que se vista e vá encontrar os amigos. Alheio ao apelo, ele se senta numa cadeira junto à cama. Acostumou-se à mulher, à casa, aos passeios, à mesa farta, aos vinhos. Aprecia o luxo e o ócio.

— Meu pai contava a história de um d. João que vivia para os lados da Espanha. O d. João não se parecia comigo, era um homem devasso, violento, conquistava e abandonava as mulheres.

— Imagino que não parecia mesmo, Brites ironiza.

— Duvida de mim?

— Já tive provas do que é capaz, continue a história.

— O d. João se apaixonou por uma moça da aristocracia e seus familiares decidiram mandá-la a um convento de freiras clarissas, onde ficaria trancada pelo resto da vida. As missas eram assistidas atrás de grades com muxarabis, e dessa maneira ninguém as reconhecia nem falava com elas. D. João frequentava o convento e soube que as enclausuradas recebiam encomendas de doces. Todos os dias portadores chegavam com pedidos em seu nome. Informou-se sobre a especialidade de cada irmã clarissa e descobriu que sua amada era mestra na compota de limão. Fez tantas encomendas que se tornou benfeitor e devoto. Por fim, permitiram que escrevesse bilhetes à irmãzinha doceira, dando sugestões sobre quantidade de açúcar e ponto de cozimento das frutas. Em meio às receitas culinárias, acertou fuga com a jovem, abandonando-a numa estalagem logo depois de satisfazer os instintos. A moça se matou e não lembro o resto da história.

— Você pensa em fazer o mesmo comigo, João?
— Tropecei no enredo.
— Me explique o motivo por que me contou essa história.
— A narrativa ia até o ponto em que eles conseguem fugir. Quando um homem e uma mulher se amam, nada impede que vivam o amor e sejam felizes. Se o teu irmão te prender num convento, não vai impedir nossa fuga.
— A freirinha amava o Don Juan, mas ele queria apenas satisfazer o desejo sexual.
— Não falei Don Juan, falei d. João.
— São o mesmo personagem.
— Meu pai me falou d. João.
— Seu pai lhe ensinou que não se violenta uma mulher apaixonada, que entregou o coração a um homem?
— Não falávamos sobre essas coisas. Nunca abandonarei você, mesmo que tenha de matar.
— Sem juras e sem ameaças, João, não gosto desse fogo. Já me queimei nele uma vez e não foi uma boa experiência.

Mergulham no silêncio. João puxa o lençol sobre o corpo.

— Também posso te contar uma história, mas o herói é bem diferente de como suponho que você seja.

O dia caminha para a tarde e os últimos vendedores passam anunciando doces, bolos, beijus, tapiocas e pães. João precisa viajar logo cedo e isso o enraivece, cansou de tocar animais de carga pela estrada.

Desde o reinado de d. Sebastião tentou-se assegurar a liberdade indígena, garantida a menos que acontecesse uma guerra justa, conceito vago que se aplicava ao caso de os indígenas, por algum meio ou motivo, provocarem guerra contra os cristãos, tornando lícito cativá-los. Isso deu margem a que os conquistadores inventassem sofrer ataques, criando pretexto à escravização. Os métodos de catequese das ordens religiosas poderiam ser considerados formas de aprisionar, como os aldeamentos dos jesuítas, que mais pareciam planos de colonização da Coroa. Em vez de os padres conviverem nos territórios dos indígenas, os naturais eram deslocados de suas terras no interior para aldeamentos no litoral, submetendo-se ao espaço de colonização cristã. Diziam: Vamos descer os indígenas, significando o deslocamento de nações inteiras dos sertões onde habitavam para aldeamentos próximos às vilas e engenhos, o que terminava em cativeiro. Uma vez aldeados nos territórios sob tutela da Igreja e do Reino, dizia-se que os indígenas tinham sido reduzidos. Redução, aos olhos da Coroa e da Igreja, passou a significar fixação em território dos jesuítas, para os colonizadores um caminho mais fácil à escravização. Embora os métodos usados nas colônias de Pernambuco e do Ceará não diferissem muito dos que se praticavam em São Paulo, esta região bandeirante tornou-se conhecida pelo apresamento e tráfico. Costumavam explorar os indígenas na própria terra deles, numa forma de cativeiro não dissimulada ou por meio de uma escravidão disfarçada em administração dos nativos. Mesmo que tenham surgido outras leis nos três primeiros séculos da colonização, declarando que o cativeiro era contra o direito natural dos indígenas, os esforços nada significavam diante de um cotidiano de massacres e epidemias. Tornaram-se conhecidos os extermínios praticados pelo filho do governador-geral da Bahia, d. Álvaro da Costa, que se indispôs com o bispo d. Pero Fernandes Sardinha, entre outros motivos pelo costume que tinha de cometer adultérios. D. Álvaro abateu milhares de indígenas e queimou várias aldeias na conhecida Guerra de Itapuá. A carnificina foi considerada uma demonstração de lealdade ao rei. Diante de tantos genocídios cometidos pelos colonizadores, estranha-se que a história lamente e refira muitas vezes o naufrágio da embarcação *Nossa Senhora da Ajuda*, que levava a Portugal uma tripulação com uma centena de pessoas, entre elas o bispo Sardinha — malsucedido no seu apostolado na colônia —, fidalgos com suas famílias, um deão e dois cônegos, além de indígenas escravizados. Todos se salvaram de morrer no mar, mas foram presos pelos caetés, mortos e devorados, porque os nossos naturais, por motivos não tão espiritualmente superiores como alguns tentaram nos convencer, apreciavam a carne dos semelhantes.

O Jaguaribe, ora largo, ora estreito, ramificado em afluentes como as artérias de um corpo humano, rios, riachos e grotas, caldeirões e ipueiras, tornava-se posse dos invasores, condição para erguerem casas, currais e soltarem o gado.

Pelos caminhos e veredas margeando o rio ora cheio ora seco, se deslocavam os rebanhos de Pernambuco e Alagoas, encharcando de estrume e carrapatos as terras antes virgens de gado. Nos caminhos contrários, em direção aos portos de Recife e Aracati, e deles ao restante da colônia, tropeiros, tangerinos, comboieiros tocavam as cargas de carne salgada, couros e algodão, retornando com os produtos doces da cana, açúcar, rapadura e cachaça.

Assim se procedia.

— Vão, ocupai os territórios que são vossos, em nome de Deus e do rei. Multiplicarei a tua descendência como as estrelas do céu, e toda a terra que te prometi eu darei a teus filhos e eles a possuirão para sempre.

Vieram.
Chegaram.
Pisando e deixando pegadas.
E se fizeram donos, como se sempre tivessem sido.

A viagem de João

Alarico Queluz, português degredado por crimes de roubo e morte, veio cumprir pena na colônia, misturando-se a indígenas que fugiram de suas aldeias, colonizadores malsucedidos, mestiços e loucos sem ocupação. Da noite para o dia transformou-se em místico e visionário, realizava milagres por meio do culto a Nossa Senhora de Vandoma, padroeira do Porto, cidade de onde procedia. A devoção dos portugueses à Virgem de origem francesa remontava ao século x, quando a região portuense sob domínio mouro foi retomada por cavaleiros originários da Gasconha, que desembarcaram na foz do rio Douro. Após a vitória, os gauleses reergueram os muros da cidade e colocaram a Nossa Senhora em uma de suas portas principais.

Ninguém no bando sabia explicar de onde surgira uma imagem tosca da Virgem, carregada em procissão pelos devotos sertanejos da colônia, homens, mulheres e crianças fiéis a Alarico e ao que ele pregava. O profeta vestia o hábito marrom dos franciscanos, sujo e rasgado, usava cabelos longos chegando aos ombros, costumava supliciar-se e estimular os seguidores a fazerem o mesmo.

A desgraça dessa gente começou quando Alarico prometeu curar um filho bastardo do coronel Francisco Ferreira Ferro que sofria ataques de epilepsia e loucura. Os familiares deixaram o rapaz aos cuidados do profeta e ficaram de buscá-lo depois de uma lua de rezas e penitências. O pagamento inicial pela cura se fez com um boi e alguns carneiros. Esgotado o prazo, o coronel recebeu o filho de volta, bem pior do que o tinha entregado. Ofendido no poderio e mando, Francisco denunciou Alarico ao Tribunal da Inquisição, mandou os jagunços perseguirem os devotos e expulsá-los de suas terras. Alguns foram despidos e açoitados, outros conseguiram fugir sem passar pelo tronco.

* * *

    Depois de percorrer dois terços do caminho entre o Recife e a ribeira do Jaguaribe, grande parte em território pernambucano, de exaurir as montarias em carreiras, João sentiu que precisava descansar se quisesse chegar vivo em casa. Com as pernas e os pés inchados, queimaduras de sol nas áreas descobertas do corpo, as nádegas e partes internas das coxas em carne viva pelo atrito da sela e dos couros, João viu-se enfermo, a ponto de não conseguir cavalgar.
    Procurou a sombra de um juazeiro para se resguardar do sol, despiu a roupa, expondo a carne viva. Entorpecido pelo cansaço e pela fome, sonhou com a mãe lendo para ele a vida de são Paulo Eremita, asceta que se retirou ao deserto e viveu sessenta anos no fundo de uma caverna, afastado dos homens. A fuga fora motivada pelo martírio de um jovem cristão seu conhecido que teve o corpo untado de mel e exposto ao ardor do sol, às picadas de moscas, insetos e vespas. Temendo a mesma sorte da vítima, o Eremita evadiu-se para onde nunca pudesse ser achado.
    Mal desperto do sonho, João acorda com alguns cães lambendo suas feridas, não sabe quem os trouxe, afugenta-os cheio de nojo e temor. Ouve gritos e cantos se aproximando do lugar em que descansa, tenta levantar-se, vestir-se e empunhar as armas, mas não consegue. As primeiras imagens de um cortejo se delineiam em meio a juremas, macambiras, gameleiras e umburanas. Uma bandeira esfarrapada abre o caminho, seguida por homens, mulheres e crianças nus ou cobertos de trapos. Carregam cestos de palha e embiras, potes, panelas, cabaças, redes e madapolões. Puxam cabras e ovelhas presas a cordas, tangem vacas esquálidas, que mal se mantêm de pé. Flautas de taboca e tambores marcam o ritmo dos benditos salmodiados. No meio dos penitentes, o líder Alarico Queluz se destaca pela cor branca da pele, pelos olhos azuis e cabelos louros desgrenhados. Uma longa capa vermelha, adornada com penduricalhos de todas as procedências, arrasta folhas, garranchos e poeira no caminho por onde ele passa.
    Quando descobrem João, os penitentes começam uma latomia em que se misturam gritos e choro. Alguém anuncia em voz alta que o homem à sombra do juazeiro é d. Sebastião, o Adormecido, rei portu-

guês donzelo cuja vida foi cheia de mistérios e conspirações apesar de ter vivido entre os mortais apenas vinte e quatro anos. Avistado pela última vez lutando contra os mouros na Batalha de Alcácer-Quibir, no Marrocos, encantou-se e, desde então, se espera pelo seu retorno.

As pessoas do cortejo se ajoelham, se persignam e rezam, outras correm à procura de Alarico, o único que pode confirmar o milagre, embora João aparente bem mais de trinta anos, porém todos os milagres são cheios de estranhezas e nunca apresentam os sinais exteriores da verdade.

Os cantos ensurdecem João.

Vá, estrela mais brilhante,
que ilumina este lugar,
vá, estrela!
Vá buscar Sebastião
para nos abençoar.
Se Ele está na terra,
se Ele está no mar,
vá buscar, estrela,
vá buscar.

Alarico se aproxima do ferido, mantém respeitável distância, se ajoelha e põe-se a cantar louvores aos céus por concederem a graça do Desejado se desencantar nas terras do sertão, sem as indumentárias ricas e as armas poderosas com as quais despareceu. Olha a montaria magra e faminta e supõe tratar-se do cavalo Tremedal. Grita aos homens que armem uma rede atravessada por uma estaca de madeira e que o rei seja conduzido nela. Não dispõem de transporte mais adequado à realeza. Roupas, armas e pertences do Encoberto são guardados em um cesto e, juntos com o cavalo, levados para uma cabana ali perto.

Sem condição de reagir, João deixa-se cuidar por um pajé, que lhe aplica unguentos nas queimaduras e feridas, toca maracá, dança e fumaça em volta da rede onde ele descansa. Duas vezes por dia traz meizinhas e João bebe sem recusar. As ervas aliviam as dores e provocam sono. Quando acorda, é alimentado com mingau e carnes. Mergulha no torpor das drogas e da infecção, confina-se à choça escura, perde a noção do tempo, confunde noite e dia. O plano que o trouxe ao encontro dos familiares mistura-se à fumaça do tabaco que o feiticeiro sopra nele. A consciência oscila, se perde no calor modorrento. Sonha, porém não consegue se lembrar dos sonhos. O pajé precisa ouvi-lo sobre os encantados que o visitam, mas João cala, indiferente aos apelos do velho. Até a paixão por Brites Manoela parece escorrer de seu corpo junto à linfa das feridas.

— Brites, Catarina, Leonarda... Recife... José, a mãe, o pai..., repete no delírio.
— Carcará, acauã, carrapateiro, caburé, cauré, quiriquiri, urubu..., o pajé responde em conversa.
— Brites...
— Carcará...

As imagens se misturam. E assim dialogam com palavras remendadas, nomes de gaviões e carcarás, as aves de rapina mais frequentes nos sonhos dos indígenas. Lu vai, lu vai, lu vai, recita o velho e aponta o indicador para o teto escuro da palhoça, onde avista um céu azul enfeitado de gaviões avoantes. Dança em volta da rede, fuma, fumaça, toca o maracá, canta e grita: Lu vai, lu vai, lu vai, sumiu.

O velho:
— Avisto o céu pelo sumo da jurema, árvore sagrada do sertão.
João:
— Brites espera, pera, era... me desfazer de Catarina, tarina, rina, ina...

Ecoam lembranças mazeladas.

O velho:
— Carrapateiro tem bico afiado, ô sô, arranca carrapatos de animal doente. Conheço sr. João. Quem desconhece no rio das Onças? Cheio de carrapatos na cabeça e no coração. As sanguessugas devoram o juízo, enxergo raiva nele, vontade de matar.

João:

— Brites Manoela…

O velho:

— Carrapateiro soprou em meus ouvidos os nomes da família, os parentes de longe e os de perto: caracará-branco, caracaraí, caracaratinga, carapinhé, ximango, papa-bicheira, pinhé, pinhém… tudo pássaro rapinador… natureza difícil, amigo de urubu.

O pajé evoca os gaviões cantando, cria sons diferentes para cada um deles, dança, pinoteia até cair escornado.

João se acalma, o fole do peito para de chiar, vê Brites Manoela escoltada por milicianos a serviço do irmão, as grades da casa de mulheres recalcitrantes se abrem e fecham. Engolem Brites.

João grita e adormece.

Acorda.

O pajé olha o doente por quem se desvela. Vê nele dois homens, um sem remédio. O corpo aparenta cura, mas a alma continua enferma.

Ardiloso, João fecha os olhos, não se levanta da rede. Os planos retornam à cabeça, ocupam os buracos deixados pela enfermidade. Não reconhece valor na gente suja e barulhenta, imagina que desejam sacrificá-lo, como fazem as tribos canibais. Se tivesse os meios mataria mulheres e homens, velhos e crianças. Não pouparia o pajé. Só dispõe de uma arma de fogo, um facão e a faca de Brites Manoela. Punhal, insistiria a amante.

Ignora quanto tempo passou, não sabe se Brites ainda espera seu retorno. Precisa agir depressa. Os pensamentos o acometem, águas da primeira cheia, transbordantes de loucura.

— Os carrapatos…

Lembra a conversa com o pajé sobre o parasita e volta a delirar.
Sonha.
Tresvaria.

A faca corta o pescoço do velho. Ele mostra ao bando de Alarico a cabeça separada do corpo. As pessoas fogem apavoradas.

Maravilhado com a saúde do rei, Alarico manda esculpirem um trono de madeira mulungu, ordena que seja assentado no terreiro largo e acomoda João. Põe nele o manto que usa nas estradas, improvisa coroa, traz um galho florido, que serve como báculo.
Começa a festa em louvor ao regresso de d. Sebastião.
Os devotos cantam, rezam, dançam.
Lá pela hora da visagem todos se embriagaram de música, giros, aguardente e jurema. O pajé sopra tabaco torrado e pilado nas narinas dos possuídos, eles caem e rolam pelo chão, agarram-se aos corpos mais próximos, praticam o que os instintos pedem, indiferentes à sorte de ser o pai, a mãe, o irmão ou o filho. Tentam arrastar João para a orgia, mas ele assume a realeza sebastiana e recusa misturar-se aos enfurecidos. O vento sopra dobrando as árvores, caem folhas, pingos grossos de chuva molham homens e mulheres despidos e a terra seca. É só uma nuvem escura de passagem, depressa retorna o calor. Trazem um rapaz jovem e o amarram num poste, alguém empunha o porrete de abate. João recolhe-se à choça. Pensa na morte e que ninguém tem controle sobre ela. Num lapso surge a consciência de que o assassinato é um mal.

Nos dias seguintes rejeita carne, teme a procedência.
Planeja escapar.

— Como essa gente se mantém?, pergunta ao velho.
— Do jeito que sempre se manteve antes dos brancos. Caçam, pescam, plantam quando demoram no mesmo lugar. As mulheres colhem frutos, castanhas, sementes.
— E os homens roubam nossos rebanhos, João rebate.
— E o velho: Há gado de sobra, vocês mandam vender as carnes longe e passamos fome. As terras são nossas, já vivíamos aqui.
— João: O rei doou para nós.
— O velho: Você também é rei, devolva o que é nosso.

João fecha os olhos um longo tempo.
Pergunta:

— E os preparativos lá fora, o que são?
— O velho: Uma festa.
— João: Vocês celebram demais, não trabalham nunca.
— O velho: Trabalhamos mais do que vocês que escravizam a gente. Cuidei do moço dia e noite, deixei o moço bom. Não é trabalho?
— João: Cuidou porque quis, não pedi.
— O velho: Por cima de tudo, o senhor é mal-agradecido. Se quiser, faço feitiço e trago a doença de volta.

João olha as queimaduras e os ferimentos sarados.

— Vá embora, velho! Não preciso mais do seu cachimbo fedorento.

Ensaia passos seguros, sai da choça, assiste aos preparativos da festa. Mulheres ralam e espremem mandioca, assam beijus, pilam milho. As carnes secam num varal, vigiadas pelos meninos. João se enfurece, imagina que foram roubadas. Em volta do terreiro erguem-se choças menores, construídas de paus, varas e barro, cobertas de folhas de palmeiras. No meio do grande círculo, um tronco.

O desvelo com que o trataram não é garantia de nada. Pode mudar a qualquer momento e o rei tornar-se sacrificial. Era assim no Egito antigo, a mãe leu nos livros. O Cristo também foi sacrificado. O sangue de d. Sebastião vai salvar os homens e pôr fim às estiagens do sertão. João ouviu as pregações de Alarico Queluz quando a febre baixava e não estava sob o efeito das ervas. A Terra Santa vindoura do Espírito Santo situa-se nas ribeiras do Jaguaribe. Está para chegar o Messias. Ele concederá ao povo sofrido e escravizado um paraíso terreno, justo e próspero. Confundiram João com o Desejado, mas Alarico sabe quem ele é e de qual família inimiga faz parte. Tem ciência de que o reino de João é mais próximo ao de Nabucodonosor da Babilônia.

A sorte revela-se favorável a João. Às duas horas da tarde marcada para a festa, de repente o mundo escureceu. João aprendera o que fossem os eclipses totais do sol, navegantes do Recife lhe passavam noções de astronomia e ciências naturais. Enquanto o medo dominava Alarico Queluz e seu bando, provocando fugas mato adentro pelo terror do fim do mundo, João sentiu o tempo dilatar-se, minutos se transformarem em horas, bastantes para selar o cavalo, juntar os pertences e fugir.

Umbuzeiro

Quando a solidão se tornava dolorosa, Catarina arrumava viagem ao Umbuzeiro. Depois de aprontar as malas, escolhia cavalos e partia com Serena e a filha, guardadas por homens de confiança e pelos irmãos Domingos e Cristóvão. De passagem na casa dos parentes, convenciam Madalena a seguir a comitiva e fazer surpresa aos pais de sangue.

A irmã que Catarina sempre desejou seria Páscoa. Sente grande estima pela índia jucá e menor afeto pelas cunhadas, esposas dos irmãos. Evita hospedar-se na casa do pai, cheia de jagunços em pé de guerra. O coronel Francisco Ferreira Ferro envelheceu sem perder a ganância por domínios. Resistiu assim até morrer numa prisão de Lisboa, com mais de oitenta anos, sozinho e doente. O que pensava no exílio, se padecia remorso pelos crimes cometidos, nunca se soube. Homem de pouca escrita e leitura, não deixou nenhum testemunho desse tempo.

Páscoa arma redes novas para os hóspedes, Fabião sai à procura das abelhas sem ferrão jandaíras, que produzem o mel favorito de Catarina. A casa se alvoroça, Madalena dorme no quarto dos irmãos, os pais contemplam a ninhada completa de filhos. José ordena matar um boi e dois carneiros, prender as galinhas para engorda. As salas se enchem de vozes, as noites parecem curtas com a sucessão de histórias. Desacostumada à alegria, Catarina se farta de comer e ganha cores, parece outra mulher.

Sinto inveja, Páscoa, queria ter o marido em casa, perto de mim. Nunca conheci segurança com João, nem quando me casei. Vivi abandonada. A mulher jucá fica em silêncio. Tereza desvia a conversa para a brincadeira, revela em meio a gargalhadas que Páscoa capou o marido pelo rastro. Luzia e Irene também riem, esquecidas dos afazeres. Leonarda, Madalena e as crianças saíram a passeio, correm e brincam enquanto as mulheres proseiam e falam mal dos homens. O que é mesmo capar pelo rastro?, Catarina pergunta encabulada. Tereza responde: Vá ao lugar onde seu marido pisou, deixando a marca do pé, murmure em voz baixa a reza da capação. Nunca mais ele será homem para outra mulher. E você fez isso, Páscoa?, Catarina deseja saber e Páscoa responde: Deus me livre, preciso de reza que acalme o fogo de José. O padre me embuchou dez vezes, imagina se rezo para ele ficar com mais vontade em mim.

— Olha a panela queimando, gente!, alguém grita. Dá nisso conversar demais.

Depois do almoço servido cedo, José abre a *História sagrada* e escolhe um trecho do livro que o impressiona pelas narrativas mais do que pelo alcance religioso. É costume na casa a leitura ao meio-dia ou no começo da noite. A família habituou-se ao ritual, prefere-o à celebração da missa. Quando crescem e desasnam, os filhos são chamados a ler. O pai escuta-os emocionado, enche os olhos de lágrimas, fala que estão aptos a enfrentar o mundo. Páscoa também lê com desenvoltura, mas gosta que o marido ocupe o lugar de leitor.

Acordadas de madrugadinha para beber o leite mungido, quente do úbere das vacas, as crianças pequenas cochilam e dormem. Só as maiores escutam os relatos e guardam impressões de um mundo distante no tempo e no espaço, mas nem por isso diferente do lugar que habitam.

— Hoje vou ler uma passagem do Livro de Samuel, o ultraje de Tamar por seu irmão Amnon. Talvez não seja recomendado aos pequenos.

— Mas é útil a Leonarda e Madalena saberem como os homens maltratam as mulheres, desde a Antiguidade.

— Seja generosa, minha cunhada.

— Serei com quem merecer.

— Talvez vocês prefiram que eu leia a história de José e seus irmãos.

— Não, cunhado, queremos muito ouvir o que sofreu Tamar.

Tereza, Luzia e Irene se achegam à sala. Fabião também comparece à leitura. Domingos e Cristóvão ladeiam Catarina como se desejassem protegê-la. O padre fica de pé e abre o livro.

— Absalão, filho de Davi, tinha uma irmã muito bela que se chamava Tamar. Amnon, um outro filho de Davi, se apaixonou por ela e se atormentou a ponto de adoecer, porque a moça era virgem e ele não via nenhuma possibilidade de lhe fazer algo. Amnon recebeu a visita de um amigo chamado Jonadab, homem sagaz e ardiloso. Ele perguntou: "Que acontece, filho do rei, que toda manhã estás tão abatido?". Amnon lhe respondeu: "É que eu amo Tamar, a irmã do meu irmão Absalão, e não encontro um modo de possuí-la". Jonadab lhe disse: "Meta-se na cama, finja que está doente e, quando teu pai vier te visitar, diga-lhe: 'Permite que a minha irmã Tamar me sirva o alimento e prepare o prato na minha presença, para que eu o veja e coma, servido por ela'". Amnon deitou-se e fingiu-se doente. O rei veio vê-lo e Amnon lhe disse: "Concede que minha irmã Tamar venha e prepare na minha presença dois pasteizinhos e eu ficarei bom, servido por ela". Davi mandou dizer a Tamar que fosse ao quarto de Amnon e preparasse a sua refeição. Quando Tamar chegou aos aposentos, ele estava deitado. A moça tomou a farinha, amassou-a e preparou os pastéis na sua presença. Depois levou-os ao fogo e em seguida pegou a panela e despejou-a no prato diante dele, mas ele não quis comer. Amnon falou para ela: "Manda embora toda essa gente para longe de mim". E todos saíram de junto dele. Então Amnon disse a Tamar: "Traze o prato aqui e comerei, servido por ti". Tamar pegou os pastéis que fizera e os levou ao seu irmão, no quarto. Ao oferecer-lhe o prato, ele segurou-a e disse: "Deita comigo, minha irmã". Mas ela replicou-lhe: "Não, meu irmão! Não me violentes porque não se procede assim em Israel, não cometas essa infâmia! Onde eu iria esconder minha vergonha? E tu serias como um infame em Israel. Fala ao rei, e ele não se recusará a entregar-me a ti". Amnon, porém, não quis ouvi-la; dominou-a e deitou-se com ela.

Cristóvão, homem alto, forte e seguro, interrompe a leitura de José e recita comovido:

— *Pelo cabelo a prendeu,*
já a camisa lhe rasga.
[...]
Oh, os gritos que se ouviam
pelo cimo dos telhados!

— Desculpem, lembrei desses versos cantados por um menestrel quando eu estudava no Reino. Chamava-se Federico de Lorca, se não me atrapalho, e era um cigano de Granada. Por favor, continue, padre José.

— Depois de consumada a violência, Amnon irou-se e sentiu aversão por Tamar, bem maior do que o amor de antes. E falou à irmã: "Levanta, vai embora!". Ela lhe respondeu: "Não, meu irmão. Expulsar-me seria pior do que o mal que me fizeste". Mas ele não quis ouvi-la. Chamou o criado que o servia e lhe disse: "Livra-me desta moça! Expulsa-a daqui e fecha a porta!". Ela vestia uma túnica especial, que antigamente usavam as filhas do rei ainda solteiras. O criado a pôs para fora e fechou a porta.

— Tamar cobriu a cabeça de cinzas, rasgou a túnica, pôs as mãos na cabeça e se foi gritando. Absalão, seu irmão, lhe perguntou: "Amnon esteve contigo? Agora, minha irmã, cala-te; ele é teu irmão. Não te angusties dessa maneira". E Tamar ficou sozinha e desconsolada.

— Logo que teve conhecimento dessa história, o rei Davi ficou indignado. Quanto a Absalão, não falou mais com Amnon, porque estava cheio de ódio contra ele por causa da violência que fizera contra sua irmã Tamar.

Nesse ponto, José supõe aconselhável interromper a leitura. Avalia a plateia de mulheres, pergunta se elas gostariam de saber o desfecho. Nenhuma responde, todas conhecem histórias sertanejas semelhantes. Por fim, Páscoa sugere ao padre que continue lendo.

— Dois anos mais tarde, Absalão mandou convidar os filhos do rei seu pai em Baal-Hazor, nas propriedades de Efraim, onde tinha tosquiadores. Absalão foi até Davi e disse: "O teu filho e servo Absalão tem tosquiadores trabalhando. Que o rei e seus filhos se dignem vir com este servidor". O rei respondeu: "Não, meu filho, não devemos ir todos juntos para não sermos pesados a você". Absalão insistiu, mas ele não quis ir e lhe deu a sua bênção. Absalão pediu-lhe então: "Permite, ao menos, que meu irmão Amnon venha conosco". O rei lhe perguntou: "Por que ele iria contigo?". Mas Absalão insistiu e ele concedeu que Amnon partisse com todos os filhos do rei. Absalão deu esta ordem aos seus domésticos: "Prestai atenção: quando Amnon estiver alegre por causa do vinho e eu vos disser 'Feri Amnon', então o matareis. Não tenham medo: sou eu quem está ordenando. Mostrem coragem e sejam valentes". Os domésticos de Absalão fizeram com Amnon o que tinha sido ordenado. Assustados com a violência e o sangue, os filhos do rei se levantaram, montaram seus animais e fugiram.

José fecha o livro velho e gasto, acaricia a capa e se senta numa cadeira. Um silêncio entristecido domina as pessoas. Catarina chora e enxuga os olhos num lenço. O sol baixou, a quentura arrefeceu, sopra um vento leve. Nos roçados e currais os trabalhos não param e as horas parecem lentas. Tereza cochicha com Páscoa sobre a janta, Irene e Luzia retornam à cozinha, Fabião também volta aos afazeres. As crianças menores ainda dormem pelos colos da mãe e das visitas. Domingos e Cristóvão se retiram e vão fumar no alpendre. Vestem-se bem, calçam botinas dentro de casa, talvez queiram estabelecer distância social das pessoas comuns e dos escravizados. José os acompanha. Sente falta da rotina modesta, aprecia as visitas mas elas lhe impõem uma maneira diferente de viver. Os dois irmãos fumam enquanto conversam.

— Não sei se mudou, padre José, mas quando morei em Lisboa era costume denunciarem como judaizantes as pessoas que liam a Bíblia. Domingos, quando você chegou por lá ainda era assim?

— Por qualquer coisa se denunciava uma pessoa ao Santo Ofício, até se ela desse um espirro fora de lugar.

— Tenho escapado, diz José. Vez por outra, quando acontece visitação, me convidam para compor o tribunal. No seminário da Bahia estranhava que a Bíblia fosse um livro proibido aos católicos. A Inquisição autorizava a leitura uma vez por semana e recomendava apenas o Novo Testamento. Quebramos esse costume em nossa casa. Quando fazem pergunta semelhante à sua, me defendo afirmando que esse livro velho nem se trata da Bíblia, é apenas a *História sagrada*.

— Tem alguma diferença?, pergunta Domingos.

— É menos pesado.

Os dois irmãos riem e dão baforadas nos cachimbos.

— A leitura fez você se lembrar de alguma coisa, Domingos?

— Fez sim, Cristóvão: o incesto do engenho Jaguaré, lá em Sirinhaém. Que loucura, aquilo. Mas foi diferente.

— Trata-se de incesto do mesmo jeito. Estranhei que não houvesse denúncia ao Santo Ofício.

— Envolvia gente rica e poderosa, que doava dinheiro e bens à Igreja.

— Sim, isso mesmo. O senhor conhece a história, padre?

— Nunca ouvi falar. Saí moço de Pernambuco.

— Pois conte, Domingos, eu não me lembro direito.

— Quando morreu, o proprietário do engenho Jaguaré deixou a viúva muito jovem e um filho caminhando para os quinze anos. A mãe levou o rapaz para a cama e por sorte nunca engravidou do filho, ou se aconteceu isso ela tomou as ervas dos índios e botou a coisa fora. O rapaz se casou com a herdeira do engenho Cachoeira, lá mesmo em Sirinhaém, e largou a mãe. A mulher não resistiu à separação e morreu menos de um ano depois. O moço tocou a propriedade da esposa e deixou a herança dos pais se arruinar. A casa parecia mal-assombrada, os móveis, as louças, tudo conservado mas coberto de pó e sujeira de morcegos e ratos. Só de tempos ele fazia visita, voltava depressa, nunca pernoitava. Desejou ter um filho homem e nasceram três filhas, com pequena diferença de idade entre elas. Tornaram-se bonitas de chamar atenção, até corri os olhos em uma delas. Aí começa a trama infernal e o desastre. Assim que a primeira das meninas se tornou moça, o pai levou-a ao engenho abandonado e, na mesma cama em que gozava a mãe, violentou a filha. E voltou outras vezes para se fartar. Fez o mesmo com a segunda e a terceira filhas. A esposa sabia de tudo, mas nunca o denunciou e ficou por isso mesmo. As moças bonitas e ricas se casaram sem maior dificuldade. Dizem que a beleza delas ficou escurecida, como se usassem um véu preto, cobrindo o rosto.

A história narrada por Domingos, em meio a tragos de cachimbo, deixa os homens inquietos. José enxuga a calva com um lenço sujo, arremeda levantar-se e permanece na cadeira.

— Não era só entre o povo judeu que essas coisas aconteciam.
— Queimamos os marranos na fogueira e fazemos coisas piores. Digo ao meu pai: Acabe essa guerra com os nossos vizinhos Rodriguez. Quantos já morreram nisso? Perdemos a conta. Quanto tempo ainda vai durar a peleja, um século? O senhor termina condenado a uma prisão no Reino.
— Não fale assim, Cristóvão, o pai não gosta.
— Estou longe do ouvido dele.

Encara o dono da casa.

— Padre José, nesses dias observei sua família e sua gente. Admiro seu governo de paz e prosperidade. Desculpe, no começo estranhei o contrato de um vigário com uma índia, a casa cheia de filhos parecendo um curral. Mas os arranjos da vida não obedecem às leis. Repare no contrário. Seu mano João abandona Catarina e a filha Leonarda. Tem motivo para isso? Uma esposa rica, formosa e honesta, dona de cultura que as mulheres do sertão não alcançam ter. E João perdido no meio do mundo, ninguém sabe onde, nem com quem. Mentiroso e trapaceiro, não presta contas de nada, um estroina que gasta o que não é dele.

Domingos volta a pedir ao irmão mais novo que se cale e ele obedece. A conversa morre com a tarde quente e os homens esperam o sopro ameno do vento Aracati.

— Um sertanejo de posses médias como eu, diz o padre, tem sempre com ele a mulher e os filhos. São o seu orgulho.

Fala e retrai o corpo na luz do sol se apagando. Aflito, busca Páscoa com os olhos, não a encontra, faz menção de levantar-se e ir embora. Os dois homens grandes se comovem com a solenidade do entardecer, estranham a quietude fora de seus hábitos. Também espionam o interior da casa, procurando a irmã Catarina.

As mulheres se recolheram ao quarto, onde Páscoa transforma fios de algodão em redes e panos. Catarina nunca se ocupou com a tecelagem, aprendeu a bordar e a pintar, faz rendas e bicos. Conversam sobre os filhos, a casa, os maridos. Páscoa larga o tear e ouve as queixas em silêncio. Dentro do quarto anoitece mais cedo do que lá fora. Catarina tem um sonho que se repete e a deixa angustiada. Seu corpo boia num rio e é carregado para longe. As águas se tingem de vermelho rutilante e ela se afoga.

— Talvez me lembre de quando eu nasci. Mãe Serena contou. Minha mãe perdeu todo o sangue e por sorte não morri junto com ela. Seria melhor se tivesse morrido. Penso nessa possibilidade. Depois mãe Serena me tirou do poço em que eu me afogava, perdeu a filha para me salvar.

Chora abraçada a Páscoa. Gostaria de ficar naquela casa para sempre, teme reencontrar o marido.

— Morando com a gente, minha irmãzinha? Isso seria possível se José fosse um chefe jucá, Páscoa diz brincando. Os chefes tinham várias esposas, mas José é português e sacerdote. Fique em nossa casa o tempo que quiser. Nada ruim vai lhe acontecer.

É hora de providenciar a ceia e cuidar das crianças. Abandonam o tear e vão à cozinha, onde as outras mulheres adiantaram as comidas.

— E os homens?, Catarina pergunta. Só lembram da gente quando sentem fome.

Páscoa quer saber o que eram os estalos de relhos e os tropéis que ouviram do quarto. Comboieiros pediram arrancho na fazenda, arriaram as macas e soltaram os animais no pasto.

— Teremos boas histórias essa noite, Luzia comenta alegre.
— Vamos abastecer a casa, começa a faltar víveres.
— Felizmente eles chegaram.

Levam as panelas de coalhada, a farinha e as carnes assadas para a sala de jantar. Fabião é quem raspa as rapaduras. Feita com tábuas compridas de angico, a mesa ganhou baixa num canto pelo repetido atrito com a faca, que ao longo de anos lhe arranca pedaços, por mais habilidoso que seja o raspador.
Do lado de fora, os comboieiros se instalam. Os meninos não querem sair de perto deles, têm curiosidade nas cargas e conversas, até as comidas tropeiras lhes parecem mais saborosas. Gostariam de dormir ao relento, olhando as estrelas e ouvindo o que falam os homens viajados. A custo são arrancados para a ceia de casa. Porém cedo adormecem, e quando se acordam de manhã os viajantes ganharam o mundo.

A noite chega depressa.

Nada se modifica no costume dos tangerinos, ciganos de estrada ocupando o tempo e as lembranças dos meninos com narrativas entremeadas de sono e sonhos.

— Quem me contou a história foi o Joaquim Leopoldino, da fazenda Gameleira. Se aconteceu mesmo, não sou capaz de jurar. Ele, o Chico Janúncio e o Cardozo Bispo saíram para caçar tatu. Já comeram tatu? Ô carne danada de boa! Levaram cinco cachorros, um exagero de cão. Mal acenderam a fogueira, avistaram outro fogo aceso longe. Tem gente caçando igual a nós, Chico Janúncio falou. Vamos lá, sugeriu o Bispo, se tiveram sorte na caçada e assam tatu no casco eu quero provar. Apagaram o fogo deles e se arribaram, os três mais os cinco cachorros. Andaram sem tirar os olhos da fogueira dos estranhos, e quando supunham ter chegado ela estava no outro lado.

— Agora deu, a gente se atrapalhou, o Bispo queixou-se.

O Joaquim Leopoldino atiçou os cães, mas os bichos cismaram e não saíam do canto. Seguiram outra vez no rumo do fogo e, quando pensaram ter chegado, as labaredas surgiram noutro lugar mais longe. O Bispo falou que era coisa da Caipora e por precaução cortou um pedaço de fumo e enganchou numa árvore, dizendo está aí pra você fumar. Partiram mais uma vez e deram em nada, o fogo apareceu perto de onde partiram. Tinha chovido e um poço tomou água pela boca. Os três homens decidiram encher as cabaças. Mal chegaram, ouviram o glut, glut de uma pessoa bebendo. Os cabelos do Janúncio quase levantam o chapéu da cabeça de tanto que se arrepiaram. Atrevido, o Bispo perguntou: estava com sede? Não devia ter falado isso... Deram um grito tão descomunal de alto que os cachorros uivaram, mijaram e cagaram.

— E no que deu?
— Deu no que tinha que dar. Os três desistiram da caça e tomaram o rumo de casa.
— Eram uns frouxos!
— Queria ver se fosse você.

No alpendre e no terreiro, as vozes silenciam um instante. Há quem conte histórias e quem atice o fogo das fogueiras, espantando os mosquitos e a friagem. Olhos curiosos procuram no meio dos tangerinos alguém com fama de narrador.

— E o senhor, seu Nicolau Arrais, caladinho aí, escondido como se não tivesse nada o que contar pra gente.
— Homem, me deixe quieto no meu canto.
— Aqui no Umbuzeiro se paga a hospedagem com uma boa história.
— Peçam ao Manoelzinho Calaço, esse aí sabe muitas.

— Mais do que o senhor? Duvido.
— Eu não sei contar nem a história da onça e do macaco.

Seu Nicolau Arrais, homem seco e comprido, arruma o fumo picado na palha de milho, prepara um cigarro e acende. Depois de muitos tragos, começa sua fala.

— Vou contar a história da Morte, nem Deus tem controle sobre ela.
— Desculpe se atrapalho o senhor: a Morte pode desobedecer a Deus?
— Nessa história pode, era o começo do Tempo.

O velho gostaria de deitar a cabeça na sela e adormecer olhando as estrelas, mas nenhum astro pisca no céu.

As pessoas silenciam e seu Nicolau pergunta:

— Existe algum homem que nunca ansiou viver livre de leis e de regras, seguindo sua própria vontade?

Os ouvintes calam, obrigando seu Nicolau a responder à pergunta.

— Talvez, mais perto do que imaginamos, alguém pagou caro por desejar a liberdade sem limite.

Escreva uma história.

Noite

— O comer estava bom, agradeço. Enquanto mastigava pensei na d. Ritinha de Brito ensinando esse povo do sertão a transformar a fala em escrita. Difícil tarefa representar em signos gráficos a linguagem falada, sonho e imaginação convertem-se em desenhos de frases e narrativas, ganham concretude diferente da que tinham antes. Os meios para encaminhar essa gente de uma língua ágrafa a um código elaborado me parecem dos mais violentos de nossa colonização. Sei que é necessário ler e escrever, difícil é ensinar sem destruir a cultura das pessoas, sem negar-lhes um saber ancestral, tirando-lhes o que talvez seja o melhor delas. Os brancos invasores recorreram à violência, ao ferro e ao fogo da lei e da fé que praticavam. Ensinar o povo daqui a ler e a escrever pela mesma cartilha em que a senhora e o seu Joãozinho Leandro aprenderam me parece um método inadequado.

— O que fazer, então?

— Juro que não sei. O que posso garantir é que em mais de cinco séculos não resolvemos essa questão. A senhora concorda?

Olha d. Ritinha Leandro de Brito, mulher branca e pequena, sorridente e bondosa. Ela não perde as palavras que ouve, mas antes de permitir que se alojem em seu coração pesa cada uma, apalpa, mede, como se avaliasse a serventia delas. Seu Joãozinho Leandro é homem inquieto, os músculos do corpo rijo não param de se mexer. Também ouve e guarda na memória, mas enquanto escuta transforma ao gosto do seu caráter o que lhe é narrado. O filho mais velho, de nove anos, esculpe a canivete um cavalo de pau. O pai o deixa livre, não teme que se corte na lâmina amolada. Outro menino, esse de cinco anos, deitado de bruços no piso de tijolos da sala, folheia um livro velho, a *História sagrada*, com ilustrações do francês Gustave Doré. Engana o hóspede com a aparente concentração nas páginas da Escritura, de verdade está ouvindo a conversa dos adultos.

— Sou agradecido por me receberem, primos. Nem sei como corresponder a tanta generosidade. Para contar essa história eu precisava visitar os lugares onde ela aconteceu, há três séculos. A senhora e sua família ocupam as terras que pertenceram aos Rodriguez, inimigos dos nossos contraparentes, os Ferreira Ferro. A casa de passagem do visconde do Icó continua de pé ali perto, com poucas reformas, mas certamente será derrubada assim que vocês se desfizerem das terras. Mesmo sem sofrermos os bombardeios de uma guerra nosso passado vai abaixo, nada sobra. Veja o que fizeram à casa-grande do Monte do Carmo, com suas cento e catorze portas e janelas. Ficaram apenas os alicerces. E à casa do Monte Alverne, que ostentava mármores italianos em pedestais? Restaram os currais de pedra e algumas colunas de pé.

— Compreendo sua indignação com os métodos da conquista, mas não se trata da mesma coisa que ensinar a ler e a escrever. Um linguista alemão defende que a cultura oral não é mais considerada uma alternativa viável à cultura letrada. Eu concordo com ele mesmo constatando todos os dias que a tradição oral é um modo de vida diferente, uma preferência que poderia ser defendida. Por que o primo não transforma o romance que escreve num mero relato oral, como eram alguns épicos antes de serem fixados em livros? Não se ofenda com a pergunta, estou sendo sincera ao fazê-la. Por causa dessa questão, hoje em dia se defende que o letramento é um direito humano universal e são bem poucas as sociedades que se utilizam apenas da fala na comunicação e no registro da história.

A senhora discreta e elegante silencia, talvez se arrependa de ter falado, prefere ouvir a falar. Arruma o corpo pequeno e magro na cadeira, como se as palavras tivessem desordenado até mesmo a sua postura.

— A tirania da escrita é uma realidade a que não se pode fugir. Se nós fôssemos uma sociedade letrada, onde todas as pessoas soubessem ler e escrever, nossa história seria narrada de maneira diferente. Concorda? Eu sonho que sim, embora a desinformação e a mentira tenham se transformado em epidemia. Quase nada sabemos sobre os dois séculos iniciais da conquista do sertão, quando as nações indígenas do interior rechaçaram a entrada dos brancos. Os portugueses e outros colonizadores ficaram pelo litoral, roendo a costa como os caranguejos. Sabemos apenas o que os conquistadores escreveram, ao gosto deles. A luta dos cariris e de outras nações do Ceará, Paraíba, Piauí, Rio Grande do Norte e Pernambuco foi chamada de Guerra dos Bárbaros. Veja só, chamavam nossos indígenas de bárbaros. A luta durou trinta anos, segundo alguns, ou cem, segundo outros. Nenhum poeta igual a Homero transformou essa guerra numa epopeia narrada pelo lado dos indígenas, os povos massacrados. A escrita não é mera expressão da fala, primo, também é registro da história. A mortandade dos povos originários do sertão foi narrada pelos poucos sobreviventes até se perder da memória, como se perderam as línguas que eles falavam. Sem o documento escrito, desapareceu.

Duas filhas pequenas de d. Ritinha, uma delas ainda de peito, choram no quarto ao lado e a mãe se levanta para vê-las. A conversa entre o primo e seu Joãozinho Leandro se encaminha a uma lição de arreios, sobre o modo como se trança uma corda com oito tiras finas de sola. Algum tempo depois, quando a dona da casa retorna, traz numa bandeja pratos de coalhada, rapadura raspada e farinha. Todos se servem, o hóspede aproveita a refeição para descansar a voz, porém logo retorna à conversa.

— Não tem sido fácil descobrir uma maneira de narrar os acontecimentos que fundaram o sertão dos Inhamuns. Há muitas vozes soando em minha cabeça e todas elas me contam a mesma história em linguagens diferentes. Aqui chegaram portugueses do Norte, judeus batizados em pé, árabes, africanos e já existiam os jucás, primeiros donos de tudo isso. Escuto as pessoas falando e sinto-me exilado numa babel, como se cada uma delas recitasse num idioma diferente. E quando reproduzo o que ouvi e anotei nas minhas cadernetas, descubro que falsifiquei as falas. No sertão, a senhora sabe mais do que eu, habitam muitos narradores, cada um com sua voz própria, seu original. Penso que não há outra maneira de escrever esse romance senão deixar que cada um fale do seu jeito, como melhor lhe aprouver, mesmo que ao final ninguém se entenda. Lembrei agora, é Bloomfield quem afirma que um dialeto literário pode se estabelecer e se tornar obrigatório para os registros escritos, a despeito do dialeto real do escritor. Tento escapar à tirania da escrita buscando uma forma de não distorcer os sons da fala durante a transposição gráfica, mas, ao final, a grafia sempre influencia e modifica a língua.

Termina desanimado, com a aparência de vencido. D. Ritinha de Brito pergunta se deseja água e vai à sala de jantar buscá-la. O filho mais velho cansou de esculpir o cavalinho, deitou-se no chão e adormeceu. Seu Joãozinho Leandro o carrega nos braços e o acomoda em uma rede num quarto ao lado. Retorna à sala e continua entregue ao trabalho manual e à escuta divagante.

— Vi que a senhora possui uma ótima biblioteca, folheando os livros li algumas de suas anotações. Me desculpe se fui indiscreto. Achei bom descobrir que em várias questões pensa igual a mim. O gosto exagerado pela forma gerou o desinteresse pelas boas histórias. Quanta besteira se escreve disfarçada nisso que celebram como linguagem. Eu me contentaria se conseguisse escrever tão bem como falam as dezenas de pessoas que escuto todos os dias.

O garoto de cinco anos não desgruda o ouvido da conversa. Do açude atrás da casa, construído por braços escravizados, chegam gritos de pássaros noturnos e aves aquáticas.
Esfriou. Seu Joãozinho Leandro aparenta cansaço e sono, d. Ritinha de Brito permanece interessada na conversa.

— No romance que escrevo o mais difícil são os diálogos, eles precisam queimar o papel como queimam as gargantas de quem fala. Aqui no sertão, homens e mulheres proferem sentenças ao conversarem, fazem profecias como na Bíblia e no teatro grego. Às vezes me extravio nesse caminho, não alcanço o distanciamento necessário ao drama. Alerto para os acontecimentos da colonização, as oito gerações de nossa família — a senhora e seu Joãozinho Leandro também são primos entre si — se fundam num crime hediondo, que continua se repetindo por séculos, atestando nossa incapacidade de mudar a história.

Se agita.

— Outra armadilha: como fugir ao jornalismo, à urgência em denunciar esses milhares de crimes, que não são julgados nem punidos e depressa as pessoas esquecem? A literatura sucumbe aos noticiários, não há como fechar os olhos ao que nos cerca. Ao mesmo tempo, cobra-se dela voltar a ser menos realista, mais ficção. O que fazer diante de tantos caminhos abertos? Investigar o passado me ajuda a compreender o presente, mas é necessário ir além dessa dicotomia.

Olha a interlocutora, consulta o relógio. A casa de cumeeira alta reverbera as palavras, os sons provocam assombro. Nada mudou na construção antiga, os proprietários se empenham em não desfazer as marcas do tempo nem introduzir modismos na arquitetura sertaneja. Não se desculpam por isso, nunca dizem nós poderíamos forrar os quartos e as salas com lambril para evitar a pucumã que cai sobre os móveis. Nem esconjuram as irregularidades do piso de tijolos queimados. Aprenderam que portas e janelas devem permanecer fechadas durante o sol quente para a casa guardar a friagem da noite, e a cal virgem é a melhor pintura. Mas essa conformidade aos costumes arraigados não impede os pensamentos arejados e modernos.

— Me encaminho ao desfecho de uma morte anunciada. Se o sacrifício das mulheres findasse nisto que eu narro... Mas não finda. Preciso contar essa história de família, ela me diz respeito como se eu tivesse cometido o assassinato que ocorreu no passado. Fui vítima de um legado da tradição oral, da força como as palavras são repetidas pelos narradores, os anacoretas a serviço do Verbo. Os homens foram os responsáveis por esse desfecho doloroso, eles precisam atuar para que nunca mais se repita, as mulheres sozinhas não conseguirão estancar a sangria dessa história. Há mais coisas a dizer, a noite avançou. Repito, mais uma vez, não compreendo os acontecimentos inaugurais da família e nunca conseguirei aceitá-los. Não merecemos tamanha maldição. E vocês tiveram coragem de vir morar no cenário da tragédia. É preciso muita valentia.

Catarina

João não dorme há várias noites. Aos primeiros sinais de melhora foge de Alarico Queluz e seu bando, esconde-se em matas e grotões, teme ser perseguido e novamente aprisionado. Os astros tramam a seu favor. O eclipse solar, que supersticiosos consideram mau agouro e anúncio de que o sol se encontra encolerizado com os homens, ajuda-o a se esconder. Falam que a natureza se torna mais frágil depois do evento, o amor esfria, as amizades estragam e conflitos dominam os irmãos. Mas nenhum desses vaticínios amedronta João, seu único roteiro é a fuga.

Recupera a montaria, os arreios e numa carreira sem trégua para o cavalo alcança sua casa. Perdeu a noção do tempo, não sabe avaliar quantos dias ficou delirando, sob o efeito da febre e das ervas.

Na fazenda Bebedouro, Serena interpretou o eclipse como anúncio de desregramentos, final de um tempo que exige reparação até que se inicie um novo ciclo com mudanças profundas. Apesar das promessas favoráveis, Serena teme que nova desgraça aconteça à família.

No dia seguinte ao eclipse, quando o medo ainda não se dissipara nas pessoas, Fabião veio trazer carta do padre José e saber notícias de João. As mulheres da casa tinham ouvido falar da caçada à onça tigre e do encontro do vaqueiro com a entidade misteriosa.

— Tem certeza de que era mesmo o teu pai Orixalá?, pergunta Serena.
— Ele me falou que era e eu acreditei. Percebi os sinais, ouvi a voz, mas não vi nada.
— Dizem que é merecimento o dono de nossa cabeça falar com a gente. Você precisa se iniciar.

— Queria muito, Serena.

As mulheres se movimentam sem pisar o chão, suspensas em cordas de medo.
Catarina emagreceu, a tristeza pesa sobre as pálpebras.

— Arranje a guia de Orixalá, Fabião. Não sei como pode conseguir. Aqui não tem quem prepare e calce o colar de santo. Catarina usa a guia de Oxum dos rios, que salvou a vida dela. Quase se afoga quando era menina. Também usa a de Ogum. No jogo que fizeram, viram ferro apontado pra ela. Já falei, nunca tire a proteção do pescoço.
— A senhora acredita nisso, d. Catarina?
— Creio em tudo que mãe Serena diz.

Um redemoinho passa arrastando folhas secas, garranchos e areia. A violência do pé de vento foge ao controle das pessoas. As mulheres correm, batem portas e janelas para os diabos de poeira não entrarem na casa, causando estragos.

— Quanta coisa está acontecendo, meu filho! O que será tudo isso?

Fabião não responde.

— Quer comer?
— Já passei na cozinha. Vim num galope só, do Umbuzeiro até aqui. O padre se desespera com a ausência do irmão. A senhora leu a carta, d. Catarina? O que digo a ele?
— Ninguém sabe notícias de João.
— D. Páscoa pergunta como a senhora passa.
— Responda que sou uma viúva com o marido vivo.

Pensa melhor e volta atrás.

— Nem sei se João está vivo.
— Vai ver goza saúde e se ocupa dos negócios.

Pelas portas e janelas novamente abertas chegam os sons lá de fora, chocalhos, mugidos, relinchos, cantos de pássaros.

Vez por outra alguém esconjura, tenta pôr ordem nas horas sombrias, quando as coisas más costumam agir.

Serena fala quase cochichando, olha temerosa para os lados.

— São as horas abertas, os demônios e fantasmas atuam nelas. Ao meio-dia e à meia-noite os anjos cantam améns. Se uma praga coincide com o amém, tudo sucederá como foi rogado.

Catarina estremece e faz o sinal da cruz.

— Vamos tomar uma coalhada fresca, o almoço demora a sair.
— Aceito, Serena. Depois pego a estrada.
— Coma também, minha filha, desgosto não enche barriga.

Serena se afasta ligeira, vai à cozinha.

Fabião e Catarina permanecem na sala, em silêncio como as cadeiras de couro, os bancos e um santuário onde guardam as relíquias da mãe. João marca presença nas selas, nos relhos e chicotes, num arcabuz e numa espada velha. Catarina se dá conta de que a deixaram sozinha na companhia de um homem, se constrange, mesmo se tratando de um escravizado. Apanha os bordados num cesto e concentra-se neles. Fabião percebe o vexame. Quando se dispõe a sair, Leonarda entra anunciando que o pai está de volta. Catarina larga os bordados e abraça a filha. João surge do nada, avança entre os móveis, nem sequer cumprimenta a esposa e a filha.

Lá fora, o redemoinho volta no seu giro helicoidal, o diabo dentro dele, vagando pelos campos. O dia quente favorece a aparição.

De repente se faz noite e as galinhas sobem aos poleiros.

— O que esse negro faz na sala de minha casa?
— João?, grita Catarina.
— Fora daqui, seu desgraçado.

— Pai, isso são modos de chegar em casa depois de tanto tempo longe da família? Fabião veio saber notícias suas. Tio José mandou que trouxesse uma carta.
— E precisa ficar de intimidade com minha esposa?
— Intimidade? Vó Serena estava aqui e foi buscar comida pra ele.
— Comesse na senzala.

Fabião dobra o corpo e balbucia um pedido de desculpas, que ninguém ouve. Corre à estrebaria, onde deixou o cavalo, monta o animal e parte de volta ao Umbuzeiro.

— Meu marido, o senhor fica meses longe da gente, regressa, não cumprimenta a esposa e a filha, apenas grita e insulta as pessoas.
— Na minha ausência a senhora encheu a casa de homens? Pelo que vi, até escravo gozou de sua intimidade. Seus irmãos vão gostar de saber disso.
— Pai, respeite minha mãe. Como se atreve a falar assim?
— Ora, Leonarda, pensa que porque se tornou moça não leva uma surra? O chicote está ali no armador, esperando seu lombo.

Noite

Todos dormem, mas o hóspede não consegue trazer o sono aos olhos. Seu Joãozinho Leandro Correia ressona na casa de pé-direito elevado, onde o vento circula pelas cumeeiras, diminuindo a intensidade do calor. Obcecado em resolver os impasses no romance, o hóspede se convence de que adentrou um mundo sonoro e que é necessário comunicar essa experiência através da escrita. O risco é repetir códigos do passado e botar o projeto a perder. As vozes de suas personagens precisam soar verdadeiras, diferente de como soam as vozes convencionais.

Numa tarde, caminhava pela fazenda na companhia do menino de nove anos quando viram um bando de anuns-pretos pousados numa cerca. O garoto arremessou uma pedra e as aves voaram em sentidos diferentes, criando um desenho de aparência caótica. Nenhuma delas repetia a trajetória da outra, assim como as pessoas não se repetem na maneira de narrar.

Sente a cabeça pulsando, agita-se, abre a porta e sai ao terreiro. É lua cheia e os lajedos refletem a luz fria. Os algodoais com casulos abertos expõem os capuchos brancos, remetem a uma paisagem nevada em pleno sertão. E se ele suspender cada personagem em andas, como no teatro grego, e simplesmente deixar que falem? Sim, é necessário ter a coragem de permitir que se manifestem com suas vozes. Depois de ouvi-las, pode traçar no papel as palavras mais adequadas e próximas ao desenho sonoro. Se alvoroça, arranca os cabelos. Assim se afastará do seu propósito, cedendo mais uma vez à tirania da escrita. Todas as línguas foram faladas ao longo de quase toda a sua história por pessoas que não liam nem escreviam, lembra a afirmação de algum linguista e teme se afastar desse propósito. Precisa comunicar sua experiência sem os recursos da música e com palavras escritas no papel? Sucumbe à certeza de que a influência da escrita sobre a fala é algo que ele não pode ignorar.

Ouve uma coruja cantando próximo, se incomoda com o deslocamento de um figurante do romance para dentro do seu pesadelo. Soa fora do espaço traçado por ele. Se esforça em espantar a coruja, grita, faz barulho, teme acordar as pessoas da casa e desiste de afastá-la. Suspeita que está enlouquecendo e considera se vale a pena o risco.

— A saída para a minha história é a suspensão na memória, igual a como se fixou a poesia pré-islâmica, de tradição oral. Os antigos beduínos concebiam versos sem os recursos da escrita, armazenavam os versos na memória, transmitiam a recitadores, que os divulgavam entre as tribos. O mesmo que fizeram os indianos com os seus poemas épicos. Acontecimentos do sertão dos Inhamuns se guardaram em memórias voluntárias por oito gerações, ao longo de três séculos. Cabe a mim fixá-los, mesmo que não alcance a glória de ver as minhas palavras bordadas em ouro e expostas em alguma meca dos livros. Escrever essa história já terá sido melhor do que apenas sonhá-la.

Catarina

Leonarda abraça a mãe.

Da cozinha, Serena escuta as vozes alteradas, cria coragem e se aproxima.

— Senhorzinho, que raiva é essa?
— Não se meta em conversa de branco, Serena.
— Rezamos pra que chegasse na paz de Deus.
— Já falei, não se meta. Lugar de negro é lá fora no pasto.

A ama insiste.

— Vá se banhar, descanse. O almoço sai logo.

Transtornado pela fúria, João pega o relho na parede e chicoteia Serena, que não foge nem se defende. Catarina e Leonarda gritam, tomam a frente da ama e recebem açoites.

— João, não faça isso! Serena é livre, meu pai jurou que ela nunca sofreria castigo.
— Seu pai não manda aqui. Pensam que não percebo a tramoia? Essa desgraçada enreda você e o negro Fabião.

Leonarda não tolera o insulto.

— Pai, o senhor enlouqueceu? Vou comunicar ao tio José.
— Ele não manda em mim só porque é mais velho do que eu.

Esbravejando, deixa a sala e tropeça numa cadeira. Retorna, ergue a cadeira com raiva e a arremessa ao chão. Leonarda tenta conter o pai, mas Catarina e Serena a seguram. As mulheres expõem as marcas do relho nos rostos, pescoços e braços. Catarina grita assombrada. Por entre as suas coxas e pernas descem coágulos e sangue vivo, sujam o assoalho. Serena corre em busca de panos, Leonarda chora.

— Minha filha, e isso?
— Não foi aborto, não teria como ser. A mãe do corpo sangra de agonia.

Finalmente sopra o vento, as portas e janelas batem. Urubus se aninham no telhado. Começa a chover forte, atrás da casa uma árvore tomba. Serena interpreta os sinais.

— A desgraça se aproxima.

Corre à cozinha, apanha um pedaço de carvão no meio da lenha queimando. Volta à sala e desenha o signo-salomão na porta de entrada. Acredita no poder do hexagrama, os dois triângulos sobrepostos espantam os malefícios. Enquanto desenha, tem a visão de uma mulher jovem, nua, os cabelos louros caindo sobre os ombros. Segura uma jarra em cada mão. De repente, a mulher dobra os joelhos como se fosse cair e das jarras escorre um líquido vermelho, que tinge o rio onde ela se banha. Serena grita assombrada, um raio corta o céu e um trovão estronda a casa.

Catarina chora, refaz suas lembranças de abandono. Primeiro a mãe, que escolheu morrer e deixá-la sozinha. Segundo o pai, que tentou livrar-se da filha bem jovem ainda entregando-a a um desconhecido. Terceiro os irmãos, que disputam com ela uma parte da herança. E o maior de todos os descasos, o que sofre do marido.

As três mulheres não conseguem deixar a sala. Passa do pôr do sol e mal tomaram o desjejum. Enclausuradas no medo, escutam o tropel de um cavalo.

Leonarda corre à janela.

— Ele foi embora, comunica à mãe e a Serena.

Catarina

Os lençóis envelhecidos da casa do Bebedouro parecem sudários expectando a carne tenra e as articulações frágeis da esposa. Bordados por Catarina noiva, quando ainda morava na Mata Atlântica de Sirinhaém, os linhos brancos do enxoval mostram nódoas marrons como as que deixam a maçã, mas no deserto do sertão não nasce esse fruto nem a fazenda é o paraíso. A mulher treme sem gozo e o homem se afasta sozinho, consciente de um crime que irá cometer. Segue para longe, antes da consumação do pecado se esconde aos olhos do Deus vingativo.

O véu de Verônica guarda o sangue da primeira noite, êxtase ligeiro que se repetirá poucas vezes numa vida marcada pela espera e pelo abandono. O rio sangue da mãe parindo trouxe Catarina ao mundo, numa dolorosa troca, morte alimentando vida. A mãe some entre espasmos, a respiração acelerada; a filha enche o pulmão de ar, ganha fôlego, pede socorro aos que irão recebê-la, mas ninguém socorrerá a frágil esposa no seu calvário. A Verônica expõe o rosto da morte impresso no pano, mãe e filha são condenadas à mesma torrente vermelha de água e sangue.

Catarina desperta de um longo pesadelo, as sombras do sonho não diferem da vigília. Volta a adormecer. Igual a uma bela infanta contempla o sem futuro do mundo, imagina seu cavaleiro retornando de viagem, a voz de um poeta anônimo canta romance antigo: Estava a bela infanta no seu jardim assentada, com pente d'ouro na mão seu cabelo penteava.

Sonha mais.

— A esposa borda um lenço, o corpo treme de frio, há um fogo no seu peito. Ela sabe não ter jeito o que na palma da mão escreveu o seu destino. A sina é esperar sentada no terraço, com a vista a navegar, muito longe, além do mar. Ao balanço da cadeira, irá contar as noites que passarão como as contas de um rosário, entre os dedos, enganando as folhas do calendário.

Acorda com a voz ressoando no ouvido.

Por que o pai a entregou a um homem indiferente à sua delicadeza, que nunca lhe sussurrou versos como os que acaba de ouvir em sonho? O marido não a protege das ameaças da correnteza, da água misturada ao sangue, que escorre de seu corpo até a última gota, igualzinho a mãe se esvaiu quando ela nasceu.

Precisa mesmo pagar a dívida materna? Terá de ser João o carrasco da sentença? Contempla o corpo envolto em sudário velho, linho coberto de nódoas pelo desuso na cama, o corpo poucas vezes amado, murcho, transportado ao mar por um rio caudaloso.

Grita.

Acorda.

Adormece e volta a sonhar.

João e José

A noite gerou o sono e a morte, os sonhos e as angústias, a ternura e o engano.

A noite é o começo do dia, assim como o inverno é o começo do ano.

Se não chove, as pessoas dizem não teve ano ou o ano foi ruim, pois são as águas que regulam o calendário da vida.

A noite é o tempo das conspirações, nela as coisas são gestadas para eclodirem no dia.

Entrar na noite é ingressar num espaço indefinido, onde se misturam pesadelos e monstros, as ideias mais obscuras.

Páscoa bate na porta do quarto e chama o marido.

Ele costuma recolher-se e dormir cedo, na mesma hora em que as galinhas e os galos sobem aos poleiros. Prefere o escuro à claridade de uma lamparina, reza os últimos pai-nossos e ave-marias sentado na cama.

Páscoa não debulha as contas do mesmo rosário do padre, nunca adquiriu o hábito. Às vezes sente curiosidade de perguntar o que ele murmura enquanto reza. E por que fala durante o sono, tem pesadelos, chora e grita.

Páscoa bate na porta do quarto e chama o marido.
Ele atende.
Ela dá o recado.

A noite tornou-se mais escura, sem estrelas brilhando.

José segue ao terraço, não enxerga bem, mas percebe um vulto sentado.

É João.

— João!
— Boa noite, José!
— Por onde você andou, homem?
— Pelo mundo.

José segura uma vela acesa, que o vento apaga. No mesmo tempo e assopro, canta uma rasga-mortalha, sinal de agouro. A luz coada em nuvens pretas transforma os dois homens em sombras.

— Vamos entrar. Armo rede no quarto onde costuma dormir.
— Me deixe aqui mesmo. Tem duas redes armadas naquele canto, me estiro numa delas.
— Assim fica parecendo um desprezado. E pode chover mais.
— Se soubesse onde estive, o desconforto e a fome que passei.

A coruja canta novamente e José fica em dúvida se ouviu o irmão suspirar ou um choro engasgado.

— Entre, venha comer alguma coisa.
— Estou sem fome e faremos barulho.
— Trago a comida aqui fora.
— Não quero.

João vai até uma das redes, descalça as botas e se deita. Quando os olhos se acostumam à pouca luz, José se espanta com a magreza do irmão.

— De onde está vindo?
— Da casa de Catarina.
— De sua casa. Que invenção é essa agora?
— Não sei se a casa ainda é minha. Suspeito...
— Deixe para falar amanhã. Estou com sono e cansado. Não quer nem mesmo uma coalhada?

— Não.

José se senta na outra rede, próximo ao visitante noturno, de jeito a ficarem de frente e se olharem. Toca o joelho do irmão e o acaricia.

— Antes de nosso pai se tornar inimigo do tio Fernando, eles costumavam trocar visitas. O tio chegava sempre à noite, vinha a cavalo, jantava, conversava com nossa mãe e conosco. Ainda se lembra? Trazia presentes, coisas simples, mas nossos corações se alegravam ao vê-lo, desde longe, se aproximando de casa. Ele e o pai armavam redes próximas, no terraço. Sentavam-se como se estivessem a cavalo para se verem nos olhos e se tocarem, assim como toco o teu joelho. Conversavam, se aconselhavam sobre os engenhos e as dívidas contraídas. Depois do almoço, ele ia embora. Chegava a vez do pai viajar à casa do tio, obedecendo ao mesmo ritual.

João se balança, imprime ritmo com um dos pés apoiado numa viga.

— Depois que você deflorou a prima Inês, nossas famílias deixaram de se gostar. Ainda lamento. Meteram-me na confusão sem que eu tivesse culpa e fui o mais prejudicado.

— Não vim à sua casa me confessar, nem pedir absolvição dos pecados.

Retrai com brusquidão a perna que José afaga e deixa escapar um suspiro quase choro. No mesmo instante, a rasga-mortalha sobrevoa o telhado da casa e produz um som. O padre se arrepia.

— João, prefere mesmo ficar aqui?
— Sim, prefiro.
— Deixemos a conversa para amanhã.
— Bem cedo viajo à casa de nossa irmã Ana Maria.
— A passeio?
— A negócio.
— Pois boa noite. A porta fica aberta.

— Bom descanso.

Quando entra na sala, José ouve a rasga-mortalha pela quarta vez, o pássaro noturno atrita as asas, imitando o som de quando se cortam os tecidos para costurar sudários.

Dirige-se ao quarto, onde Páscoa permanece acordada, trêmula e cheia de inquietações.

João, José e Páscoa

José acorda pensativo. Dormiu pouco, a presença de João o inquieta. O irmão se assemelha a um animal peçonhento com dois cornos e uma cauda se torcendo no ar.

— Escorpião, pronuncia o nome venenoso, faz o sinal da cruz e cospe de lado.

Contra quem e por qual motivo se engendra a vingança?, pergunta-se. Em sua cabeça martela a sentença do profeta Ezequiel: Eu te contarei um número de dias igual ao dos anos da iniquidade deles. João dá cabeçadas, irracional como um boi no qual puseram uma careta e ele não consegue enxergar à frente.
 O dia é uma sucessão regular de números e acontecimentos. A luz demora a desprender-se do escuro. Para alguns isso acontece mais cedo. O consolo dos que sofrem é a consciência de que ao tempo sombrio se segue o tempo luminoso.

Dirige-se ao alpendre, procura João, mas não o encontra. Pássaros cantam e não há agouro em seus cantos. Na casa, no curral e no campo a vida assume o ritmo de todos os dias. É confortante a certeza de que um dia e uma noite se passaram e outros iguais irão suceder-se.
 Vai à estrebaria, encontra o cavalo, a sela, os arreios, as esporas e o alforje do irmão. Imagina onde ele possa estar e corre até os poços do rio Umbuzeiro, cavados nos lajedos por onde as águas correm.
 Penduradas num galho de ingazeira, as roupas de João secam ao sol e à brisa da manhã. Ele se banha nas águas frias e limpas, mergulha, volta à tona, sacode os cabelos cacheados, parece restabelecido da viagem.

— Bom dia, pensei que tivesse partido sem se despedir.
— Não faria isso. Marcamos de conversar. Pode ser aqui mesmo?
— Prefiro dentro de casa. Vento tem boca...
— E parede ouvidos. Lembra da avó dizendo isso?
— Não esqueço nunca a avó.

Sabiás, periquitos, anuns, graúnas, azulões, juritis, nambus cantam sem trégua. As aves todas do lugar decidiram fazer concerto na ribeira do Umbuzeiro, espantando as angústias que trancam o coração do padre.

— Você perdeu o medo da água, João. Recorda quando quase morreu afogado?
— Sim, responde mal-humorado.
— Fabião salvou você. Nunca esqueça disso.
— Me tirou da água porque quis. Eu não pedi.
— Mal-agradecido.

João sai do poço e José sente inveja da nudez do irmão. Não consegue deixar de admirá-lo até ele se vestir por completo.

— Vamos? Esperam a gente para o desjejum.

Andam em silêncio, vez por outra o caminho se estreita e os ombros se tocam. Mas não se enlaçam, coisa comum entre amigos ao caminharem juntos.

Na casa, prepararam uma mesa repleta de iguarias. João come pouco, tem pressa em conversar com José e seguir viagem. Os sobrinhos o cumprimentam de longe, pedem a bênção e não se achegam ao tio ausente. Páscoa não disfarça a antipatia pelo cunhado, pouco lhe dirige a palavra. Mal terminam de comer ela conduz as crianças à sala, onde passam boa parte da manhã recebendo aulas do pai, lendo e escrevendo. Depois, dirige-se ao tear. As mulheres da cozinha pisam em ovos, temem o gênio irascível do sr. João.

— É melhor conversarmos no quarto onde você costuma se hospedar. Tem mesa e cadeira.

— Tanto faz. Pretendo ser breve, o assunto já se encontra resolvido por mim.
— Como sou parte interessada, quero conhecer sua resolução.

Entram no aposento úmido, cheirando a mofo, com apenas uma porta de acesso e nenhuma janela. Lembra a cela de uma prisão. Está escuro como se ali fosse sempre noite. O padre acende uma vela e os irmãos projetam as sombras nas paredes caiadas de branco.

— Por que esse mistério?, João pergunta.
— Não quero que nos escutem.
— Por mim, tanto faz.

João despe o casaco e se senta numa das cadeiras, de costas para a porta. José também se senta.

— Você viu a mãe antes de ela morrer?
— Cerca de um mês.
— E o pai?
— Quando fui inventariar os troços da mãe.
— Os troços? A mãe tinha coisas de valor.
— O pai vendeu.
— E ela permitiu?
— Ele arrancou das mãos dela.

Silenciam. José repara que o irmão adquiriu o hábito de ranger os dentes entre as falas. Também nota que um lado do seu rosto é feio, o que lhe parece estranho.

— Nunca imaginei que o pai pudesse fazer isso.
— Os dois se odiavam.
— Desde quando?
— Desde que o pai se amasiou com a negra.
— Felicidade cuidou deles, o que nós não fizemos.
— Era escrava da família, tinha obrigação.

— Podia negligenciar.
— Não defenda a peste. Mania de defender esses negros!

José cala, não é oportuno tratar do assunto. Há coisas demais a falarem.

— E como ele estava antes de morrer?
— Muito ruim. Cansado e com as pernas inchadas, mal se levantava da cadeira no alpendre. Um velho que fracassou. Morreu logo depois da mãe. Estão brigando no inferno, suponho.
— Não fale assim, respeite os pais. Eles não fracassaram com os filhos.
— Falo o que penso. Em que outro lugar eles poderiam estar? No céu dos padres como você? Levaram o engenho à falência e deixaram pouca herança, quase nada.
— E você não teve escrúpulos em botar a mão no que era deles, no que também pertence a mim e a Ana Maria.
— Vai fazer questão de um espólio de merda? Seus bastardos índios não precisam de muita coisa.

José treme de raiva. Na luz pouca do quarto, João não percebe a palidez do irmão.

— Onde foram parar as joias de nossa mãe? No pescoço e nos braços de alguma de suas amantes?
— Você queria enfeitar sua índia gorducha com elas?
— Me trate com respeito ou vamos resolver isso na Justiça.
— Aproveito e denuncio que o meu irmão padre tem dez filhos com uma índia jucá. O Santo Ofício gosta de histórias de amancebados. Melhor ainda se envolve um clérigo.
— Não me faça ameaças.
— Você me ameaçou.
— Quero saber onde foram parar os bens da família. Ou você acha que é o único herdeiro? Por quanto vendeu o engenho? Mesmo de fogo morto valia muito. As terras eram boas e produtivas.

Os irmãos inimigos ficam de pé e os corpos se avultam. Nenhum vento sopra no quarto, a chama da vela e as sombras na parede se movem apenas quando os corpos se agitam.

— E as nossas mercadorias, os comboios que levou para vender no Recife? O que fez do dinheiro? Como se atreve a nos roubar? Não tem medo de seus cunhados Cristóvão e Domingos? Por bem menos eles mandam sangrar um desafeto. Andam irados com o abandono em que deixa a irmã deles, sua esposa Catarina. Lembra que tem uma filha ou enlouqueceu de vez?
— Os dois valentes me devem explicações sobre a conduta da irmã.
— Não entendo o que fala.
— Encontrei rastros de chinelos e de pés descalços no riacho onde ela costuma tomar banho. Os pés são grandes, só negro anda descalço e tem pés daquele tamanho.

José se agita, ensaia subir na cadeira e ficar mais alto. Avança o corpo por cima da mesa e João recua.

— Cale a boca, maluco, não insulte sua esposa dessa maneira. Catarina é uma mulher honesta e fiel a você, um sujeito que não merece respeito algum.

João finge não ouvir.

— Desconfio do seu vaqueiro, aquele negro insolente, o tal de Fabião.

No quartinho de tecelagem, contíguo àquele onde a conversa se desenrola, Páscoa se assombra ao ouvir a infâmia, não se contém e grita. Por sorte, ninguém a escuta.

— Encontrei seu escravo em minha casa quando voltei de viagem. Parecia muito à vontade.
— Você enlouqueceu de vez, foi o sol da estrada. Meu Deus, me ilumine! O que faço, Senhor? Despachei Fabião até lá para saber notícias suas. Todos imaginávamos que tivesse morrido.

— Não morri, não vou prestar contas a você, nem à minha irmã, nem aos meus cunhados. Considero-me quite com qualquer suposta dívida.

— Trapaceiro!

— Quero lavar minha honra, vingar-me de ter sido traído com um escravo.

— *Vade retro*, Satanás! O demônio entrou em seu coração. Saia de minha casa.

— Não precisa me expulsar. Sei o que devo fazer.

— Lembre-se de que tem um sogro poderoso e vingativo. Sua calúnia não vai ficar impune.

O padre se agita, teme abrir a porta e o endemoniado contagiar a casa e a família com seus fluxos diabólicos. Tira o rosário do pescoço, reza em voz alta e desenha o sinal da cruz sobre ele. João empurra José com violência, uma das cadeiras tomba.

— Me responda uma última coisa antes de desaparecer de minha vista. E os nossos dois irmãos e a pobre Felicidade?

— Vendi-os por trinta moedas. Valiam mais?

José se atira sobre João, os dois se atracam e rolam pelo assoalho. A vela tomba e se apaga. Páscoa bate na porta, grita, as crianças e as mulheres da cozinha choram e berram. Vaqueiros e moradores da fazenda rodeiam a casa, temerosos de interferir na peleja. Sabem que nessas disputas o pior sobra para eles.

Páscoa chama Fabião e ordena que ponha a porta abaixo.

Ele corre ao depósito de ferramentas e volta com um machado.

A porta foi trancada por dentro.

Se abre.

João atravessa pelo meio das pessoas. Olha uma a uma com insolência.

Esbarra em Fabião, um homem de estatura igual à dele. Encara o escravo de perto, frio, sem raiva.

— Vou te matar, diz. Vou te matar.

Fabião sustenta o machado na mão direita mas não move o braço.

João deixa a casa, ignora os que o vigiam no terreiro, segue ao estábulo, sela o cavalo e parte sem pressa.

Páscoa acode José, que tem o rosto machucado e sangra pelo nariz. Sangue é vida, ele aprendeu na *História sagrada*, o princípio da geração. Abraça Páscoa e os nove filhos, sente calor e generosidade nesse afeto.

— As crianças estudaram as lições?, pergunta à esposa.

— Nada se moveu nessa casa desde que o senhor se fechou nesse quarto.

— Me deem um caneco d'água, estou com sede. E aprontem o almoço.

Páscoa e José

— Antes do senhor ganhar os campos podemos conversar?
— Mais tarde, Páscoa.
— Precisa ser agora.

José se levantou cedo como de costume. Numa mesinha do quarto, as mulheres da casa deixam uma bacia de porcelana e uma jarra com água para o asseio matinal. Depois de lavar as mãos e o rosto e de enxugá-los, corre os dedos pela cabeça, arruma os fios de cabelo que restam, pendura a toalha, apanha a bacia e joga fora a água usada. Puxa uma cadeira e acomoda-se de frente à esposa, que se sentou no leito, apoiada em travesseiros.

Não era comum os casais sertanejos dormirem em camas, usavam redes por serem frescas e permitirem o balanço. Mas José se acostumara à cama desde a infância em Portugal, hábito mantido no engenho e no seminário. Ao assumir o lugar de esposa, Páscoa também passou a dormir sobre o lastro de tiras de sola, coberto com colchão de capim.

A casa começa a ganhar movimento e barulho, mas ainda não se escutam as vozes das crianças.

— Passe a chave na porta, Páscoa pede.
— É grave o que vamos falar?
— Não quero que as crianças ouçam.

José obedece e volta à cadeira.

— O senhor preparou a carta de alforria de Fabião?
— Está na gaveta da escrivaninha, sabe onde escondo a chave.
— Não costumo mexer nas suas coisas.

— São suas também.

Ao quarto chegam os mugidos das vacas, os gritos dos vaqueiros no curral, os cacarejos das galinhas e os cantos dos pássaros.

— Fabião vai me fazer falta, é o meu braço direito. Não tenho outro vaqueiro com as mesmas qualidades. Fomos criados juntos, somos quase irmãos.
— Mas o senhor é livre e ele escravo.
— Não fui eu que o comprei.
— Recebeu como dote e nunca o alforriou.

O padre baixa a cabeça e desiste de contestar a esposa, nunca pensou em libertar Fabião, preocupado apenas com os interesses da fazenda. Escuta a voz do filho mais velho na cozinha, pedindo comida a Tereza. Ela também teve a vida e a liberdade sacrificadas para servi-lo.

— Já se levantou, menino?, a escrava pergunta. Ainda é cedo, volte a dormir.

Páscoa se concentra na conversa.

— Chame Fabião e entregue a carta de alforria. Mande que ele fuja pra longe, o mais distante possível. Seu irmão não descansa enquanto não matar ele.
— Suspeito a mesma coisa.
— Pois então se avexe. No mais tardar, Fabião deve ir embora amanhã.

Mergulhado em pensamentos tristes, José aparenta desamparo.

— O nariz sarou?
— Não sangra mais e não dói.
— Deixe-me ver.
— Não precisa.

Silenciam.

— Você acha João capaz de matar Fabião? Ora acredito nisso, ora duvido.
— Tenho certeza que sim.
— Então não há saída.

Se exaspera, coça a cabeça.

— Onde vou arranjar um vaqueiro parecido?
— Não pense no senhor e no que vai perder. Conta mais a vida do homem que lhe serviu tantos anos.

José mexe as pernas, quer levantar-se, mas olha Páscoa e não abandona o quarto. Perder Fabião significa que mais uma vez ele cede ao irmão. Fecha os olhos e fala, não se preocupa se a esposa compreende suas divagações.

— Quando construí essa morada, quis fazê-la grande. Os pedreiros e o mestre do Recife se espantaram: um homem sozinho com uma casa desse tamanho. Pressentia meu futuro de pai com muitos filhos, segui os passos desse desejo secreto. Não tinha completado dez anos quando me trouxeram às terras novas do Brasil. Nunca olhei para trás nem sonhei voltar a Portugal. Por culpa de João me empurraram ao seminário na Bahia, depois me mandaram ao sertão e vim. Já contei a história mil vezes. Dessa feita também não olhei para trás. Nem os pais eu visitei, antes de eles morrerem. Plantei-me aqui, criei raiz. Só enxergo futuro ao seu lado e junto aos nossos filhos.

Sente-se triste e acabrunhado, os olhos marejam.

— Quem escolhe viver no sertão tem motivos de sobra para sentir-se ameaçado. Mas não imaginava que a ameaça viria de meu único irmão.

A índia jucá, em quem apontam fios brancos nos cabelos, se agita na cama. Parece mais gorda e menor. Olha as paredes, o telhado, o quarto cheio de coisas do marido. Sorri, puxa o lençol sobre as coxas, mas logo o afasta e deixa o corpo descoberto.

— Todos falam mal de seu irmão e o senhor não dá importância ao que dizem, ou faz que não ouve. A planta ruim se conhece pelo cheiro. O sr. João fede. Tem hora que parece louco. As crianças nem se aproximam dele. Já reparou? Tivemos a prova do que ele é capaz.

Toma fôlego, olha o marido, avalia se pode continuar falando.

— Ainda morava com meu povo, vi uma coisa e não esqueci. Posso contar ao senhor?
— Conte.
— Nossa gente tornou-se pouca, quase todos foram assassinados ou morreram de doença de branco. Uma noite, na palhoça onde nos abrigamos, o pajé contava a história do gavião carcará. Contava, contava e de repente o espírito do carcará baixou nele. O velho agitou-se, cantava e dançava imitando o pássaro. Depois se tornou violento, batia nas pessoas, quebrava os barros, até que se acalmou e dormiu. No dia seguinte, acordamos como se nada tivesse acontecido. O pajé recobrou a alegria e o poder de cura. O espírito do carcará que baixou no pajé era bom. Ele batia na gente, mas não tinha a intenção de matar ninguém. O espírito que baixa no seu irmão é violento, tem peçonha de lacrau. Vi a maldade nos olhos dele quando saiu do quarto. Vou fumaçar a casa, não quero esse homem perto do senhor e de meus filhos.
— Não é tanto assim, Páscoa.
— O senhor sofre de cegueira para algumas coisas.

O barulho aumenta. As crianças acordaram e pedem o desjejum. Páscoa precisa administrar a cozinha, José ainda não vistoriou o gado e os roçados.

O padre vaqueiro se levanta, abre a porta e segue ao curral. Encontra Fabião, diz que gostaria de ter uma conversa, ele pergunta a hora, José informa lá pela tardinha, quando os trabalhos diminuem e a quentura do sol dá trégua. Os dois homens se olham, parecem medir-se antes de se afastarem.

Na cozinha, Páscoa pede a Luzia que chame seu Calixto. O antigo pajé atende ao chamado, ela o recebe fora de casa, longe dos ouvidos e olhos curiosos.

— Seu Calixto.
— O que deseja, Páscoa?
— O senhor ainda sabe preparar os venenos que nossa gente usava?
— Sei sim. Forte ou fraco?
— Que derrube um touro.

O velho manipulador de ervas olha para as quatro direções, talvez se pergunte quem usará o veneno.

— Seu Calixto!
— Diga, Páscoa.
— Isso é assunto meu e do senhor, ninguém mais pode saber.

Fabião

Orixalá foi encarregado de fazer o mundo e o homem. A encomenda partiu de Olorum, o ser supremo. Orixalá achou a missão difícil e tentou vários caminhos. Disse: Vou fazer o homem de ar. Não deu certo porque bem ligeiro ele desapareceu. Vou fazer de madeira, falou. Escolheu uma árvore resistente, trabalhou-a, mas a sua criação ficou dura. Experimentou a pedra, o resultado revelou-se pior do que todos os outros. Cansado, a ponto de desistir, resolveu criar o homem do fogo e ele se consumiu. Experimentava criá-lo com o que estava ao alcance, azeite, água, até o vinho de palma chamado mandijevo foi testado e nada. Quando parecia impossível fazer o homem, Naná Buruku veio em socorro. A Iabá apontou com o cetro para o fundo da lagoa onde ela morava e de lá retirou um bocado de lama. Entregou-a a Orixalá, que modelou o homem no barro. Olorum soprou a criação feita da lama que é a própria Naná e ela caminhou. Graças à ajuda dos orixás, o homem povoou a Terra. Mas existe um dia em que ele morre e seu corpo retorna ao barro, à Mãe Natureza primordial. No começo, Naná deu a matéria para a criação, mas no final quer de volta tudo o que é seu.

Fabião pensa na história que ouvira de Serena, que por sua vez escutara de Gogó, uma preta velha escravizada pelos Ferreira Ferro. Acha o relato igualzinho ao que o padre José costuma ler nas celebrações e que ele memorizou de tanto ouvir: *Então Iahweh Deus modelou o homem com a argila do solo, insuflou em suas narinas um hálito de vida e o homem se tornou um ser vivente.* Se brancos e pretos tiveram origem no mesmo barro, por que vivem em condições tão desiguais? Era criança quando o arrancaram de seu povo na África, cresceu desejando a liberdade, mas nunca arriscou a vida para conquistá-la.

Caminha pela mata à procura do lago onde recebeu o pai Orixalá. Dessa vez não há onça tigre indicando o caminho. Nem o concriz gorjeou o canto guia. Tem pressa de retornar à casa para o acerto de contas com seu José e arrumar os pertences adquiridos em anos de trabalho e servidão. O padre o considera membro da família, engano que amoleceu a coragem e a vontade de fuga para os quilombos quando morava em Pernambuco.

No Umbuzeiro ele sempre foi referido como o primeiro vaqueiro, valor apenas no nome. Na hora de prestar as contas, não passa de um negro escravizado, sem os direitos dos outros vaqueiros livres. A ameaça de morte do sr. João desfez a mentira em que viveu iludido. Disse a si mesmo: Você foi um frouxo, Fabião, se cansou esses anos todos por nada. Envergonha-se pela fraqueza e covardia, mas também lembra o quanto é difícil romper com as amarras da escravidão, um poder dos conquistadores sobre os outros homens, no qual atribuem ao negro o grau mais baixo. Sempre se evadiu de enfrentar o sr. João. Podia tê-lo matado nas vezes em que se estranharam ou deixado morrer quando se afogava no engenho em Tracunhaém. Agora deve a ele o impulso que o rebela e liberta, mesmo que tenha de matar ou morrer nessa conquista.

Quase não reconhece a mata ao pé da serra, onde acostumou-se a correr bois. Imagina-se perdido. Não encontra a lagoa, nem o arrozal que a circundava. Terá sonhado? Grita e o eco não responde. Corre, bate o peito no galho baixo de uma árvore e cai de costas. Fecha os olhos e sente uma irresistível sonolência. Não pode dormir, precisa voltar para casa. O sono é um indício de fraqueza e covardia?, se pergunta. Apela a Orixalá, o corpo perde as forças e adormece.

Sonha com um velho apoiado num bastão de prata, se aproxima e manda Fabião levantar-se. Mas ele não consegue vencer a moleza do corpo, os músculos se tornaram flácidos, os ossos fazem barulho sem se mover. Formigas vermelhas e marimbondos ferroam as pernas e os braços do homem dominado pelo sono, parecendo morto. Uma seiva dolorosa e quente percorre suas veias e artérias, a pele coça e queima, Fabião levita, se aproxima do cume das serras, mas não tem certeza de ter alcançado as nuvens do céu. Grita, se agita, acorda. Examina o corpo, não encontra ferrões de formigas ou abelhas. As forças retornam, é tomado de ímpeto, salta, dança, canta. Orixalá falou com ele em sonho.

Fabião sobe na árvore mais alta e lá de cima olha em volta. Não vê lagoa nem nada do que viu antes, só copas e mais copas da mata.

O sol avançou bastante. É preciso retornar depressa para casa. Um bando de concriz pousa próximo. Voam e ele segue os pássaros. Sem que perceba, está de volta ao ponto de onde partiu. Orixalá devolveu-o à luta. Vai ao quarto onde dorme e guarda os pertences num alforje, apanha um saco com dinheiro, acredita que juntou o bastante para comprar a alforria. Se encaminha à casa da fazenda, pede que chamem seu José. As pessoas estranham. Por que não entrou ele mesmo na casa, como sempre? Porque já não pertence à família. A mentira se desfez.

Páscoa, José e Fabião

José surge na porta, seguido de Páscoa. Fabião se aproxima e cumprimenta os dois. Experimenta o mesmo sentimento de quando deixou o engenho em Tracunhaém, o de não pertencer ao lugar. A casa revela-se pequena, desfeita do poder que o reteve por anos, como se uma corda o prendesse igual aos bois no mourão do curral. Sofre pelos touros nos quais botou peias, caretas, chocalhos, tirando deles o privilégio de correrem livres, sem os donos que os transformam em reprodutores quando são novos e depois em charque na velhice. Sorri aos patrões de pé no alpendre, três batentes acima dele no terreiro, mesmo assim se acha gigante, maior do que sempre se imaginou. Olha Páscoa, dois passos atrás do marido, lugar que as mulheres foram acostumadas a ocupar, sempre atrás dos homens, embora a indígena não se deixe mais conduzir. A mulher sertaneja contempla o homem africano e percebe que algo aconteceu a ele, se parece com os rapazes iniciados na vida adulta pelo costume de seu povo jucá, mas em Fabião já pintam cabelos brancos, venceu-se o tempo para o ritual. Em torno deles cantam passarinhos, galinhas cacarejam, as vacas presas no curral mugem. Os três personagens avaliam seus lugares na cena a se representar, não existe ponto nesse teatro, a atriz e os dois atores precisam dizer o texto sem erros, todos o estudaram com afinco durante muitos anos, uma vida inteira ensaiando as falas para o momento em que a liberdade de um homem será decidida.

— Suba ao alpendre, Fabião, o que está esperando?
— Que o senhor mandasse eu subir.
— Mas você sempre entrou nessa casa sem pedir licença.
— Pela porta de trás, a de serviço.
— Que história, nunca reparei nisso.

O primeiro diálogo do primeiro ato se dá apenas entre José e Fabião, os dois têm a mesma idade, viveram juntos desde os nove anos, separados apenas quando José frequentou o seminário dos padres. É possível que nessa primeira cena Páscoa não tenha falas, mas sua presença revela-se forte como a de um diretor. Talvez por ordem do senhor ou da senhora ninguém da casa se aproxima, nenhum figurante atravessa o palco.

— E você, então, está decidido...
— A comprar minha alforria. Acho que juntei dinheiro bastante para isso.
— Mas tão cedo.
— Tarde demais, padre José, me envergonho do tempo.

As falas continuam com os dois homens.

— Você sabe o quanto relutei em permitir que vá embora. Sinto como se quebrassem minhas duas pernas.
— O senhor arranja outras pernas melhores e mais fortes.
— Não fosse por João, continuava comigo até um de nós dois morrer.
— Eu, solteiro e escravo.
— Nunca quis se casar.
— E ter filhos escravos para o senhor, nunca quis nem quero.
— O que aconteceu? Você está mudado, me olha como se eu fosse um inimigo.

Vira-se para a esposa e a interroga.

— Concorda comigo, Páscoa? Fabião transformou-se da noite para o dia, parece dominado por um espírito mau.

Kayin responde com um grito.

— Èpao, èpa bàbá!

O padre estranha a fala e se benze.

— Não compreendo a língua dos africanos, aqui na colônia o rei só permite que se fale o português. Suba aqui onde estamos, já mandei, não fique no meio do tempo, levando sol.

Vira as costas e entra na casa, vai ao quarto, apanha uma chave escondida, abre a gaveta da escrivaninha e retira um envelope. Fecha a gaveta e volta a esconder a chave. Nesse tempo, mudaram as posições e os sentimentos dos personagens. Fabião subiu ao alpendre mas continuou de pé, Páscoa olhou firme para ele mas não disse uma única palavra. José retorna e percebe as mudanças sutis.

— Tome, você é um homem livre.

Fabião segura o papel que não sabe ler, confia na honestidade de seu antigo dono. Estende emocionado o saco de moedas, embarga a voz, mas consegue falar.

— Está aqui o pagamento.

José recebe o saco de pano cheio de moedas, abre-o, confere. O silêncio pesa na cena iluminada pelo refletor do sol. Nada se move até que Páscoa dá dois passos à frente, se ombreia ao marido, abandonando o papel de figurante.
Ainda é o padre quem fala.

— Pelo tanto que nos serviu, você merecia a liberdade sem ter de pagar por ela. Mas preciso desse valor, o Umbuzeiro atravessa dificuldades, João quase me arruína. Tenho dívidas a saldar, não posso correr o risco de perder as terras.

Entrega o saco à esposa e ordena que o guarde. Ela o recebe, mas não se move do lugar assumido antes. Ouvem-se ruídos distantes e alheios ao que se passa entre as três personagens, acentuando o drama.
Fabião pede licença para uma fala.

— Preciso de um cavalo, não posso fugir a pé. O senhor me vende Ouro Preto?

José não pensa antes de responder.

— É seu, te dou de presente, com a sela e os arreios.
— Agradeço.

O silêncio volta a dominar, incomoda os dois homens e a mulher parada e sem voz.
Por fim, o padre fala.

— Estamos conversados. Já dissemos o que era para se dizer. Vá em paz e Deus lhe abençoe e acompanhe. Junto com a carta de alforria, redigi uma recomendação. Mostre e será bem recebido pelas pessoas. Adeus.

Estendem as mãos e se cumprimentam. José gira o corpo para falar à esposa.

— Páscoa, enquanto não arranjo um vaqueiro de valor preciso tocar o serviço desse homem que nos abandona. Vou correr os currais e o campo e não volto cedo.

Apanha o chapéu de couro, o gibão e sai.
Páscoa continua parada na mesma marca, se manifesta apenas quando Fabião menciona se despedir.

— Fabião, esse dinheiro é teu, foi você quem ganhou.

Estende o saco de moedas ao vaqueiro, que o recebe sem compreender.

— O padre lhe deve bem mais do que isso. Seria preciso que ele trabalhasse pra você o mesmo tempo que você trabalhou pra ele, talvez desse jeito lhe pagasse.

Pede a Fabião que espere um pouco mais. Entra na casa e volta com mais um saco de moedas e o entrega ao homem à sua frente.

— Tome, esse também é teu.

Fabião se assombra, dá um passo atrás, recusa o oferecimento da indígena.

— Não posso aceitar, vão dizer que roubei.
— Se roubasse estaria reavendo o que te pertence. Agora vá embora, não perca mais tempo. E guarde essa carta bem guardada.

Fabião continua indeciso, dobra o corpo em vênia, agradece.

— Se um dia eu tiver uma filha, vou chamar com o nome da senhora: Páscoa.
— Esse não é o meu nome.
— Desculpe, é Micaela, tinha esquecido.
— Também não é esse, os frades inventaram.
— Me diga, então, o nome que recebeu de seu povo jucá.

Páscoa se aproxima de Fabião e revela o nome em voz baixa. Ele o repete, os olhos se enchem de lágrimas, cala e dobra o corpo outras vezes, em gratidão à mulher a quem tanto deve.

— Não parta sem se despedir das crianças e do pessoal da casa. Hoje bem cedo todos choravam ao saber que vai embora.

Me contaram essa história.

Ana Maria, Bernardo, João, Cristóvão e Domingos

Cristóvão e Domingos seguem à ribeira do Machado. No rastro dos seus cavalos, meia dúzia de jagunços. Viajam pelas terras da família, um território quase do tamanho do reino de Portugal, doado aos Ferreira Ferro pelos novos donos do mundo. Afoitos, se julgam proprietários do Siará Grande, que desconheciam desde sempre. Chegaram há pouco tempo às margens do Jaguaribe, representam a segunda geração de invasores sertanejos, os filhos do coronel patriarca Francisco Ferreira Ferro.

Os dois irmãos se esforçam em eliminar os indígenas da província, ora se aliando a eles, ora atacando-os como inimigos. O humor varia com a direção do vento, a avidez por mais terras, o impulso de extermínio. Restarão poucos vestígios dos povos originários, apenas traços fisionômicos. E da história dessa gente, algumas referências narradas pelos próprios conquistadores, ao modo deles.

Francisco Ferreira Ferro, o colonizador, avalia homens e mulheres despidos, sem os atavios portugueses. Submete-os ao trabalho, mas os indígenas não operam como escravizados. Acostumaram-se a produzir para o consumo, não armazenam nem negociam igual aos brancos. Olham os exploradores cobertos de roupas quentes debaixo do sol, não os compreendem e não veem sentido no trabalho que fazem. Guerreiam, se defendem, resistem e por fim morrem, vítimas do extermínio.

Muitas vezes são convocados a formar milícias a serviço dos colonizadores. Se deu o caso. Cerca de cento e cinquenta homens jucás arregimentados nos Inhamuns para defenderem vilarejos de ataques de outros indígenas, nas bandas do Piauí. Rivais desde épocas anteriores à chegada dos brancos, manipulados, os nativos se enfrentam e se matam, acelerando o ocaso.

Correm no céu revoadas de periquitos e ararinhas-azuis, são muitas aves, também viviam livres antes dos invasores chegarem. Agora estragam as plantações dos brancos e a lei é matá-las.

Mata-se quem atravessa o caminho da conquista e do enriquecimento. Mata-se enquanto proliferam os membros da família de colonizadores, parentes e agregados, todos se reproduzindo em casamentos consanguíneos, primos com primas, tios com sobrinhas, tias com sobrinhos, em incestos que vez por outra geram lobisomens.

Matem, ordenam aos jagunços.
Eles obedecem e matam.
Matem, sussurram aos bandidos a soldo e eles aniquilam inimigos poderosos, iguais aos Ferreira Ferro, porém rivais.
Sorrateiros, escondem-se em tocaias e matam a tiro ou a faca.

Domingos e Cristóvão são homens cordiais, vestem-se bem, falam pausado com o acento português do avô Pedro Alves Ferreira Ferro, também conhecido pela alcunha de o Colonizador, da vila de Penedo, Alagoas, domínio de Pernambuco. São donos de casas-grandes com capelas, imagens de santos cobertas de ouro vindas do Reino ou fabricadas na colônia por mestres artesãos, alguns deles negros, imagens à frente das quais se ajoelham e rezam, pedem, agradecem, fazem promessas, traem aos mortais sem nunca traírem aos santos. Homens barbudos, bigodudos, de cabelos crespos, anéis e cordões de ouro, fardamentos com botões dourados, dragonas e medalhas. Sargentos, capitães, coronéis, alferes, respeitosos milicianos, fiéis ao governador da capitania e ao rei, infiéis às esposas traídas com amantes indígenas, africanas e brancas de sangue mestiço. Homens generosos, enriquecem a si próprios, aos da família, ao governador, ao rei e à Igreja. Exaltados pelos padres nos sermões de domingo e festas, execrados pelos missionários que tentam civilizar e reduzir os indígenas em aldeamentos, ensinando-os a adorar ao Deus único e verdadeiro, a Jesus, o verbo encarnado, concebido pela Virgem que O deu à luz e, assim como o sol atravessa a vidraça sem tocá-la, continuou donzela.

Os pedidos de doação de terras obedecem a formas padronizadas, incluem detalhes que reforçam os argumentos dos peticionários.

— Esclarecemos que os solicitantes são residentes do Jaguaribe, estão preparados a se defenderem dos índios, arriscaram suas vidas e bens para descobrirem essas terras jamais vistas pelos brancos e que não possuímos terras com pastagens para o gado. Além disso, fincamos cruzes na área e, como fato irrevogável, instalamos duas fazendas nas terras requeridas e construímos uma vila fortificada para defesa dos colonos. Tudo isso às nossas próprias custas e para glória de sua majestade.

Como recompensa a tais feitos, o capitão-mor ou governador doa aos requerentes nove léguas de terras. O rei português entrega possessões nos quatro cantos do planeta, a Terra é o centro do mundo em torno do qual todo o universo gira, segundo os dogmas da Igreja católica. Queimam na fogueira quem questiona as bulas papais. Alguns afoitos se rebelam, não acreditam que o mesmo Deus que nos dotou de sentidos, razão e intelecto pretenda que não os utilizemos.

Navegantes correm mares, alcançam territórios sequer imaginados, o gosto em dominar outros povos torna-se obsessão. Depois de matarem indígenas a ponto de dizimar as nações caetés, goitacazes, aimorés, cariris, jucás e muitas outras, os barões assinalados se confrontam com os semelhantes europeus em guerras que duram anos, até quase se extinguirem.

Fúria! Fúria! Fúria!

— D. Ana Maria Alves Carvalho, sr. alferes capitão Bernardo Corrêa Nunes, o motivo que nos traz aqui, a mim e ao mano Cristóvão Ferreira Ferro, primeiros a chegar a esses sertões jaguaribanos, juntos ao nosso pai Francisco Ferreira Ferro, o colonizador, e seu irmão Lourenço, proprietário de suas mais de vinte sesmarias, vinte delas doadas de uma única vez para a criação de rebanhos... abastecer o Recife e outras vilas de carne... mas não foi com intenção de falar sobre essas coisas de conhecimento geral, repetidas até cansar, ouvidas e lidas... o motivo além da visita à ribeira do Machado de vossa propriedade... terras que de tão fartas... embora não acatemos o costume de vossas mercês alforriarem a gentalha negra e índia... cada um sabe o jeito de conduzir a vida... não é por esse motivo a nossa viagem, repito... não pretendemos abusar de vossa hospitalidade por mais de três dias... trata-se... nem sei como me expressar, tamanho o meu furor... talvez o mano Cristóvão...

Fúria! Fúria! Fúria!

— Não chego à finura do mano Domingos, mesmo tendo alisado bancos nas escolas do Reino... trata-se de João, do sargento-mor João Alves Carvalho, irmão de sangue de vossa senhoria... tivemos a pouca sorte de cruzar com ele na estrada, recém-saído dessa casa, onde veio tratar de não sei o quê, o diabo tome de conta... o maldito nunca regulou do juízo e achou de inventar mentiras sobre nossa irmã, que amarga a pouca sorte de ser esposa dele... ameaçá-la de morte... mas esperamos acabar com o satanás antes... chegamos a temer pela nossa permanência... para tratar dos muitos negócios em comum... da intenção de pôr fim à indiada imprestável, mesmo sabendo que por aqui são outras as relações com essa gente... a ribeira do Machado mais parece um coito de negros e índios... um quilombo de reis brancos... vós... desculpem se agrido o alferes ao lembrar sua origem... sangue é sempre o mesmo sangue, por mais que se dilua em séculos e gerações, não esqueça nunca o capitão Bernardo de quando a família escapou fugida no reinado de d. Manoel... marrano é eternamente marrano, mas não pretendo ofender ao lembrar isso... a ofensa a ser resolvida é a do vosso mano João, homem que não merece as calças que veste... escorregadio, não fecha as contas dos negócios, rouba irmãos e contraparentes... sempre fugindo às responsabilidades de marido e pai... e o falso testemunho inventado por ele, souberam?... posso sossegar o juízo sem tramar vingança?... ah, ódio!...

Fúria! Fúria! Fúria!

— Meus contraparentes Domingos e Cristóvão Ferreira Ferro... nessa casa onde os recebemos, se respeita a lei sertaneja da hospitalidade... aqui, as mulheres podem falar primeiro do que os homens, ou calar se preferirem... imagino que cruzaram com João, foi ele saindo e os senhores chegando, lhes dou as boas-vindas... esse casamento arranjado pelos nossos pais, quando o coronel Francisco Ferreira Ferro ainda tocava engenho em Sirinhaém e o avô dos senhores era vivo e residia na ribeira do São Francisco, em Penedo... o casamento de João e Catarina, uma cunhada a quem estimo igual a uma irmã que nunca tive... o arranjado não deu certo... consumou-se apenas no nascimento de Leonarda, minha sobrinha a quem tanto amo... João possui natureza nômade, igual aos da Terrinha, que embarcam em viagens e nunca regressam às esposas e aos filhos... viveu se deslocando para longe, vida de almocreve tocando fardos de carne até o Recife e outros portos... há homens sem dom para o casamento... João... creio que se encantou com mulher desmiolada, igual a ele... mas está preso ao casamento, não sabe como voltar a ser solteiro... deixem que parta antes que faça alguma loucura... vague como um lobisomem... pobre Catarina, apaixonou-se por quem não liga para ela... pobre Leonarda, sem pai... permitam a João se extraviar no mundo como nossa gente navegante... se perca... o que ele deve a vocês, o que não saldou, nós pagamos... temos bastante para isso... felizmente... quanto aos nossos métodos de administrar a fazenda... moramos fora do território em que os senhores mandam, escolhemos viver longe... a riqueza cresceu com a liberdade dos trabalhadores... aqui todos trabalham no que é seu... não se trata de um quilombo, mas de um território livre... a herança de sangue de Bernardo deixo por conta dele defender-se...

Fúria! Fúria! Fúria!

— Muito me honra a presença dos senhores nessa casa, embora lamente as circunstâncias em que a visita acontece... a ceia já foi servida... a mesa onde se come não é o lugar apropriado às conversas sombrias... vamos aguardar um pouco, antes de seguirmos à sala de jantar... minha esposa Ana Maria fez considerações ajuizadas sobre João, também acho que o melhor é deixá-lo seguir ao Recife antes que alguma desgraça possa acontecer... tentamos convencê-lo de que a loucura levou-o a imaginar coisas absurdas sobre a esposa Catarina, vossa irmã... suponho que cruzaram caminho e gostaria de saber se o encontraram mais calmo... quanto ao meu judaísmo... os senhores pensem o que quiserem... sou um alferes capitão a serviço do rei... vamos à mesa!...

— É de paz!

João grita sem ainda reconhecer os cunhados e seus jagunços, todos sombras na luz vespertina de inverno. Nuvens de formigas com asas se movem de um lugar para outro. Tanajuras empreendem o voo nupcial assediadas pelos machos em número menor do que as fêmeas. As barrigas cheias de gordura deleitam os que apreciam saúvas fritas. As asas, de leveza imponderável, enchem o espaço.

— É de paz!, respondem da comitiva.

Próximos, os cavaleiros se medem: oito homens seguindo a cavalo na direção norte e um homem sozinho se dirigindo ao sul.

O rio Machado corre para o Salgado, que corre para o Jaguaribe, que corre para o Atlântico, lá no Aracati. Águas barrentas, carregam o arrasto de garranchos e bichos mortos. Os cavalos atravessaram a vau com água pela barriga, molhando as botas dos donos. Ninguém lamenta o estrago nas solas, sobram couros e curtidores na região.

Os cavalos em tropa desconhecem o animal solitário. Relincham, babam, mordem as focinheiras.

Fúria! Fúria! Fúria!

— É João, comenta Domingos.
— Agimos agora?, pergunta Cristóvão.
— Deixa pra depois. Ainda não resolvi o que será mais favorável à gente. Talvez esperar que João faça a parte dele.

— Bem pensado.
— O que nos trará mais vantagem?
— Talvez se...
— Não responda, é cedo ainda.

Começa a friagem do final de tarde, precoce na estação das chuvas. O chão enlameou, pelas margens dos caminhos se formam lagoas e os sapos antecipam as cantorias: sapo-cururu, sapo-boi, jia, rã, caçote — foi, não foi. A alegria dos anfíbios contrasta com a sisudez dos homens a cavalo. Sentassem todos eles na beira de uma lagoa, atentos ao desafio dos sapos — foi —, e respondessem — não foi — até ficarem roucos e de garganta seca.

— Dou de cara com os cunhados viajando antes de lhes fazer visita. Bom assim. Falo dos meus temores.
— De volta, João? Pensei que tivesse morrido.
— Os negócios se complicaram, levei calote de uns compradores e de outros ainda não recebi o pagamento.
— Esse o motivo da demora? Boataram outras histórias por aqui, com rabo de saia pelo meio.
— Maldade de quem não tem o que fazer. Me ocupava no comércio, se quiserem presto as contas agora.
— Podemos tratar disso outra hora, desmontados, em volta de uma mesa com os livros-caixa abertos.
— Fiquei amarrado aos devedores, sem poder voltar.
— Voltasse. Seu lugar é aqui com a família. Ou esqueceu que tem mulher e filha?
— Esquecer não esqueci, bem que gostaria. Mal cheguei sofri desgosto.
— Desgosto? E o aperreio que causou em Catarina e Leonarda?
— Da minha parte a honra delas está limpa. Pior o que sofro.
— E uma tal Brites Manoela, seu João Alves Carvalho?
— Desconheço quem seja.
— Jura por essa cruz?

Mostra uma cruz de ouro pendente no peito.

— Juro sem medo de pecar.
— Olhe, olhe, seu João!

Um barulho estranho soa na mata, o tempo se fecha com relâmpagos e trovões.

— Agora me queixo eu. Na volta, encontrei o negro Fabião proseando com Catarina na sala da minha casa. A negra Serena paparicando os dois, como se fossem um casal de noivos.
— É mentira, Domingos grita e cospe de lado.

Os seis bandidos sacam os rifles das selas. João não esmorece, a loucura inscrita no semblante.

— Vi as pegadas de Catarina no poço onde ela costuma se banhar. Ao lado, marcas de pés grandes de homem. Com certeza escravo, que anda descalço. Mais provável Fabião.

Domingos não se contém e avança sobre o cunhado. Cristóvão segura o cavalo do irmão pelas rédeas. Os seis homens cercam João. Cristóvão ordena que recuem.

— Fale mais, desgraçado!, ordena.
— Por essa e por outras garanto que Catarina anda me traindo com o negro vaqueiro e tocador de rabeca.

Relâmpagos cortam o céu. Para os lados da serra reboam trovões. Prenúncios de chuva sem uma gota d'água. Os cavalos voltam a se inquietar e relincham. Agora é Cristóvão quem avança sobre o desafeto e fala.

— Os códigos da lei sertaneja só favorecem a nós homens. Aposto os dois pés e as duas mãos que Catarina nunca olhou o rosto de um homem que não fosse o teu, o do nosso pai, o de Domingos e o meu.

— Pois eu não aposto um cabelo da cabeça. Nem aconselho que ponhas em jogo o ovo do teu saco, Cristóvão. Todos sabem que nasceste apenas com um e vais ficar sem nada.

Os trovões pipocam com uma intensidade nunca ouvida antes pelos briguentos, mas do céu não caem gotas.

Fúria! Fúria! Fúria!

— Eu devia matá-lo por essa ofensa. O que acha, Domingos?

Domingos cospe de lado.

— Cape ele, tem mais futuro.

Cristóvão fala.

— Vou deixar você morrer pelo seu veneno. Aja como estabelece o código sertanejo. Se for verdade que Catarina o trai, pode matá-la. Se nós apurarmos que é mentira, prepare-se para morrer. Desde agora suas horas estão contadas.

João puxa as rédeas do cavalo e se afasta em marcha lenta, sem olhar uma única vez para trás. Os homens disparam os rifles, mas os tiros são abafados pelos trovões fortes.

Brites Manoela

Da janela do quarto, semelhante à cela de uma cadeia, Brites olha o Recife e o porto longes. Navios descarregam fardos de várias procedências, outros aguardam passageiros e as últimas mercadorias para embarque. Brites familiarizou-se ao movimento do bairro onde morou, à vida noturna e à liberdade de caminhar pelas ruas em meio a marinheiros e comerciantes, a visitar a alfândega e os cais do Capibaribe repletos de cargueiros atracados. Recorda cheiros, sons de vozes, luminosidades e cores, as frutas e os quitutes vendidos por negras escravizadas. O Recolhimento de Nossa Senhora da Conceição em Olinda, onde tornou-se prisioneira, é silencioso e sombrio. As detentas cumprem disciplina de orações, missas, novenas, bênçãos, confissões, penitências e jejuns. Seguem com rigor as horas canônicas — matinas, laudes, terça, sexta, noa, vésperas e completas — e leem por obrigação o *Livro das horas*, missal de devoção contendo rezas comuns e salmos.

    A jovem viúva aceitaria renunciar ao sobrado no Recife e à vida de mulher livre e desimpedida se tivesse feito a escolha pela clausura. Não a fez. Considera-se vítima do irmão Estevão Paes Barreto, que tramou junto ao Conselho Ultramarino sua prisão e o confisco de seus bens. O rancor de Estevão e das irmãs não decorre da vida atípica levada por ela, mas de verem-se espoliados em um quarto da fortuna herdada dos pais por uma rebelde, que fugiu inteiramente ao controle deles.

    — Podem extorquir até a última pataca de minha herança, mas não me encarcerem como se eu fosse uma criminosa, queixava-se a João.

    — Aos refratários se impõe um basta. A prisão religiosa é a melhor solução para a desobediência, Estevão costumava dizer.

Ao assumir o controle sobre a riqueza de Brites, que também incluía a herança do marido Francisco do Rego Barros, todos saíam ganhando: a Igreja, o rei de Portugal e a família.

— *Na minha angústia eu clamei pelo Senhor...*

Lê no *Livro das horas*, de cabeça baixa, fingindo contrição. Sabe que as freiras a vigiam e podem denunciá-la por falsidade de credo.

Compara sua vida à das mulheres árabes, tornou-se concubina do harém de Cristo. Preferia ser a adúltera que Jesus defendeu de apedrejamento, ordenando que os sem pecado atirassem a primeira pedra. Ou Maria Madalena, a anunciadora da Ressurreição, de quem foram expulsos sete demônios. Mas não teve escolha e o mundo foi interditado a ela por grades e olhos vigilantes.

João conseguirá libertá-la? Chora à lembrança dele. Terá sido vítima de assalto e morto nas estradas? Há meses o espera. E se Estevão preparou emboscada e o assassinou? Dia e noite rumina amarguras e incertezas. Quase não se alimenta, emagreceu, tornou-se feia no hábito de tecido grosseiro e escuro. Não são permitidos espelhos na casa, ela não tem como se ver. Infeliz, tenta adivinhar o rosto refletido numa bacia d'água. Quando se despe, observa a flacidez das carnes, a pele seca e sem brilho, os seios murchos como se amamentassem gêmeos. Nem ao único filho que pariu deu de mamar, mal ele nasceu foi arrancado de seus braços pela irmã mais velha, mulher casada mas de útero seco.

— Brites é viúva!, repetem como a sentença de um condenado a morte natural na forca.

Na colônia portuguesa, as viúvas são consideradas prostitutas, a menos que se emparedem em suas casas, não saiam à rua sozinhas, assistam à missa de madrugada, ocultem o rosto com véu e se cubram de luto até morrerem. O mundo lá fora é espreitado através dos muxarabis, as treliças de madeira inclinadas introduzidas pelos mouros na península Ibérica que deixam um pequeno espaço à passagem do ar e da luz e não permitem que as mulheres sejam vistas por homens caminhando na rua.

Brites quebrou os muxarabis da residência familiar. Insubmissa como Anna Paes, abriu as portas e janelas de casa.
Faltou-lhe um homem à altura de sua rebeldia.

João.

João?

Se pergunta.

Na véspera, sonhou com o amante. O corpo despido era arrastado pela correnteza de um rio, a barriga para baixo. Seria o Jaguaribe? Em suas costas, enfiado até a guarda, o punhal que Brites ganhara do cigano. A faca, João preferia chamar assim.

— Ai! Já perguntei à morte. Uma faca não tem que ser mais que uma faca. Os homens partem o pão com as mãos.

Relembra os versos do poeta.
Chora.
Nunca mais verá João, supõe.
Melhor não o ter conhecido e usufruir a vida de antes, quando a casa se enchia de homens e os rostos se desvelavam na alcova apenas uma noite. Depois se desfaziam, sombras sem luz. Guardava as impressões de perfumes, meneios de cabeça, olhares furtivos, equimoses no corpo. Memórias passageiras, frágeis como as teias de aranha atrás da porta.

Mas João.

João?

Tinha jurado nunca mais querer homens inteiros, olhos, mãos, pés, tronco, nádegas, cabelos... Apenas homens esquecíveis, folhas de papel rasgadas tão logo se afastavam dela. Não conteve o desejo de provar o amor novamente. O poço no quintal de casa saciava os visitantes com água salobra. João quis beber um gole, depois outro, até nunca se fartar, quanto mais bebia mais sede tinha. Por que fez isso? Era comum aos marinheiros se fartarem no primeiro gozo. Comandantes louros, morenos, ruivos, ciganos, árabes, holandeses partiam em seus navios no dia seguinte. A maré se tornava desfavorável a retornos e novas ancoragens.

— Quando se bebe uma única taça de vinho, o sabor é esquecido depressa.
— Porém a avidez...

João?

Não pude trazer o vestido de seda que usava na noite em que nos conhecemos e nenhuma outra peça de meu guarda-roupa. Fui reduzida à pobreza franciscana, sem nunca revelar devoção ao Pobrezinho de Deus, nem gosto pela miséria glorificada pelos franciscanos. Prefiro o luxo, os vestidos, as joias, os sapatos de camurça e vaqueta fina. Confiscaram tudo, reduziram-me a pão e água, a camisolões grosseiros de algodão ou linho cru, a chinelos de sola. Deixaram em meu pescoço o crucifixo de ouro e diamantes que você surrupiou de sua mãe e me deu de presente. Não era para mim, eu sei, destinava-se a outra mulher. Tornou-se praga, maldição da velha senhora portuguesa. Terei de carregar essa cruz, se as freiras vigilantes não me roubarem. O metal dourado e as pedras valem dinheiro, os altares das igrejas se cobrem de ouro.

Quando já tinham arrebentado as minhas portas e as escravas corriam enlouquecidas pela casa, sem saber o que fizessem, enfiei na roupa de baixo o lenço sujo onde se guardava outra joia de sua família, a aranha. Lembra dela? Nem adivinho por que a trouxe, ou talvez saiba e não revele.

Remoo a culpa de não ter alforriado os negros e as negras a meu serviço. Além de você, João, eram os únicos em quem eu reconhecia estima. Sofrem agora sob as ordens de Estevão.

Aqui em Olinda há muitas igrejas, mais do que no Recife. Os holandeses não conseguiram queimar todas elas, uma pena. Depois de expulsarem os flamengos, as igrejas incendiadas foram reerguidas.

Gostava de ouvir o toque dos sinos no Recife. Lembra quando ficávamos na cama escutando o bimbalhar depois de horas de amor? Me dava alegria. A não ser quando eles repicavam finados. Sempre achei que morrer é uma traição à vida. Mas agora que não tenho motivos para continuar vivendo, a morte me parece um descanso de pensar e sofrer.

Os sinos marcavam as festas e as horas, convidavam às ruas, a sair a passeio, a andar de barco pelos rios. Aqui, marcam o tempo de rezas e penitências. Nos chamam às refeições percorrendo os corredores da casa com uma sineta. Reza-se por todos os motivos, ou sem eles. Nem quando almoçamos ou jantamos no refeitório comunitário nos deixam em paz. Alguém sobe ao púlpito e faz leituras num livro de orações. Começo a desejar a surdez.

Aprendi a defender-me das freiras mal-humoradas e ranzinzas, simulo doenças e indisposição. Nos dias de sangramento, permaneço no quarto sozinha. Guardo sobras de pão e biscoitos do café e recuso que me tragam as refeições. Leio a *História sagrada*, um dos poucos livros autorizados aqui. Não me identifico nem me consolo com as heroínas hebreias, nem mesmo com Rute, Ester, Judite ou Suzana, todas elas me parecem a serviço dos homens.

Numa tarde em que molhava as plantas do jardim, deparei-me com o meu antigo fornecedor de pães no Recife e nos reconhecemos. É um preto alforriado, esteve muitas vezes na minha casa, deixando encomendas. Sentava-se no quintal, a cozinheira enchia a barriga dele com boa comida, riam e proseavam. Sempre o tratei bem, costumava ser generosa nas gorjetas. Ele me cumprimentou com um meneio de cabeça, muito discreto, e pareceu admirado de me ver ali, vestida daquela maneira. Fornece pães a conventos e mosteiros, transporta um grande cesto no cavalo, de onde retira as encomendas. Como assumi o lugar de jardineira da casa, todos os dias assisto à entrada e à saída do meu conhecido.

Nunca perco a esperança de me salvar desse inferno. Acredito que você é diferente de Estevão e Francisco, mesmo que tenha sido educado para o poder e o mando. Algumas vezes me assustei com suas atitudes violentas. Não duvido da sua paixão por mim, mas sou culpada por imaginá-lo com qualidades raras, as poucas que encontrei nos homens.

Acabam de tocar a sineta, chamam para as vésperas. As rezas e os cantos duram cerca de duas a três horas. Agradecemos a Deus as graças recebidas no dia. Pedimos que a luz brilhe novamente e imploramos a vinda do Cristo: *Vinde, ó Deus, em meu auxílio, socorrei-me sem demora...* Troco os nomes baixinho e peço o teu retorno: Vinde, ó João, em meu auxílio, socorrei-me sem demora...

As mulheres jovens bordam, costuram, fazem rendas e bicos, tricotam. O que produzem é vendido para as obras de caridade. Não nasci com prendas femininas, mal conserto minhas roupas. Quando era criança me interessava por leituras e brincadeiras de meninos. No engenho da família, em Cabo de Santo Agostinho, mamãe deixava que eu usasse as calças do meu irmão e montasse cavalos enquanto as meninas se ocupavam com bordados e em aprender a cozinhar. Às vezes eu acompanhava meu avô na administração das terras. Violento, ele tomava o chicote do feitor e batia nos escravos até sangrarem. A avó chamava atenção para os riscos dessa conduta. Ele falava que negro não tinha vontade e por isso não reagia. Numa tarde fiquei ao lado da avó, no alpendre da casa-grande. Vimos o avô bater sem compaixão num homem que cortava cana. Ele revoltou-se, partiu para cima do avô e abriu-o ao meio com o facão. O feitor matou o negro com um único disparo. Nada mais podia ser feito pelo meu avô, a não ser chorar. Enterraram o corpo na capela do engenho e tive de usar luto fechado durante um ano. Não me queixei, todos diziam que a cor preta assentava bem em mim.

Hoje acordei sonolenta, quase não dormi. Ao lado da minha cela, uma senhora velha e doente gemeu a noite inteira. Esqueceram o ano em que foi recolhida à casa. Os administradores recebem a mensalidade e isso é o bastante. Não sei quem paga a pensão, nem se ela tem familiares próximos. As pessoas que a internaram devem estar mortas. Mesmo velha e doente, continua presa. Não teria para onde ir, se a libertassem, nem se adaptaria ao mundo exterior, igual aos passarinhos engaiolados por muito tempo. Se você demora a chegar, também desaprendo a viver fora da prisão.

E a Turquia, será que ainda pensa nisso? Sonho com cidades longes, onde parece que todas as pessoas são felizes. Sei que isso é ilusão, em qualquer lugar há infelicidade. Nas vilas mais inacessíveis e sossegadas, os conquistadores chegam e plantam as sementes da ganância, corrupção e desgraça. Desculpe, você é português e por nascimento também um conquistador.

Sinto fome. Mais tarde comeremos pão e sopa, ou mingau ralo de aveia e água. Não sei quanto as bondosas freiras cobram pela minha estadia forçada. O irmãozinho Estêvão justificou o sequestro dos meus bens para pagar os gastos comigo.

Volto à janela e aspiro o cheiro do mar. Há muitas embarcações ancoradas, reconheço algumas. Vivemos o período da Quaresma, até chegarem a Paixão e a Ressurreição o comércio e as viagens se intensificam. Hoje só descerei ao jardim no final da tarde, à hora das vésperas. Limpo o quarto, volto a olhar pelo observatório privilegiado. Os comandantes sentiram minha ausência?, me faço a pergunta pela primeira vez. Envergonho-me da roupa que visto. Arrumo o crucifixo coberto de diamantes... E a aranha, onde a escondi? Procuro por todos os lugares, mas não a encontro. Recusei o teu presente e mereço perdê-lo.

Brites remexe os guardados e encontra a joia que vivia escondida numa gaveta, no engenho de Tracunhaém. Talvez ali continuasse se João não a tivesse descoberto. Examina o fecho, o alfinete rijo e pontudo. Com qual propósito a mãe de João ocultou-a tantos anos? Talvez para a devassa Brites furar os olhos com o alfinete e sangrar, já que as lágrimas se esgotaram.

Um comandante indiano me disse considerar a aranha um símbolo da alma, um animal condutor dos mortos ao outro mundo. A defesa que o homem de olhos escuros e penetrantes fez do aracnídeo me levou a gostar dessa criatura, que passa a vida tecendo fios e teias. Quase tocando o meu rosto, ele sussurrou: A fragilidade da aranha evoca aparências ilusórias, enganadoras. Será ela a artesã do tecido do mundo ou do véu das ilusões que esconde a Realidade Suprema? Ri da pergunta, disfarçando que não compreendera nada. Olhei o homem de beleza exótica e imaginei tratar-se de mais um capitão louco, dos muitos que apareciam na minha casa do Recife. Na cama, ele revelou-se um amante especial, capaz de enlouquecer as mulheres.

Observando a joia, o que não fiz antes por terror à miniatura, percebo a delicadeza das patas, o requinte das pedras minúsculas incrustadas com malabarismo. Qual o significado dos fios, que resistiram sem partir-se durante anos em fundos de gavetas? Por que a aranha foi sempre ocultada, até por mim mesma, no pouco tempo que ficou comigo?

Li há muitos anos uma narrativa, lembro dela agora. A deusa grega Atena era a patrona e mestra da tecelagem. Aracne, uma jovem lídia, simples mortal, ousou desafiar a divindade numa prova. Atena bordou os doze deuses do Olimpo e nas quatro pontas do seu trabalho evocou os castigos sofridos pelos humanos, que ousaram desafiá-los. Desejando responder a essa imagem, Aracne representou em seu bordado os amores dos deuses pelos mortais. Atena sentiu-se ofendida e golpeou a jovem com sua lançadeira. Magoada e infeliz, Aracne resolveu enforcar-se. Atena poupou-lhe a vida, mas transformou-a numa aranha, que se balança para sempre na ponta do seu fio.

Construiu uma casa como teia de aranha
[...]
Deita-se rico — mas será pela última vez:
Ao abrir os olhos não terá mais nada.

Descobriu esses versos na leitura do Livro de Jó, um homem íntegro submetido a duras provações. Lembram o próprio infortúnio. Será que também é uma mulher íntegra? Agita-se nervosa, dá gargalhadas, considera-se rica com as joias da sogra, roubadas pelo amante.

Volta ao broche, experimenta-o no tecido grosseiro, uma aranha presa à teia contra um fundo de parede escura. Retira a joia e se fere na ponta do alfinete. Reclama alto, prageja.

No quarto ao lado, a mulher velha chora.

— Merda, merda!, grita enquanto chupa o sangue. Tanto estrago causado por uma coisa minúscula.

E se ela furar os olhos e os ouvidos com o alfinete? De uma só vez ficará surda e cega. Melhor do que ser castigada pela deusa e balançar para sempre na ponta de um fio.

Enforcada.

Não é esta a lição indiana. A fragilidade da aranha evoca uma aparência ilusória, enganadora.

— Mas a morada da aranha é a mais frágil das moradas.

Um homem vestindo roupa cara e extravagante, um dos muitos convivas nas noitadas do Recife, declama os versos, se aproxima de Brites e do indiano, entra na conversa sem se apresentar. Não dá para saber se contesta ou corrobora a fala ouvida.

— Enxergo na aranha a sabedoria, a beleza, a diligência, a sorte, a infinidade. Mas ela também é um animal predador. Cuidado, meu capitão das Índias! As mulheres aranhas são as mais perigosas.

O estranho fala, ri e exibe os dentes estragados em meio à riqueza de suas vestes. Fuma cachimbo, expele a fumaça no rosto das pessoas e depois se afasta para longe. Quem será?, Brites pergunta sem obter resposta. Naquela mesma noite ela teve a revelação da aranha indiana, o comandante tecendo o amor em seu corpo com quatro braços e duas pernas. Parecia o deus Shiva criando um ritmo de vida com a música e o tambor em forma de ampulheta.

O fornecedor de pães, com quem troco palavras nos finais de tarde, garantiu-me que é possível fugir da casa. Homem inteligente e audaz, não aceita pagamento, sente-se feliz em poder me ajudar. Reconhece-me agora numa condição em que também já esteve. Transporta os pães em sacos marcados com os nomes das famílias, conventos e mosteiros, todos dentro do enorme cesto no lombo de um cavalo. A nossa casa é sua última entrega, no alto da Sé, de onde tudo se avista. Está escuro quando ele parte. Garantiu-me que posso me esconder no cesto vazio. Pedi que procurasse minhas antigas camareiras na casa de Estevão. Elas providenciariam roupas e calçados para mim. Que se informasse sobre os navios de partida, revelasse meu nome e minha urgência em viajar. Prefiro um destino fora da colônia e do Reino, onde não possa ser localizada e presa. Odeio a gente portuguesa e a religião católica. Me perdoe, João, por confessar isso. À Holanda como Anna Paes. Sei, sim, vou repetir: os portos não são abertos aos navios estrangeiros, mas há disfarces, corrupção, falcatruas. Capitães de vários países comandam navios portugueses, comerciando para seus lugares de origem. Ofereço a cruz, sugiro que venda, vale muito, com o dinheiro pode comprar e corromper. Ele não aceita. Se apareço com uma joia desse valor, sou acusado de furto e me levam preso. Confie em mim, sempre fui bom negociante. Acredito e confio. As vestes já estão comigo, peguei-as com suas antigas criadas. Localizei um capitão indiano. Quando falei da senhora ele se comoveu e chorou. Partirá no dia em que a senhora pisar o convés de sua embarcação. Também choro, ganho alma nova. Sou novamente Brites Manoela, a aranha vive do que tece e eu volto a tecer a minha teia. Escute, d. Brites, quando ficar escuro a senhora entra no cesto e nós descemos até o cais do Carmo. Fingirei doença e não participarei das vésperas. Vou deixar o cesto no jardim. Se acomode nele e se cubra com a lona. Dois barqueiros vão nos levar ao navio e à sua liberdade. Como faço para pagar ao senhor? Já estou pago. Sinto orgulho em ajudar um branco a fugir como um preto e se aquilombar no mundo.

Gogó e Naná

No tumbeiro em que foi trazida a Pernambuco, morreram dezenas de africanos viajando nas mesmas condições de Gogó.

— Em cada viagem se joga um quarto da carga no mar. Prejuízo grande. Escravo é peça de valor alto. O colono leva treze a dezesseis meses para reaver o gasto. Depois que começaram as minerações, o preço subiu. Agora são necessários trinta meses de trabalho até se chegar ao valor da compra. Quase não se recupera o investimento porque um negro escravizado sobrevive apenas três a cinco anos no fundo da mina.

Na casa dos patrões, Gogó acostumou-se a ouvir esse tipo de conversa sobre gente tratada como mercadoria. Carga eram homens, mulheres e crianças prisioneiros de guerra ou emboscados pelos traficantes, vendidos nas feitorias litorâneas e nos postos avançados da África Central. Os portugueses conseguiam criar relações importantes com diversos reinos e escravizar mais gente para comércio.

— Tumbeiro, minha filha, é tumba. Se enfiam quatrocentos infelizes no navio, chegam ao destino com menos um quarto. Faça a conta. Fui trocada por cachaça, pólvora e tabaco, imaginava valer mais. Depois me ferraram com o ferro quente do meu dono. Olha aqui.

Mostra a marca no braço e gargalha alto. Já passava dos trinta anos quando a fizeram prisioneira de guerra junto com o marido e os filhos. Uma idade em que o preço caía bastante. Deixada em Pernambuco, o marido e os filhos seguiram para a Bahia e o Rio de Janeiro.

Separavam as famílias e os conhecidos, misturavam as línguas para ninguém se comunicar e não ter risco de revolta.

— Muitos não se entendiam no navio, uma verdadeira Torre de Babel. A senhora conhece a *História sagrada* mais do que eu, embora eu também saiba ler. Acho que por conta dessa mistura na colônia cada pessoa fala de um jeito diferente, mesmo sendo obrigada a falar o português.

Ri com gosto. Ajuda Serena a fazer pão de ló e sequilhos de goma para o senhor que voltou à casa mas ainda não parou quieto um dia. Vai e vem, igual à lançadeira do tear.

— O apelido Gogó? Aqui trocaram meu nome para Glória. Mas ninguém nunca chamou assim. Todos preferem Gogó, porque canto alto, tenho gogó de galo.

Canta e ri sem pudor. O papagaio da casa, pousado num poleiro, se alvoraça e começa a chamar a dona.

— Catarina! Catarina!

— Ouviu? Se a menina trouxesse cachaça, juro que bebia. Sou capaz de apostar que tem. Cachaça nem é bebida do meu santo, mas gosto e bebo.

No Recife, Gogó foi comprada para um engenho em Sirinhaém, vizinho às terras de Francisco Ferreira Ferro. Perguntaram se sabia cozinhar, ela disse sim e tornou-se a chefe da casa-grande. Teve a sorte de não ser maltratada. Revelou talento na culinária das carnes, dos legumes e peixes. Uma artista de forno e fogão. Nunca soube se despertou respeito nos senhores ou se era protegida por Naná, o orixá que lhe deram pequena e a quem serviu na África. Antes de ser capturada, durante a guerra entre os reinos africanos, devotava-se à velha Iabá, a primeira de todas, responsável pelos portais de entrada e saída dos mortos. Mas não pôde se desenvolver completamente na sabedoria de Naná, a escravização de seu povo roubou-lhe esse direito. Guardou na memória os cantos, as obrigações, as rezas, os rituais de matança, o segredo dos assentamentos, e conservou os dons de cura, sabedoria e paciência.

— Minha filha, existe um orixá Tempo, Iroco. Aprendi que há vários tempos, desde o começo do mundo, somos guiados por eles. Há o tempo dos dias. Quem nunca sofreu a aflição de contar as horas? Disseram que a viagem até Pernambuco durava trinta e cinco dias, até a Bahia quarenta, e cinquenta ou sessenta para o Rio de Janeiro. Mas não existia sol nem estrela marcando o que fosse noite e dia, tudo se igualava no escuro do porão. Eu querendo ver o rosto dos meus e gravar dentro de mim, por temor de separar-me deles, mas no porão do tumbeiro só tinha fedentina, gritos, mortes e escuridão. Não enxergava meus amados, não media o tempo, nem via futuro à minha frente.

Gogó se cala e baixa a cabeça, ninguém ri. Refere-se a Catarina como filha, a infeliz esposa que ajuda na feitura dos sequilhos, marcando com um garfo as tiras de massa, prontas para seguir ao forno.
Depois de fortes chuvas o calor deu trégua, mas as nuvens continuam carregadas, prestes a despejar água. As três mulheres em volta da mesa da cozinha, coberta de alguidares, colheres de pau, tigelas com manteiga, cestos de ovos e rapadura pilada, se movimentam. Serena, a mais calma delas, vez em quando contempla a filha e os olhos marejam lágrimas sofridas. Se não tivesse viajado, Leonarda estaria raspando as tigelas, fazendo perguntas. Desde a madrugada partiu com os irmãos da mãe, que seguiram à ribeira do Machado em visita a Ana Maria e Bernardo. De passagem deixaram a sobrinha no Umbuzeiro, com o tio José e os primos. João retornou ligeiro do encontro com a irmã e o cunhado, envolto em mistério, parece que foi apenas buscar fogo. Falou-se de um embate entre ele, Domingos e Cristóvão, debaixo do sol quente, no meio da estrada. Na fazenda Bebedouro, conhecem os motivos do confronto e temem desgraça.

O engenho dos primeiros donos de Gogó deixou de moer a cana e ela foi vendida ao pai de Catarina. Mesmo velha e acometida de reumatismo, que deforma seus dedos e joelhos e provoca dores fortes, a filha de Naná assumiu a nova cozinha e por lá ficou até ser mandada ao sertão, numa viagem difícil que quase lhe custa a vida.

— Quando cheguei no engenho de vosso pai, a menina Catarina já tinha casado e vindo embora morar por aqui. Recorda o afogamento? Serena me procurou, fiz as guias de Oxum das águas doces e de Ogum dos ferros. Nunca tire do pescoço, minha filha.

Volta aos sequilhos, faz longas tiras de massa, põe sobre as tábuas da mesa, Catarina imprime desenhos com o garfo, Serena corta em retângulos iguais, arruma numa fôrma de flandres para levar ao forno e assar.

— Nós só recebemos alforria dos nossos donos quando ficamos velhos e doentes, sem condições de trabalho. Somos condenados à miséria, à fome e a morrer.

Suspira e retoma a ocupação.

— Andei a pé de Sirinhaém até aqui. Nem quando fui levada ao tumbeiro andei tanto. Pensei ficar pelo caminho, só a carcaça rejeitada pelos urubus. Sofri, mas pude ver o desmantelo dos brancos, do litoral ao sertão. Mataram e escravizaram os índios, reduziram essa gente à ruína. Na África, fizeram e ainda fazem a mesma coisa. Essa raça de branco não tem simpatia pela natureza, não cuida da Terra, nossa Mãe. Naná nos proteja e guarde.

— Catarina! Catarina!
— Cale esse bico, louro! Não está vendo sua dona?

O cheiro dos pães de ló e sequilhos assando ganha quartos, salas, alpendres e roçados, chega aos currais onde os vaqueiros vasculham a bosta das vacas, mistura-se ao odor enlameado do rio cheio barrento, penetra as narinas dos trabalhadores e provoca salivação. Os rostos se amolecem desejando os manjares. Apenas João não se deixa enternecer, nem sonha comê-los.

Serena limpa a mesa, chama uma ajudante, pede que lave as louças e arrume a cozinha. Catarina olha as portas, esperando João entrar por uma delas. A palidez se acentuou na mulher sempre triste, arrasada por angústias que a tornam mais bela. Não fala desde a chegada do marido, a mudez é o imperativo entre o casal sem papéis de amado ou amante, o homem um cão raivoso e a mulher esperança de tempo melhor. Há três dias João deambula sem sossego pelos pastos e roças, faz a mala para nova partida, esconde os documentos trazidos da casa da irmã, cartas em que Bernardo o apresenta aos familiares na Turquia e aos pais no Recife, solicitando acolhimento e dinheiro. Não olha Catarina, não lhe dirige a palavra, não se senta para comer à mesa com ela. Divide o quarto de casal mas dorme separado numa rede. Não a procura na cama, apesar do tempo sem aliviar-se do desejo de sexo, parece desprezá-la. Inquieto, sujo, queimado pelo sol, os dentes apodrecidos, o homem que acendia paixões agora provoca repulsa.

— Se está louco é porque nunca teve juízo, afirma Gogó aos cochichos com Serena.

Dona de sabedoria, enxerga espíritos ruins ao redor da cabeça de João, se arrepia, treme, invoca a velha Iabá: Saluba Nanã! Salve a senhora da lama! Um padre católico exorcizaria demônios. Por sorte, a loucura se voltou para dentro de João e ele já não maltrata as pessoas com a sua antiga raiva, concentra-a numa única vítima, Catarina. No sono agitado sofre pesadelos, grita, fala, chora, menciona ciganos.

— Me mandaram aqui pra defumar a casa e contar minhas histórias, distrair a senhora. Diziam que eu era uma mulher sábia e cheia de conhecimentos. Talvez eu me tornasse assim na idade que tenho agora. Mas fui separada dos babás e das iyás de minha gente. O que aprendi depois foi sozinha. Não pense que somente os homens brigam, se odeiam, mentem e traem. Os orixás também aprontam das suas, criaram a gente e terminaram parecidos. Ou será o contrário? Não sei, vou morrer sem resposta.

A conversa se anima em volta da mesa de angico, na cozinha para onde tudo converge na casa. Gogó nunca se deixou abater pelo reumatismo do corpo, parece capaz de matar uma serpente sem usar a faca, como o orixá Naná. Sorridente e vaidosa, habituou-se a cuidar dos outros, a levar consolo onde a morte vem chegando.

— Na aldeia de Naná os homens não confiavam no julgamento dela, diziam que só eles eram castigados e as mulheres premiadas. Se a esposa reclamava do marido, Naná mandava que amarrassem o acusado numa árvore e chamava os espíritos dos falecidos para assustá-lo. Ela tinha poder sobre os Eguns e Orixalá ambicionava esse poder. Por isso, foi visitar Naná e deu uma poção que fez com que a Iabá se apaixonasse por ele. As histórias são todas iguais, mesmo com uma Iabá poderosa. Enfeitiçada de amor, Naná dividiu o reino com Orixalá, mas proibiu que entrasse no Jardim dos Eguns. Ele se escondeu para ver Naná invocando os mortos, pois queria aprender o ritual. Um dia, se disfarçou de mulher, vestiu as roupas da esposa, foi ao jardim e ordenou que os Eguns obedecessem ao homem que vivia com Naná. Ora, ora, era o próprio Orixalá. Ah, esperto! Naná descobriu a tramoia do marido, pensou em se vingar, mas estava apaixonada e acabou deixando o poder com ele. Por isso, hoje em dia só os homens evocam os Eguns, as mulheres perderam o direito de evocar os mortos.

Catarina se anima com a história, vai à sala de jantar, traz uma garrafa de cachaça e um copinho, enche-o e oferece a Gogó. Ela bebe aos poucos, tosse, os olhos lacrimejam, canta alto e solta gargalhadas. Catarina, como há muito tempo não se via, também ri.

— Catarina! Catarina!, grita o papagaio empoleirado.

— Desculpem eu dizer, não precisam concordar comigo, mas todos os homens são ruins. Meu marido era bom, não sei como seria agora. Só vivi quinze anos junto dele, nunca quis conhecer outro homem. Felizmente, não me obrigaram a pegar barriga e dar mais escravos aos patrões. Até hoje sinto o gosto dos beijos de meu homem.

Se fecho os olhos ainda sinto... hum... hum... hum... quiá, quiá, quiá, quiá... quiá... só senti gosto de cachaça.

— Depois de tudo que Naná fez por Orixalá, ele expulsou a Iabá do reino e ordenou que fosse viver num pântano escuro e sombrio. Ela é o orixá das águas paradas, a mais antiga, está no centro do mundo. Acho que falei demais. A cachaça soltou minha língua.

Bebe outros goles e se alegra.

— Um dia, os orixás se reuniram e começaram a discutir quem era o mais importante. A maioria escolheu Ogum, porque é o orixá do ferro, o que deu aos homens conhecimento sobre o preparo e uso das armas de guerra, de instrumentos para a agricultura, caça e pesca... Ia esquecendo, ele também ensinou a fazer as facas de uso doméstico e nos rituais. Quando joguei os búzios para a menina Catarina, apareceu uma faca e por isso fiz a guia de Ogum. Voltando à história, a aguardente me atrapalhou. Onde eu estava mesmo? Ah! Naná discordou e quis provar que Ogum não era tão importante assim. Torceu com as próprias mãos o pescoço dos animais oferecidos a ela. É por isso que os sacrifícios pra Naná não podem ser feitos com instrumentos de metal.

João entra pela porta da frente, se esgueira como se não desejasse ser visto. Catarina se levanta da cadeira onde está sentada, olha as duas mulheres, que também a olham inquietas, o papagaio grita Catarina, porém ela caminha sonâmbula pela cozinha, toca objetos e não se detém em nenhum. Sorri, mostra o dedo à ave e pede o pé. O papagaio se arrepia, grita, grita... O que deu nele?, Catarina pergunta encabulada. É uma menina frágil com seus cabelos compridos chegando às nádegas, a pele alva e tenra, mal chegou aos trinta anos, tempo pequeno para tamanha infelicidade. Catarina pede licença e deixa a cozinha, talvez tente abraçar o marido com seus braços de pétalas. Não saia sozinha, minha filha, acompanho você ao banho, Serena fala temerosa, as nuvens escureceram ainda mais e apagaram o sol, soprou um vento batendo as janelas. Espero sim, mãe, responde Catarina. Sai apressada e se dirige ao quarto, com receio de que o marido suma de repente, agora ele vive correndo atrás de um bando de ciganos que passou na fazenda, cantando, tocando sanfona e pandeiro, lendo a mão das pessoas e adivinhando o futuro.

— Como se não bastasse tanto aperreio.
— Lá no Cococi os ciganos não demoraram o tempo de beber um copo d'água. O coronel Francisco botou os jagunços em cima deles.
— Sina parecida com a nossa, a dessa gente.
— Não esqueça de olhar os bolos e os sequilhos. Estão quase assados.
— Acabei de olhar.
— Fique perto. Não me abaixo até o forno por causa dos joelhos.
— Eu sei o ponto de assar, Gogó. Ouvi dizer que os ciganos vieram degredados. O rei não quer um só deles em Portugal, mandou todos para as colônias. Os que desceram em Pernambuco foram empurrados aqui para o Ceará. As pessoas falam coisas horríveis, chamam eles de sujos, trapaceiros, ladrões, dizem que roubam cavalos.
— Vigia os bolos e os sequilhos, Serena!
— Ai, Gogó, você me deixa doida.
— Silenciou lá dentro do quarto.
— Verdade.
— Vai ver fizeram as pazes.
— É mais fácil chover.
— Vai chover mesmo, o tempo fechou.
— Catarina! Catarina!
— Não sei o que tem esse papagaio. Parece agouro. É melhor correr o olho na casa.

Se afasta de mansinho e não demora a voltar.

— Acho que a menina foi ao banho. Também não vi o sr. João.
— Sossega, mulher.

Ouvem gritos vindo do rio, ali perto.

Serena sai correndo pela porta da cozinha.

Na frente da casa, dois homens a cavalo saúdam com ô de casa. Gogó reconhece as vozes de Domingos e Cristóvão, que retornam de viagem. O forno fumaça, os bolos e sequilhos cheiram a queimado. Gogó tenta se levantar, mas não consegue por conta do reumatismo. O papagaio não se cala.

— Catarina! Catarina!

Noite

D. Ritinha de Brito, imagine o Juízo Final. Foi assim a tarde quase noite na fazenda Bebedouro. Logo que Domingos e Cristóvão se apearam dos cavalos e um menino conduziu os animais ao estábulo, despencou o aguaceiro. Eles perceberam fumaça vindo da cozinha, correram até lá e encontraram Gogó chorando, sem conseguir levantar-se da cadeira. Duas moças tiravam do forno os bolos e sequilhos queimados. O papagaio com as asas abertas e as penas eriçadas não parava de gritar o nome de Catarina. Domingos e Cristóvão olhavam a confusão espantados quando Serena entrou correndo, enlameada e aos prantos, agitando nas mãos as guias de Ogum e Oxum, usadas por Catarina. Mostrava aos dois homens os fios de contas amarelas e vermelhas, lamentava-se e gritava alto, mas eles não compreendiam o que acontecera.

— A menina tirou as guias do pescoço para se banhar. Pedi tanto que nunca fizesse isso.
— O que houve, Serena?
— Corram, vai descer a cabeça-d'água e levar o corpo pra longe. Ai, meu Deus, ela não tem uma gota de sangue.

Se agarra a Gogó, que também lamenta e chora, e se põem a entoar um ponto de Nanã:

Ê, de noite, ê, de noite até de manhã,
Ê, ouvi cantar pra Nanã.
Ô, Nanã, venha me valer, Nanã,
Vem me socorrer, Nanã.

— Vocês duas enlouqueceram?, Domingos pergunta.

A tragédia chega por todos os lados, é preciso ficar alerta aos seus menores sinais. Há sempre outro na sombra, espreitando atento.
Domingos e Cristóvão pareciam esquecidos das ameaças de João quando o encontraram retornando da ribeira do Machado. Duvidavam de que fosse capaz de enfrentá-los.
Desculpe, prima, mas até cogitei o seguinte: a morte de Catarina os beneficiaria, tornando-os herdeiros únicos das riquezas do pai. Por isso... Mas não é possível! Esqueça minha imaginação descontrolada e delirante, Domingos e Cristóvão sofriam de verdade, sentiam-se transtornados e sem compreender a aflição das mulheres. Quando regressaram de viagem, primeiro foram visitar a irmã, antes mesmo de verem as esposas e os filhos. Não há como negar, eles temiam o destempero de João, seus arroubos.

— Serena, pare de gritar e conte o que aconteceu.
— Minha filhinha tirou as guias do pescoço e pendurou num galho baixo da ingazeira. Ah, meu Deus, me mate também.

Cristóvão se convence de que perdem tempo, Serena não consegue dominar o terror. Busca outro modo de abordá-la.

— Serena, mostre o lugar onde viu Catarina.

A mulher olhou as pessoas sem vê-las, deu um grito enlouquecida e saiu correndo pelo terreiro em direção ao rio, no ponto onde ele se tornava um remanso e árvores altas e encopadas formavam um abrigo. Os irmãos, as mulheres de casa e os vaqueiros atraídos pelo alvoroço corriam atrás de Serena, molhavam-se na chuva forte. Ninguém a ultrapassava, sendo ela a primeira a alcançar a gruta de árvores e arbustos. Cristóvão e Domingos se aproximaram e a ama limitou-se a indicar um ponto qualquer, depois se atirou no lamaçal como se desejasse afogar-se nele. Os Ferreira Ferro acenaram aos curiosos, pediram que todos parassem onde estavam. Só eles entraram na mata espessa, por um caminho aberto e usado com frequência. Catarina costumava se banhar no rio, vinha na companhia da ama de leite ao jardim desabitado de serpente ou anjo terrível onde o marido por quem reprimia apelo e soluços nunca penetrou.

— Infeliz!

O cortejo escutou a voz parecendo inumana, de animal feroz acuado. Depois, se assombrou com trovões e relâmpagos. Paralisados pela ordem dos senhores donos da terra, todos continuaram sem mover os pés do chão. Apenas Serena afundava-se na lama de Nanã, o pântano onde desejava desaparecer. Ouviram-se mais gritos horrendos e o choro de homens. Na luz de um relâmpago, Cristóvão rompeu a vegetação e assomou com um corpo feminino nos braços, os dois cobertos de lama. Atrás dele Domingos se movia com dificuldade, na mão direita a arma branca que João teimava chamar de faca e Brites Manoela de punhal. Presente de um cigano de Málaga, que despertou na amante a lembrança de versos em que facas de ouro entram sozinhas no coração e as de prata cortam o pescoço como um talo de erva.

Em meio ao barulho da chuva e dos trovões, prorrompeu um esturro mais ensurdecedor. Descia a cabeça-d'água raivosa, bruta como o assassino, arrastando tudo à sua frente. Alguns segundos a mais e o corpo de Catarina seria levado ao rio Salgado, nele ao rio Jaguaribe e, pelo meio desse curso de água doce, ao mar.

Tento refazer os instantes em que o assassinato acontece, o jogo articulado desde que Catarina nasceu com uma sina ruim e suspeitou de que para ela não havia consolo nesse mundo. Moveu-se entre homens poderosos, o pai, os dois irmãos, um marido que não a amava. Frágil por natureza, um coração de água refletindo a lua, foi empurrada ao casamento com um homem que tecia planos de livrar-se dela desde o princípio. É espantosa a rapidez com que a tragédia se precipita, igual às enxurradas. Serena percebeu os movimentos da cena, mas não tinha a capacidade de interferir nela como fazia o corifeu do teatro grego. João entrou na casa quando as mulheres se distraíam na cozinha e Leonarda estava ausente. Deixou-se ver pela esposa, que se inquietou, imaginando uma chance de se aproximar do marido. Catarina abandonou a cozinha, a escuta das histórias de Gogó, os afazeres culinários. Quando chegou ao quarto, com certeza João não se encontrava mais por ali, viera apanhar a faca e se emboscara no matagal do rio. Confiava que Catarina ia ao banho sozinha e espreitou-a como os juízes descarados espreitaram o banho de Suzana. Não errou em suas conjecturas. Catarina, sem motivo que pudesse levá-la a sonhar isso, supôs que o marido tinha ido ao remanso, talvez desejasse banhar-se junto com ela. Correu depressa ao pequeno balneário e sofreu a tristeza de encontrá-lo deserto. Não trouxera toalha, estava sozinha, mais infeliz do que nunca. Resolveu se molhar, mesmo sem a presença de Serena. Tirou do pescoço a guia de contas vermelhas de Ogum e a de contas amarelas de Oxum e pendurou-as no galho de ingazeira, coisa que nunca fizera antes, desde o afogamento quando era criança. Quis despir apenas o vestido e, quando ia fazê-lo, foi abraçada pelas costas e sentiu uma lâmina penetrando o seu corpo até alcançar o coração. Ao ser empurrada para a água do rio, não tinha consciência de mais nada. Estava morta. Batizou com sangue o começo de nossa história no sertão.

Calam.

Lá fora a noite, os lobos, as corujas, a ausência de lua. Dentro da casa a noite, o menino chamado José ouvindo a conversa, o romancista, a prima silenciosa, o ressono do marido e dos outros três filhos, o estupor pela narrativa.

— Ninguém pode afirmar que aconteceu dessa maneira, ninguém ouviu a confissão do criminoso. O único testemunho foi o da natureza, também assassinada desde que os brancos chegaram aqui, gerações de Abel e Caim com seus rebanhos e plantios. Sobreviveu o relato de Domingos e Cristóvão, a partir do momento em que romperam o véu da folhagem e enxergaram o cenário do crime.

Cala.

— Descobri que a prima possui um livro com reproduções dos pintores pré-rafaelitas e lá está a *Ofélia* de John Everett Millais. Magnífica, tive a sorte de ver de perto, numa exposição em Londres. Sempre que recomponho a cena em que os dois irmãos avistaram Catarina morta o quadro de Millais aparece à minha frente, embora ela estivesse de bruços, presa a um capinzal. Domingos gritou, atirou-se na água e, antes de desemborcar a irmã, arrancou a faca de suas costas. Ninguém explica por que João, em vez de fugir como tinha se programado, corre e se esconde na casa do irmão José. Talvez seu desejo assassino estivesse satisfeito e Brites Manoela e a Turquia já não passassem de pretexto para realizá-lo. O que João desejava matar em Catarina? Ou quem? Não sei responder, por mais noites de sono que tenha perdido elucubrando sobre isso. Qual a sua intenção ao cumpliciar o irmão José ao seu crime? Também não sei, prima, juro.

Noite

Contam que depois de assassinar a esposa João não entrou em casa, não pegou os papéis, o dinheiro nem a mala arrumada há dias. Montou um cavalo e partiu em direção à fazenda Umbuzeiro. Sobrava tempo para despistar quem o vigiasse e seguir ao Recife, mas aconteceu um transtorno que o levou a mudar os antigos planos. Estava ciente de que desde o seu retorno ao sertão fatos relevantes haviam se passado e já não fazia sentido chegar ao Recife com as provas de que era solteiro ou viúvo, que a única solução para ele e Brites Manoela seria fugirem. Alimentava essa certeza e supunha a amante com os bens confiscados e presa em Olinda. Porém, mesmo o assassinato de Catarina se revelando desnecessário, manteve o plano de matá-la.

Chovia muito, os caminhos enlameados e os riachos com correnteza forte tornavam o percurso quase impossível. Ao chegar ao Umbuzeiro já era noite tarde. João tinha o aspecto deplorável, a roupa molhada e coberta de lama, com manchas escuras de sangue. O cavalo sangrava pelos cortes das esporas e escumava pelas narinas e boca. Pulou da montaria, olhou para trás temendo demônios e fantasmas, bateu na porta, indiferente ao sono dos que dormiam.

— José!, chamou alto.

Os trovões e os relâmpagos aumentaram. Demorou e a porta se abriu. José deu um passo à frente no alpendre cheio d'água. Atrás dele, segurando uma lamparina, Páscoa iluminava e vigiava os dois homens.

— Aconteceu alguma coisa, João?, o padre perguntou assustado ao ver o irmão.
— Me esconda em tua casa.

— O que você fez?
— Não tenho coragem de contar.
— Vamos, homem, confesse.
— Catarina.
— O que tem Catarina?
— Sou um infeliz, estou com medo.
— Fale, já pedi!
— Matei.

Baixa um silêncio sem canto de pássaros noturnos, até a chuva para. A lamparina treme nas mãos de Páscoa, a chama oscila, a sombra dos irmãos se deforma na parede branca. José balança o corpo para a frente e para trás, como se fosse cair. João não se move e Páscoa lembra um anjo guardião à entrada da casa.

— Ah, desgraça! Por quê, meu Deus?

José grita, avança até o irmão e o abraça. Os dois choram e soluçam por longo tempo, até que João se afasta.

— Cristóvão e Domingos juraram me matar. Não tardam a aparecer aqui.

José sustém as mãos sujas de sangue do irmão e pede: Venha, entre em nossa casa, aqui estará protegido. Páscoa, silenciosa e sem se mover, apenas segura a lamparina com o braço erguido. Ao escutar o esposo, dá um passo à frente.

— Desculpe, seu José, mas aqui nessa casa o sr. João não entra.

Os homens, entregues ao estupor do crime revelado, alheios ao mundo e a tudo que não fosse a desgraça, se assustam e olham a mulher.

— Páscoa, trata-se de meu irmão.
— É o assassino da própria esposa.
— Se fecharmos a porta a ele, será morto.

— Fez por merecer.
— Não fale assim, Páscoa.
— Falo o que penso.
— E a minha vontade?
— Tem o peso da minha. Ele pode entrar por uma porta, mas eu saio pela outra.

A chuva parou. Só de vez em quando se avista um relâmpago. Sapos, grilos e corujas voltaram a cantar. João sentou numa cadeira e não se mexe. Páscoa pendura a lamparina num prego de parede e se encaminha ao quarto. A meio caminho entre a esposa e o assassino, José parece mais encolhido do que sempre foi. Tanta velocidade nas águas enquanto o tempo escorre lento, quase parando os ponteiros. O rio arrasta paus, animais, pedras e barro. Às vezes seco, só leito arenoso, às vezes parado e acolhedor, causa medo o súbito poder de destruição.

— Acho melhor ir embora. Não é justo arruinar a sua vida depois que arruinei a minha, João diz.
— Fique.

Abre a porta por onde Páscoa acabou de passar. Lembra-se do pai no dia que deixou para sempre o engenho em Tracunhaém, montado e vestido à paisana, sem a batina de padre. O pai se aproxima, segura as rédeas do animal, olha o filho mais velho e recomenda.

— Cuida desse povo. Em especial de João, que escolheu ser torto. Vê se apruma ele.

José pede a bênção e não fala mais nada. Despediu-se da mãe, desde cedo trancada no quarto, chorando. Arruma o corpo na sela, olha as carroças, o gado, as pessoas sob o seu comando, pensa se não é melhor desistir. Afugenta o pensamento covarde, grita, esporeia o cavalo, gira, dá adeus com a mão e partem todos, ele à frente da caravana. Tenta recordar se chorou nesse dia, mas não lembra.

Retira o candeeiro da parede e conduz o irmão por dentro da casa escura. Parece o barqueiro do Aqueronte transportando almas para o Hades. Se arrepia com a semelhança. Em todos os cantos há redes armadas, as pessoas dormem felizes por desconhecerem os acontecimentos. E Leonarda? José sente uma pontada no peito ao lembrar a sobrinha. Chegam diante da cela que tem apenas uma porta e onde o sol nunca entra. Abre a porta, pede a João que entre, fala que vai trazer rede, lençol e muda de roupa, mesmo sendo dele, um homem pequeno em tamanho. Os dois sorriem em meio à desgraça. José pergunta o que o irmão deseja comer, João fala nada, José instrui que tem um penico no canto esquerdo, ao fundo, faça o uso que for preciso, de manhã ele mesmo cuida da limpeza. Sai, volta com o necessário e mais uma quartinha d'água e um copo. Deseja boa noite, sugere que o irmão reze, pense sobre o que fez, se arrependa, peça perdão a Deus. Puxa a porta, tranca com a chave por fora. Quase se arrastando, caminha até o quarto onde Páscoa não dorme.

Depois que prendeu João à chave, José puxou uma cadeira e se sentou junto a Páscoa. Não garanto que tomou as mãos da mulher entre as suas, seria falsificar a rudeza da época. Mas imagino que usou os argumentos do direito canônico e da teologia.

— Páscoa, não fique contra mim, basta o que eu sofro. Por mais que tenha me distanciado da Igreja, não posso ouvir um pecador sem perdoá-lo, mesmo se transgride o mandamento de não matar. Mais grave é o pecado se a vítima foi a própria esposa, a quem se jurou amar, respeitar e proteger.

Suspira, passa a mão na cabeça, procura os olhos de Páscoa.

— Trata-se de um irmão, confiado aos meus cuidados por nosso pai.

Páscoa mantém a costumeira calma e ouve em silêncio. José parece indiferente se ela alcança o significado de sua fala, talvez deseje impressioná-la e, dessa maneira, ganhar sua cumplicidade.

— É doloroso, porém mais simples, entregar João a Domingos e a Cristóvão. Eles o matam, saciam o ódio na vingança, voltam para casa e enterram Catarina, comunicam ao pai que tudo foi resolvido conforme o código da lei sertaneja. Não consideram que poderiam entregar o criminoso à Justiça, levá-lo ao Recife ou enviá-lo ao Reino. Trata-se de um cidadão português com patente de sargento. Os dois nem ligam para o que sente a sobrinha Leonarda, nem para o que minha irmã Ana Maria e eu sentimos.

Exaltado pelas palavras, José parece dirigir-se a um ajuntamento de fiéis e falar de um púlpito. Sua ouvinte é Páscoa, a mulher em quem gerou dez filhos e por essa razão mais sensível ao sofrimento e à morte de Catarina. Acostumada a ouvir, ela permanece em silêncio.

— Nessa colônia, e no sertão bem mais, as pessoas se habituaram a resolver conflitos matando. Não pense que estou comparando este crime aos outros, não, ele é o mais hediondo e abominável de todos. João precisa ouvir uma sentença e ser punido. Mas não seremos eu, você, Cristóvão e Domingos a julgá-lo. O mais justo é deixá-lo amargando o seu crime por um tempo, preso no quarto, sem ver a luz do sol. A morte tira a chance de João sofrer e alcançar o conhecimento do mal que cometeu. Só pela consciência do erro a ordem do mundo se refaz. Um dia a porta do quarto se abre. O que vai acontecer depois? Não sei. Espero que seja um novo homem a encarar o futuro e a enfrentar os que o aguardam lá fora, prontos a julgá-lo.

José se cala, dobra o corpo sentado, baixa a cabeça até quase tocar os joelhos. Sente desejo de continuar assim por um tempo, esquecido de que terá de agir depressa, que mais acontecimentos dolorosos o esperam. Páscoa se levanta, impressiona a solenidade como faz isso.

— Entendi bem pouco o que o senhor disse, tanto faz, a fala não brotou do seu coração. Vou deixar que resolva sozinho. Não sei ainda como vou encarar o rosto do senhor daqui pra frente.

Deita-se na cama e espera.

Suponho que depois da conversa o casal tenha se reconciliado, mas há quem afirme que nunca mais se olharam com a mesma doçura e franqueza. Logo cedo Páscoa acordou os filhos, ordenou que se arrumassem e fossem à casa de um vaqueiro, o homem que assumira o lugar de Fabião e morava próximo, avisando que só retornassem quando ela mandasse chamar. As crianças não compreendiam o passeio, não reclamavam, pois ficavam desobrigadas da aula com o pai. Luzia e Irene também foram. Leonarda ficou junto a Páscoa.

Perto do meio-dia, quando o sol esquentou e desapareceram os prenúncios de chuva, do nada, como se estivessem encantados, surgiram dois cavaleiros em marcha lenta. Os metais dos arreios luziam e os cavalos pisavam leve. Formando um círculo em volta da casa, vinte homens, em montarias vistosas e armados, davam retaguarda aos patrões e vigiavam. Domingos e Cristóvão desmontaram. Usavam roupas e chapéus de couro, como se estivessem prontos a derrubar um boi. Subiram ao alpendre, bateram palmas. José apareceu na porta, envergando os trajes de sacerdote. Ao lado dele, Páscoa. E, um pouco atrás, trêmula e chorosa, Leonarda.

— Padre José, falou Domingos, viemos buscar João. Corre a notícia de que ele se escondeu em sua casa. Foi covarde quando matou nossa irmã, mais covarde quando veio se proteger detrás de sua batina.

— Mande ele sair ao terreiro. Vou sangrá-lo com a mesma faca que tirou a vida de Catarina.

Cristóvão fala e apanha a faca em um bolso do gibão. Mesmo suja de sangue, a lâmina brilha. Num ímpeto, sem que ninguém espere, Leonarda avança sobre o tio, arranca a arma de sua mão e a arremessa para o alto. A faca risca os céus irradiando brilho, cega os que se atrevem a olhar para ela. Ao cair sobre um lajedo, ao invés de tinido escuta-se um estrondo, as profundezas do inferno se abrem para recebê-la de volta. Finda-se a trajetória assassina, começada não se sabe onde, talvez em Málaga ou em outra fábrica de mortes. Leonarda se abraça a Páscoa e chora, os dois irmãos enfurecidos sacam punhais da cintura.

— Ordene ao covarde que saia, padre José.

O padre estremece, a sentença lembra a fórmula sacramental da extrema-unção, ou quando mandam que segurem as alças do ataúde com o defunto e o carreguem ao túmulo.

— Compreendo a dor de vocês, Cristóvão e Domingos. Dor não é mercadoria que se meça ou pese, mas a minha dor também é grande e insuportável. Sei que desejam o sangue de João, acham que derramando sangue ficarão aplacados. Trata-se de um engano, vingança pede outra vingança e dessa maneira surgem disputas e guerras.

— Padre, não viemos aqui escutar advertência, o mal foi feito e pede castigo. Quando João caluniou Catarina, nós dissemos: Apure a verdade e aja conforme a lei sertaneja. Tratava-se de uma mentira inventada por ele, nossa irmã era a mais inocente e honesta das mulheres, que Deus a tenha e guarde.

A voz de Cristóvão se embarga e ele silencia. Seria vexatório revelar fraqueza. Domingos assume a fala no lugar do irmão.

— Ele retornou com o propósito de livrar-se da esposa. Soubemos que andava apaixonado por uma rameira desqualificada. Precisava acabar com o casamento a qualquer custo. Ficasse pelo Recife, tinha o dinheiro que roubou da gente e a herança da família. Preferiu voltar aqui, levantou um testemunho falso e assassinou Catarina. Feriu a lei sertaneja.

Leonarda chora e soluça alto, os jagunços fecham o círculo em torno da casa, os rifles no ponto de disparo. Domingos e Cristóvão avançam dois passos, os punhais levantados. Páscoa e Leonarda recuam e se abraçam. O padre se mantém firme no seu posto, não se move nem tira a vista dos dois homens raivosos.

— Já que vocês mencionam o código de honra sertanejo, também apelo a ele. Podem matar João, estão no direito de se vingar, mas não aqui dentro da minha casa. A mais sagrada lei do sertão é a hospitalidade. João é meu hóspede. Montem guarda e tocaiem. No dia em que ele transpuser o nosso terreiro, será de vocês. Façam o que quiserem, saciem o desejo por mais sangue.

— O senhor está impedindo nossa justiça.
— Não, estou apenas retardando-a um pouco.

Os irmãos se olham, franzem as testas, piscam os olhos. Guardam os punhais nas bainhas, acenam aos homens lá fora, todos esperando ordens para desmontar e subir ao alpendre.

— O senhor venceu o primeiro desafio, padre, mas temos a vida pela frente. A morte de João apenas se adiou, juro que ele não escapa de nossa fúria. É um covarde marcado para morrer. O senhor e sua esposa fiquem com as suas consciências. Nós regressamos, vamos enterrar Catarina.
— Posso ir encomendá-la...
— Ela não precisa de sua reza. E você, Leonarda, se arrume e venha com a gente. O que faz aqui, ao lado do assassino de sua mãe?

Leonarda redobra o choro e entra na casa acompanhada de Páscoa. Volta com uma pequena mala e vai embora ao lado dos tios. No terreiro, os homens disparam os rifles para cima, gritam e escruviteiam nos cavalos.
Por fim, a comitiva parte.

Nunca mais João foi visto.
Relatam que ciganos, dos bandos que vagueavam nas terras sertanejas, encontraram a faca tempos depois. Ela correu de mão em mão e quem a segurava tremia. Pouco guardava do antigo brilho, a luz de morte que horrorizou Leonarda e lhe deu forças para lutar com os tios maternos.
As palavras de José, que reinventei de maneiras diferentes no romance, não param de ressoar em meus ouvidos.

— Compreendo o ódio de vocês, mas respeitem as leis da hospitalidade, sobretudo quando é para um irmão. Por isso eu peço, não o matem aqui dentro dessa casa. Em qualquer lugar, nas estradas, no meio do mato, onde vocês o encontrarem, quando ele for embora.

E nunca mais voltar e não se tiver nenhuma notícia. Visto pela última vez numa manhã nublada, o corpo mais branco pelo tempo que ficou sem levar sol. Morto, certamente, ou esquecido como o punhal que os ciganos largaram no terreiro.

D. Ritinha de Brito consulta o relógio e se assombra como já é tarde. Deseja boa noite ao primo, pede licença e se recolhe ao quarto. O visitante partirá de manhã cedo e aproveita as derradeiras horas para não dormir. Deixa a sala, transpõe o alpendre e ganha o terreiro. A amplidão silenciosa e o céu limpo de estrelas provocam uma dolorosa consciência de que essas coisas não aconteceram nunca, mas existiram sempre.

Fale ou escreva, nosso mundo é o que é graças a isso.

Umbuzeiro

Os olhos de José se acomodam à claridade da fogueira. A visão diminuiu como num pôr de sol, igual se retornasse à casa do avô, esfumaçada pela lenha queimando no fogão. Noite e dia se confundem. Antes era capaz de reconhecer o gado longe, agora as reses se assemelham a visagens no deserto, esboços trêmulos de bois e vacas. Mas o homem não perdeu a serventia de todo, trabalha no que é possível e dessa maneira permanece vivo.

Acostumado à luz do sertão, as sombras o entristecem. Parece andar de costas, regressa ao escuro do princípio. O corpo encolhe, a voz diminui a altura, os passos titubeiam, monta o cavalo com ajuda. Já não procura a intimidade de Páscoa, prefere as conversas, a companhia, a mão firme no amparo. Missas e novenas se amiúdam, celebra o calendário inteiro da Igreja, por mais anônimo que seja o santo. As rezas na cama se prolongam, ganham tempo ao dormir e ao acordar, preenchem a falta de sono. Tinha abolido os clamores de perdão pelos pecados, mas a velhice trouxe de volta a culpa e o medo do inferno.

Cresceram as riquezas no Umbuzeiro, também os afazeres e os gastos. Três filhos homens estudam no Recife, Madalena e duas irmãs se casaram. Quatro filhos não sentiram encanto pelos estudos e continuam morando com os pais, resolvidos a permanecer no sertão.

O comércio de couro, carne, algodão e legumes, antes tocado por João, foi assumido por um parente dos Ferreira Ferro, homem sério e de contas bem prestadas. Os dinheiros apareceram e a fazenda prosperou.

Tropeiros acenderam fogueira e estendem mantas no chão para o sono da noite. Quantas vezes José assistiu à mesma cena? Elas se repetem igual. Seu Nicolau conta histórias de sabedoria, já não se trata do homem jovial e esperto de outrora. Com a velhice, habituou-se a repetir os mesmos enredos, pensados e repensados.

O padre ouve o som dos passarinhos diurnos se misturando aos cantos de peiticas e bacuraus. Engana-se ou as aves diminuíram em número desde que se estabeleceu naquelas terras? Não há mais tantas emas e seriemas, os papagaios e as ararinhas-azuis se mudaram para as serras longes, onde os homens não caçam seus filhotes em ninhos feitos nas rochas escarpadas.

Chegará dia em que os pastos verdes se transformarão em deserto?, pergunta-se assombrado. Por que receia o tempo das vacas magras em tempo de vacas gordas? Talvez especule o futuro dos filhos, os que escolheram continuar pelo sertão.

Seguindo o exemplo de Ana Maria e Bernardo, alforriaram os escravizados no Umbuzeiro. Agora na fazenda só trabalham homens livres, em regime de partilha de um quarto. A prosperidade dos rebanhos garante aos vaqueiros uma rês para quatro nascidas. Cedo se tornam patrões de si mesmos, donos do próprio gado.

Luzia e Irene, sem ligar para a velhice chegando, arranjaram homens e foram morar longe. Tereza não quis se afastar da família, a única que conhece. Calixto se uniu aos sobreviventes de seu povo, uns poucos que se viram obrigados a aldear-se no litoral.

Acostumadas a dormir cedo e a acordar de madrugada, as pessoas da casa se sentam em cadeiras no alpendre, esperam ouvir conversas e notícias do mundo, trazidas pelos viajantes. Em meio aos tangerinos, um toca viola e canta o *Romance do Boi da Mão de Pau*.

— *Sei que eu não tenho razão*
Mas sempre quero falar...

Atraída pela cantoria, Páscoa se acomoda numa cadeira de balanço, mas demora a concentrar-se nos versos. Observa os movimentos do marido pelo interior da casa, ocupado em obrigação trabalhosa com um prisioneiro, que os da família fingem ignorar.

O violeiro tangerino traz recado de longe, de Fabião das Queimadas. Canta em versos a epopeia de uma fuga, os ofícios na terra nova onde se tornou proprietário e criador de gado, a compra da alforria da esposa e da sogra, a alegria de ver a filha nascer livre e poder batizá-la com o nome... Se atrapalha, não consegue lembrar como se chama a menina em homenagem a uma patroa generosa que Fabião teve no passado. Vasculha a memória, tange as cordas da viola, coça a cabeça, mas não encontra o nome difícil de pronunciar.

Páscoa ri feliz, diz ao cantador que as notícias foram bastantes, agradece e pede que transmita a Fabião as lembranças da família do Umbuzeiro, pergunta se ele ainda é um bom vaqueiro e se toca a rabeca.

O homem responde que Fabião é o melhor vaqueiro e que na rabeca e nos versos não tem igual em todas as lonjuras. Páscoa perdoa o esquecimento do nome, trata-se de língua que poucos falam, condenada a desaparecer pela falta de uso. Proibida pela Igreja e pelo rei, morre sem deixar memória.

O violeiro agradece, os olhos se enchem de lágrimas ouvindo a mulher pesada, firme, parecendo um lajedo brotado do chão duro, onde por teimosia nascem plantas, algumas com espinhos, flores e frutos. Nos caldeirões escavados nos rochedos se juntam reservas de água, os passarinhos vêm saciar a sede e se banhar, lagartixas, camaleões, cascavéis, tamanduás, tejus e preás também se saciam, um milagre da pedra, dos muitos que acontecem no sertão e apenas nele.

Páscoa se levanta, manda que tragam queijo, coalhada e rapadura para os viajantes. Vê José atravessando a porta que conduz ao alpendre, pouco restou do homenzinho ligeiro, gasto pelo sol e pela secura do vento. Lembra quando a procurava assustado, temendo o que pudessem falar das suas necessidades de homem, interditadas pela batina.

Todos escutam um urro semelhante ao de animal selvagem, bicho enjaulado. Do meio dos tropeiros se elevam vozes.

— Ouviram? Pareceu jaguar.
— É voz de homem. Já me arranchei por aqui outras vezes, esse grito é comum de se ouvir.

— Será assombração?

Interpelam o dono da fazenda.

— Ô seu José, o pasto onde soltamos os cavalos é seguro? Não tem perigo de onça vir molestar os animais?
— É seguro sim, fiquem descansados.

Seu Nicolau observa:

— Eu pensava que as vozes noturnas tinham se acabado, que sobreviviam apenas nas histórias. Ei, nada. Enquanto existir sertão, existe assombro e medo.

Páscoa se inquieta, olha o marido e vigia.

— Esqueceu a chave por dentro do quarto dele, seu José?
— Não, Páscoa, fechei a porta por fora e escondi no lugar de sempre.
— Vivo assustada.

Um tropeiro fala alto.

— Seu Nicolau, ninguém conta história igual ao senhor. O que tem guardado na memória?
— Homem, estou caindo de sono, prefiro descansar o corpo.
— Vai ter a vida eterna pra dormir.
— Não desconsidere o povo, seu Nicolau Arrais, até os donos da casa se achegaram querendo ouvir o senhor.

O velho reluta, contar histórias é uma empresa trabalhosa, puxa pela memória, exige que se remendem esquecimentos a pedaços da narrativa pessoal. Mas também é uma maneira de continuar vivo e trazer de volta algo que se perdeu. Encarar a luz é para os mortais a coisa mais aprazível; o que está sob a terra é nada. Pensa dessa maneira, como um velho filósofo romano. Mesmo que o clarão revele algo diferente do que se imaginava guardado, não deixa de ser um consolo ver a luz. É necessário correr o risco e narrar, pois assim também se adia a morte.

— O sobrenatural não se explica. Vou contar um enredo, mas ninguém vai acreditar nele apesar de conhecerem de quem trata.
— Do Oliveiros?
— Sim, dele mesmo. Conhece?
— Só de nome.
— Dizem que é o jovem eterno.
— Justo. Se quiserem saber as aventuras do outro Oliveiros, leiam a *História de Carlos Magno e os doze pares de França*.
— Não perca tempo explicando, seu Nicolau, conte logo.

O Nicolau é homem de ciência, conhece como ninguém as histórias de mistérios, a dimensão do perturbador e do inacabado. Viaja por outros lugares e traz até as pessoas não viajadas paisagens, rostos e assombros.

— Nem sei por onde comece. O Erasto não era uma criatura boa, seduzia as moças, simulava noivado, dava presentes, tudo para satisfazer o instinto animal. No sertão celebravam sua beleza, da planta dos pés ao alto da cabeça não tinha defeito. Cortava os cabelos apenas quando pesavam muito. Montava cavalo como ninguém e não havia vaqueiro que derrubasse boi com a mesma agilidade. Leona o avistou uma única vez e sentiu-se fulminada de paixão. Os pais não aceitaram o conquistador em casa e vigiavam a filha dia e noite. Mas não há poder que segure uma jovem enlouquecida por um homem. Leona fugiu com Erasto, os detalhes não conto porque a história ficaria comprida e as minhas pálpebras pesam de sono. No primeiro abrigo encontrado pelo caminho, o devasso satisfez seu desejo pela moça e continuou fruindo o corpo dela, de parada em parada, até se afastarem do sertão e alcançarem a floresta do Araripe, onde já existiu um oceano e dizem que o mundo começou por ali. A moça Leona era bonita, não ficava atrás de Erasto em formosura. Saciado, o rapaz abandonou-a sozinha dentro da mata, num lugar onde apenas os índios cariris conheciam a saída. Pensava que Leona morreria de fome e sede, ou devorada por algum bicho selvagem.

Do alpendre, uma pessoa apela ao narrador:

— Fale mais alto, seu Nicolau, a história é boa e não quero perder os pormenores.

Atiçam o fogo, algumas crianças adormeceram mas ninguém as leva para as redes, com receio de se extraviar da narrativa.

— Os pais de Leona davam a filha por morta e buscavam um jeito de se vingar do amaldiçoado. Passaram anos, Erasto consumiu a beleza, os dentes apodreceram. Num ataque aos índios jucás, foi ferido nas partes de homem, lá nele, por uma flecha envenenada. O ferimento arruinou, exalava cheiro de carniça e o antigo valentão gritava noite e dia. Implorava que o matassem. Um feiticeiro revelou que a doença provinha de encantamento, que uma única pessoa no mundo seria capaz de curá-lo ou matá-lo.

— Nesse meio-tempo, apareceu na fazenda Boqueirão — esqueci de falar o nome das terras onde morava o malvado — um jovem de beleza sem igual. Ninguém sabia quem ele era, nem de onde procedia. Tratava-se de cavaleiro habilidoso em domar cavalos, no trato com o gado e no manejo do laço. Depressa, todos o admiravam. Silencioso, reservado, nunca mostrava a nudez do corpo, nem mesmo nos banhos de rio. Desaparecia na hora de dormir e só voltava de madrugada. Falou se chamar Oliveiros e ter vindo do Araripe. Num sopro de vento, homens e mulheres se apaixonaram por ele, embora o rapaz costumasse não demorar os olhos em ninguém. Nas apartações ganhou fama de encantado, porque se enfiava em touceiras de mato e espinhos, onde nem onça se arriscava a entrar. Um dia, narraram a ele a história do senhor das terras e a maldição a que fora sujeito. Escutou calado, a cabeça baixa. Num gesto brusco, a única brusquidão que se percebeu nele desde o seu aparecimento do nada, cuspiu e invocou o nome de Satanás. Na noite desse mesmo dia, a velha que alimentava Erasto e limpava o pus de sua ferida presenciou a cena que narro sem acreditar que ela tenha acontecido. Passava da meia-noite quando a porta do quarto se abriu e entrou uma mulher estranha, a pele queimada, o cabelo desgrenhado, a roupa suja e em farrapos. A velha dormia num cubículo entre a porta e um armário, de onde tudo podia ouvir e ver sem ser vista.

— Leona, é você?, Erasto perguntou.
— Sou eu mesma.
— Todos esses anos esperei sua visita.
— Dei um único sentido à minha vida, a vingança do que me fez.
— Pois me mate, é o que desejo.
— Sofra por mais tempo, ainda não padeceu o suficiente, nem merece aliviar-se de sua agonia.
— Percebo que não me perdoou.
— Nunca o perdoarei.

Ficaram um tempo em silêncio, talvez escutassem o canto agourento do caburé. Do lugar de onde a tudo assistia, a velha temeu ser descoberta.

— Me conte como chegou aqui, Leona. Eu a julgava morta.
— Quando me abandonou na floresta, caminhei como louca, me alimentando de raízes, cascas, sementes e frutos. Perdi a beleza, os pés, as mãos e os lábios racharam. Tornei-me tão repulsiva que nem as feras sentiam vontade de me devorar. Quando supunha não descobrir saída da floresta, nem meios de vingança, apareceu-me um espírito, um dos muitos que esperam o fim dos tempos para se libertarem, e ordenou que eu juntasse lenha e acendesse uma fogueira. Obedeci. As chamas alcançavam o topo das árvores. O espírito mandou que eu saltasse dentro do fogo. Queimei até me transformar em carvão, mas já não sentia nada. O espírito soprou o que restava de mim e voltei à vida na forma de um homem, esse que todos chamam Oliveiros.
— Avistei o rapaz e reconheci você nele. Pensei tratar-se de nosso filho, embora duvide dos prodígios.

Erasto respira com dificuldade, fecha os olhos por um tempo, parece ter morrido. Por fim, retorna.

— Não acredito em sua história, Leona. Apesar das dores intoleráveis, meu cérebro se mantém ativo. Para vingar-se de mim, você cortou o cabelo, prendeu os peitos com uma faixa e vestiu-se de homem.
— Por que haveria de mentir, miserável? Não zombe de minha desgraça. Tomei a forma de um homem porque o espírito assim decidiu.

— Da mesma maneira misteriosa que surgiu, a mulher desapareceu. Tempo depois, numa das três noites em que a lua não se mostra, Oliveiros entrou no aposento de Erasto munido de arco e flecha. Atrás dele, uma sombra sem rosto ordenava que armasse o arco e disparasse a flecha. O rapaz parecia indeciso, mas a voz de Erasto suplicou que o aliviasse do sofrimento. Febril e tresvariando, mesmo assim fez perguntas.

— De onde vens, rapaz?
— Não venho de parte alguma, estou aqui.
— Tu disseste que a morte não existe.
— Disse.
— Sei quem és na verdade. Há muitos anos te espero, Leona.
— Acredito em tua confissão.
— Para de me perseguir e acaba comigo.

— O espírito susteve as mãos de Oliveiros. Ele disparou a flecha, que alcançou o coração de Erasto e o matou.

Lá dentro da mata as corujas cantam alheias ao que se passa no terreiro da casa e ao redor do mundo.

Nada mais se ouve na noite escura. Os gritos nascidos num quarto sem janelas silenciaram.

Nota

Vários livros e escritos foram amplamente citados, nem sempre com marcações em itálico ou aspas: *Dicionário do Brasil colonial (1500-1808)* — Ronaldo Vainfas; *Mitologia dos orixás* — Reginaldo Prandi; *Viagens ao Nordeste do Brasil* — Henry Koster; *Moronguêtá: Um decameron indígena* — Nunes Pereira; *O paraíso destruído* — Frei Bartolomé de Las Casas; *Os Feitosas e o sertão dos Inhamuns* — Billy Jaynes Chandler; *A clausura feminina no mundo ibero-atlântico: Pernambuco e Portugal nos séculos XVI ao XVIII* — Suely Creusa Cordeiro de Almeida; *Escrita e sociedade* — Florian Coulmas; *Dicionário de símbolos* — Jean Chevalier e Alain Gheerbrant; *Bíblia de Jerusalém*; *Legenda áurea* — Jacopo de Varazze; *O Mahabharata* — versões de William Buck e Jean-Claude Carrière; *Sugli dèi e il mondo* — Salústio; *História natural* — Plínio, o Velho; *Relatório ao Greco* — Níkos Kazantzákis; *A morte do Boi da Mão de Pau* — Fabião das Queimadas; *A flauta e a lua* — poemas de Rûmî; *Diálogo de Amargo* e *Tamar e Amnon* — Federico García Lorca; *O leproso* — Miguel Torga; *Silêncio, uma fábula* — Edgar Allan Poe; *Auto das portas do céu* — versos de Everardo Norões; *O círculo dos mentirosos* — Jean-Claude Carrière; *Contos tradicionais do Brasil* e *Rede de dormir: Uma pesquisa etnográfica* — Luís da Câmara Cascudo.

Agradeço as muitas leituras de Francisco Assis Lima, as leituras de Quiercles Santana, José Inácio Vieira de Melo, Daniela Duarte e as sugestões de Wellington de Melo.

Agradeço a generosidade de Marcelo Ferroni, que há quinze anos lê e edita meus escritos.

ESTA OBRA FOI COMPOSTA PELA ABREU'S SYSTEM EM ADOBE GARAMOND E IMPRESSA EM OFSETE PELA GRÁFICA PAYM SOBRE PAPEL PÓLEN NATURAL DA SUZANO S.A. PARA A EDITORA SCHWARCZ EM JULHO DE 2024

A marca FSC® é a garantia de que a madeira utilizada na fabricação do papel deste livro provém de florestas que foram gerenciadas de maneira ambientalmente correta, socialmente justa e economicamente viável, além de outras fontes de origem controlada.